Ann Brashares

Quattro amiche e un paio di jeans

Traduzione di Fiammetta Giorgi

LIBRI ORO
FABBRI

Pubblicato per concessione di Random House Children's Books
una divisione di Random House, Inc., New York

Titolo originale:
The Sisterhood of the Traveling Pants

ISBN 978-88-486-0374-4

Prima edizione Libri Oro Fabbri: novembre 2007

A Jodi Anderson,
l'autentica

Ringraziamenti

Un grazie a Wendy Loggia, Beverly Horowitz, Leslie Morgenstein, Josh Bank, Russel Gordon, Lauren Monchik, Marci Senders e ovviamente a Jodi Anderson, la mia vera musa.

Vorrei ringraziare anche Jacob Collins, Jane Easton Brashares, William Brashares e ricordare con amore Sam, Nathaniel e il piccolo che nascerà tra breve.

Quattro amiche e un paio di jeans

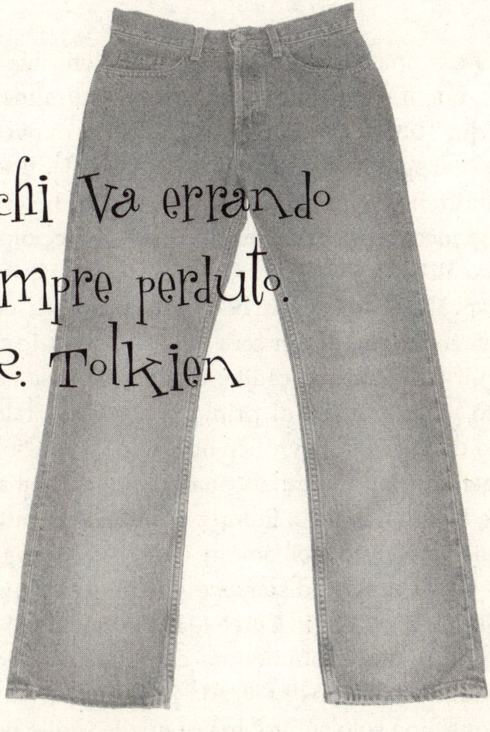

Né chi va errando
è sempre perduto.
J.R.R. Tolkien

PROLOGO

C'era una volta un paio di pantaloni. Un paio di quelli essenziali: jeans, e blu, naturalmente, ma non quel blu tutto d'un pezzo, troppo nuovo, che si vede così spesso il primo giorno di scuola. Era un blu morbido, non uniforme, con un pizzico di scoloritura alle ginocchia e sul sedere e qualche ricciolo di filo bianco all'orlo.

Avevano vissuto una bella vita prima di noi, lo si poteva immaginare. Per certi versi, un negozio dell'usato è un po' come un canile: qualunque cosa ci trovi è legato ai proprietari di prima. I nostri pantaloni non erano un cucciolo nevrotico abbandonato in solitudine dai genitori, pronto ad abbaiare dalla mattina alla sera fino a diventare rauco. Erano più simili a un cane ormai grande, cresciuto nell'amore della sua famiglia, che però aveva dovuto disfarsene perché traslocava in un condominio, o forse in Corea (è lì che mangiano i cani?).

Avrei potuto scommettere che quei pantaloni non erano finiti sulla nostra strada in seguito a una tragedia. Avevano solo subito una di quelle svolte del destino che, per quanto dolorose, capitano regolarmente. Questo, insomma, è il Cammino dei Pantaloni.

Erano pantaloni nobili, ma senza pretese. Potevi dar loro un'occhiata rapida e pensare semplicemente: "Ah, sì, dei pantaloni", oppure potevi fermarti a guardare sul serio il bell'insieme di sfumature e cuciture. Non ti costringevano ad ammirarli. Si accontentavano di assolvere il proprio ruolo base, coprendoti il sedere senza farlo sembrare più grasso di quanto fosse.

Li ho trovati in un negozio di seconda mano all'estrema periferia di Georgetown, stretto come in un sandwich tra un negozio che vende acqua (non so voi, ma io a casa mia ce l'ho gratis) e un negozio di alimenti salutari che si chiama Yes!. Ogni volta che una di noi deve parlare di un negozio Yes! (e li infiliamo nel discorso tutte le volte che si può), strilliamo il nome a pieni polmoni. Quella volta ero in giro con Lena, la sua sorella piccola Effie e la loro mamma. Effie era lì per comprarsi un vestito per il ballo degli studenti del secondo anno e lei non è il tipo da accontentarsi di un vestito da sera comprato da Bloomingdale's, come le altre. Lei voleva qualcosa di vintage.

Ho comperato i pantaloni soprattutto perché la madre di Lena detesta i negozi di seconda mano. Secondo lei, i vestiti usati sono da straccioni. «A me sembra sporco, Effie» ripeteva ogni volta che Effie sfilava un abito dalla gruccia. Io segretamente ero d'accordo con la signora Kaligaris e la cosa mi faceva provare una vaga vergogna. La verità era che bramavo l'insulsa pulizia di un grande magazzino Express, ma dovevo assolutamente comprare qualcosa. I pantaloni erano ripiegati su uno scaffale vicino al bancone della cassa. Ho pensato che forse li avevano lavati. E poi costavano soltanto tre dollari e quarantanove, tasse comprese. Non li ho nemmeno provati, il che lascia capire che non ero davvero decisa a possederli. Il mio sedere accampa pretese speciali in tema di pantaloni.

Effie ha sfilato dal mucchio un vestito elegante, decisamente inadatto al ballo degli studenti, e Lena ha scovato un paio di mocassini semidistrutti che potevano essere appartenuti al prozio di qualcuno. Lena ha i piedi grandi, trentanove, quaranta. È l'unica cosa in lei che non è perfetta. Adoro i suoi piedi, ma non ho potuto fare a meno di trasalire di fronte a quelle scarpe. Già è abbastanza tremendo comprare vestiti usati, che in teoria si possono lavare: ma un paio di scarpe usate?

A casa, ho buttato i pantaloni in fondo all'armadio e li ho dimenticati.

Sono saltati fuori il giorno prima che ognuna di noi prendesse la sua strada per l'estate. Io ero diretta in South Carolina per passare un po' di tempo con mio padre, Lena ed Effie sarebbero andate due mesi in Grecia dai nonni, Bridget prendeva un aereo, destinazione Baja California (che poi è in Messico, ma chi lo sapeva?), dove avrebbe frequentato un corso intensivo di calcio. Tibby restava a casa. Era la prima estate che ci separavamo e secondo me la cosa dava a tutte una sensazione strana, di incertezza.

L'estate prima ci eravamo iscritte tutte a un corso di storia, perché Lena sosteneva che d'estate è più facile prendere voti migliori, e sono sicura che Lena ha preso davvero voti migliori. L'estate prima ancora eravamo tutte educatrici a un campo vacanze di Tall Timbers, sulla costa orientale del Maryland. Bridget allenava la squadra di calcio e insegnava nuoto, Lena si occupava di artigianato e Tibby come sempre era incastrata in cucina. Io davo una mano nel laboratorio di teatro, ma dopo aver perso le staffe con due demoni di nove anni ero stata trasferita in segreteria, a leccare buste in solitudine. Se avessero potuto mi avrebbero licenziato in tronco, ma secondo me in realtà i nostri genitori pagavano perché ci tenessero lì a lavorare.

Le estati prima sono un'immagine confusa di ore passate attorno alla piscina comunale di Rockwood, tra olio per neonati, creme abbronzanti intensive e odio per il nostro corpo (io avevo le tette enormi, Tibby non le aveva proprio). La mia pelle diventava più scura, ma neppure una ciocca dei miei capelli aveva raggiunto il biondo sperato.

E immagino che prima ancora... Non so cosa avevamo fatto prima. Tibby aveva frequentato per un po' una colonia diurna di ispirazione socialista: volontariato per dare una mano a costruire case popolari. Bridget aveva preso una valanga di lezioni di tennis. Lena ed Effie si erano rigirate giorno dopo giorno nella loro piscina, giocando a spruzzarsi. Io, per essere sincera, credo di aver guardato un mucchio di tv. Eppure riuscivamo a ritrovarci insieme almeno per qualche ora, e nei finesettimana eravamo inseparabili. Alcuni anni spiccano rispetto agli altri: l'estate in cui la famiglia di Lena ha costruito la piscina, l'estate in cui Bridget ha preso la varicella e l'ha attaccata a tutte... L'estate in cui mio padre se n'è andato.

Non so perché, le nostre vite erano scandite dalle estati. Mentre io e Lena andavamo alla scuola elementare pubblica, Bridget frequentava una scuola privata insieme a una manciata di altri atleti in erba e Tibby era iscritta ancora a Embrace, una strana scuola minuscola dove i bambini invece di sedere nei banchi stavano su pouf imbottiti e nessuno si sognava di dar loro dei voti. L'estate era il momento in cui le nostre vite si riunivano per davvero, in cui tutte festeggiavamo il compleanno, in cui succedevano le cose davvero importanti. A parte quando è morta la mamma di Bridget: quello è successo verso Natale.

Abbiamo cominciato a essere noi ancora prima di essere nate. Siamo nate tutte sul finire dell'estate, nel giro di diciassette giorni: la prima è stata Lena, alla fine di agosto, l'ultima io, a metà settembre. Non è stato solo un caso, ma il motivo che ha dato origine al nostro essere noi.

L'estate della nostra nascita, le nostre madri seguivano un corso di aerobica per donne incinte (pensate un po'!) in un centro che si chiama da Gilda; loro erano il gruppo di settembre (Lena è arrivata un po' in anticipo). L'aerobica andava di gran moda all'epoca. Immagino che le altre donne del corso dovessero fare i loro pargoli non prima dell'inverno, ma quelle del gruppetto di settembre erano così vistosamente incinte che l'insegnante temeva potessero esplodere da un momento all'altro. Così per loro aveva modificato la tabella d'allenamento. «Settembrine!» abbaiava l'allenatrice, standoai racconti di mia madre. «Solo quattro volte! Fate attenzione! Attenzione!» Lei, figurarsi, si chiamava April e, sempre secondo i racconti di mia madre, tutte loro la detestavano.

Le settembrine avevano preso l'abitudine di uscire insieme dopo la lezione, per lamentarsi dei piedi gonfi, di quanto erano ingrassate e ridere alle spalle di April. Dopo la nostra nascita – miracolosamente eravamo tutte femmine, più il gemello di Bridget – avevano creato un gruppo di supporto mamme, e ci lasciavano a rotolarci tutti insieme su una coperta mentre loro si lamentavano della mancanza di sonno e di quanto erano ancora grasse. Dopo un po' il gruppo di supporto si era disgregato, ma durante le estati del nostro primo, secondo e terzo anno ci portavano ancora tutte insieme alla piscina di Rockwood. Noi facevamo la pipì nella vasca dei bambini e ci rubavamo i giochi a vicenda.

Piano piano l'amicizia tra le nostre madri si era consumata, non so bene perché. Le loro vite si erano complicate, immagino. Un paio erano tornate a lavorare. I genitori di Tibby si erano trasferiti in una fattoria dispersa sul Rockville Pike. Forse le nostre madri non hanno mai avuto molto in comune, a parte il fatto di essere rimaste incinta insieme. Insomma, a pensarci erano un gruppo ben strano: la madre di Tibby, alias la giovane radicale; la madre di Lena, ovvero la greca piena di ambizioni che sgomitava per farsi strada alla scuola per assistenti sociali; la madre di Bridget, debuttante dell'Alabama; e infine mia madre, la portoricana con un matrimonio burrascoso. Eppure per qualche tempo erano sembrate amiche. Io me lo ricordo perfino un po'.

Adesso si comportano come se l'amicizia fosse un accessorio facoltativo, infilato chissadove nella lista dopo mariti, figli, carriera, casa, denaro: più o meno tra le grigliate all'aria aperta e la buona musica. Per noi non è così. «Aspetta solo quando comincerete a prendere sul serio i ragazzi e la scuola» dice sempre mia madre. «Aspetta solo che scatti la competizione.» Ma si sbaglia: non lasceremo che ci succeda, non a noi.

Alla fine l'amicizia non è stata più tra le madri, ma

tra noi, le figlie. Loro sembravano coniugi divorziati ai quali rimane poco in comune, se non i figli e il passato. A dire la verità, c'è un vago imbarazzo tra loro, soprattutto dopo quello che è successo alla mamma di Bridget. È come se ci fosse qualche dissapore, o forse addirittura qualche segreto che le divide: così preferiscono rimanere in superficie.

Le settembrine siamo noi, ora. Quelle vere. Noi siamo tutto l'una per l'altra. Non c'è nemmeno bisogno che ce lo diciamo: è vero e basta. A volte siamo così vicine da sembrare quasi una persona sola, invece che quattro amiche separate. Ognuna di noi è un tipo: Bridget l'atleta, Lena la bella, Tibby la ribelle e io, Carmen la... la che? Quella con il brutto carattere. Ma anche quella che ci tiene di più a noi, quella che si preoccupa che restiamo unite.

Sapete qual è il segreto? È troppo semplice. Ci vogliamo bene, siamo affettuose. Sapete quanto è rara una cosa simile?

Mia madre sostiene che non reggerà, ma io sono convinta del contrario. I Pantaloni sono un segno. Simboleggiano la promessa che ci siamo fatte: qualunque cosa succeda, noi resteremo unite. Però simboleggiano anche una sfida. Non basta rimanere a Bethesda, Maryland, raggomitolate nelle nostre case con l'aria condizionata. Ci siamo ripromesse che un giorno ce ne andremo per il mondo a vedere come vanno certe cose.

Potrei far finta di essere stata una profonda e fedele estimatrice dei Pantaloni fin dal primo momento, oppure posso essere sincera e dirvi che stavo quasi per buttarli via. Ma devo tornare indietro un po' e raccontarvi come sono nati i Pantaloni Viaggianti.

La fortuna non fa mai regali, solo prestiti.
Antico proverbio cinese

«Potresti chiudere quella valigia?» chiese Tibby a Carmen. «Mi fa stare male.» Carmen gettò un'occhiata alla borsa di tela spalancata come una grossa bocca in mezzo al suo letto. D'un tratto avrebbe voluto avere solo biancheria nuova di zecca. Dal suo migliore paio di slip di raso spuntavano minuscoli pezzettini di elastico tutto intorno alla vita.

«Fa stare male me» intervenne Lena. «Io non ho ancora cominciato a fare i bagagli e ho l'aereo alle sette.»

Carmen chiuse la valigia lasciando cadere il coperchio e si sistemò sul tappeto. Era impegnata nell'impresa di togliersi lo smalto blu marina dalle unghie dei piedi.

«E tu, Lena, potresti evitare di ripetere quella parola?» chiese Tibby afflosciandosi sul letto di Carmen. «Quella sì che mi fa stare male.»

«Quale parola?» domandò Bridget. «Bagagli? Aereo? Sette?»

Tibby rifletté. «Tutte.»

«Dai, Tibs» disse Carmen, allungandosi da dov'era seduta per afferrarle un piede. «Andrà tutto bene.»

Tibby ritrasse il piede. «Andrà tutto bene per voi che partite. Non farete altro che godervi barbecue, fuochi d'artificio e bla bla bla.»

Tibby aveva strane idee su come la gente passa il tempo in South Carolina, ma Carmen non aveva voglia di litigare.

Lena si lasciò sfuggire un lieve mugolio comprensivo. Tibby si voltò verso di lei. «Smettila di compatirmi.» Lena si schiarì la gola. «Non ti compativo» si affrettò a dire, nonostante Tibby ci avesse azzeccato in pieno.

«Smettila di crogiolarti nell'autocommiserazione» commentò Bridget, rivolta a Tibby. «Sei tu che ti compatisci.»

«No» esclamò Tibby, alzando le braccia e incrociando i polsi in un gesto da strega per parare il colpo di Bridget. «Niente prediche, non è valido. Hai il permesso di farmi la predica solo quando tu ne hai bisogno per sentirti meglio.»

«Non ti stavo facendo la predica» replicò Bridget sulla difensiva, anche se le stava facendo proprio la predica.

Carmen inarcò le sopracciglia con aria saggia. «Sai, Tibbs? Se sei abbastanza perfida, magari non sentirai la nostra mancanza e noi non sentiremo la tua.»

«Carma!» strillò Tibby balzando in piedi e puntando il braccio verso di lei. «Lo vedo, sai? Mi stai facendo l'analisi. No, no e no!»

Carmen arrossì. «Non è vero» rispose calma.

Le tre amiche rimasero sedute in silenzio, zittite dalle frecciate di Tibby.

«Santo cielo, Tibby, ma non ti si può dir niente?» chiese Bridget.

Tibby rifletté. «Potreste dirmi...» Fece scorrere lo sguardo per la stanza. Le stavano salendo le lacrime agli occhi, ma Carmen sapeva che non voleva farlo vedere. «Potreste dirmi...» I suoi occhi si concentrarono sul paio di pantaloni ripiegati in cima alla pila di vestiti sulla cassettiera di Carmen. «Potreste dirmi: "Ehi, Tibby, li vuoi questi pantaloni?"»

Carmen sembrava allibita. Avvitò il tappo della bottiglietta di acetone, si avvicinò alla cassettiera e prese i pantaloni. Tibby di solito adorava i vestiti orrendi o provocatori. Quelli erano normalissimi jeans. «Dici questi?» Avevano tre brutte pieghe perché erano rimasti schiacciati sotto un mucchio di roba per un bel po'.

Tibby annuì seria. «Quelli.»

«Ma li vuoi sul serio?» Carmen non se la sentiva di confessare che aveva in mente di buttarli via. Tanto meglio se interessavano a qualcuno!

«Mmm.»

Tibby pretendeva una piccola dimostrazione di amore incondizionato. E in effetti ne aveva tutti i diritti. Tre di loro avrebbero preso il volo il giorno dopo, dirette verso grandi avventure, mentre lei stava per avviare la sua carriera al magnifico supermercato Wallman's nella fantastica cittadina di Bethesda, per uno stipendio che superava di ben cinque centesimi il minimo.

«Okay» disse Carmen con aria benevola, passando i jeans all'amica.

Tibby li abbracciò distrattamente, con una punta di delusione per averli ottenuti così in fretta.

Lena li stava osservando. «Ma sono i pantaloni che hai preso nel negozio dell'usato vicino allo Yes!?»

«Yes!» strillò Carmen in tutta risposta.

Tibby li dispiegò. «Grandi!»

All'improvviso a Carmen sembrarono diversi. Ora

che interessavano a qualcuno, sembravano un po' più carini.

«Non credi che dovresti provarteli?» chiese Lena, pratica. «Se vanno bene a Carmen, a te non staranno.»

Carmen e Tibby la fulminarono con lo sguardo: non sapevano chi delle due dovesse sentirsi più offesa.

«Be'?» chiese Bridget balzando in difesa di Lena. «Voi due avete una struttura fisica completamente diversa. Non è chiaro?»

«Bene» sibilò Tibby, felice di poter tornare scontrosa. Si sfilò i pantaloni militari con le tasche sulle cosce, di un marrone scolorito con la pietra pomice, rivelando slip e reggiseno di cotone color lavanda. Poi, per enfatizzare il colpo di scena, voltò la schiena alla amiche mentre infilava i jeans. Tirò su la cerniera, chiuse il bottone e si girò. «Ta-da!»

Lena la squadrò da capo a piedi. «Ehi!»

«Tibs, sei uno schianto!» proclamò Bridget.

Tibby cercò di non sorridere troppo. Andò allo specchio e si mise di profilo. «Credete davvero che vadano bene?»

Tibby aveva i fianchi stretti e le gambe lunghe, rispetto alla sua struttura minuta. I pantaloni le scendevano sotto la vita, stringendole i fianchi in un abbraccio intimo e lasciando intravvedere una striscia chiara di pancia piatta, con un ombelico molto carino.

«Sembri una ragazza» disse Bridget.

Tibby non replicò. Sapeva bene quanto le altre che nei pantaloni giganti che portava di solito sembrava uno stecco senza forme.

I jeans le ricadevano un po' troppo lunghi sui piedi, ma per lei era perfetto.

D'un tratto Tibby parve incerta. «Non so. Forse dovrebbe provarli qualcun altro.» Lentamente li sbottonò e abbassò la cerniera.

«Tibby, tu sei pazza» disse Carmen. «Quei pantaloni sono innamorati di te. Ti desiderano con il corpo e con la mente.» Non riusciva a non vedere quei jeans sotto una luce del tutto nuova.

Tibby li lanciò a Lena. «Eccoli. Prova tu.»

«Perché? L'idea era che fossero tuoi» protestò Lena.

Tibby si strinse nelle spalle. «Provali soltanto.»

Carmen notò che Lena studiava i pantaloni con un certo interesse. «Perché no? Provali, Lena.»

Lena osservò i jeans con circospezione. Si sfilò i suoi calzoni cachi e si mise i jeans. Prima di scoccare un'occhiata allo specchio si assicurò che fossero ben abbottonati e sistemati sui fianchi.

Bridget la fissava ammirata.

«Lenny, mi farai venire un colpo!» esclamò Tibby.

«Gesù, Lena!» commentò Carmen. «Perdonami, Gesù» aggiunse subito, pentita.

«Sono proprio dei bei pantaloni» commentò Lena con reverenza, quasi in un sussurro.

Loro tre erano abituate a Lena, ma Carmen sapeva benissimo che il resto del mondo la trovava una bellezza mozzafiato. Aveva la pelle mediterranea che si abbronzava facilmente, capelli neri lucidi e lisci, occhi grandi, verde chiaro. Aveva un viso così dolce e delicato, che a Carmen dava quasi una stretta allo stomaco: una volta, quando aveva confessato a Tibby il timore che un regista notasse Lena e se la portasse via, Tibby aveva ammesso di avere anche lei la stessa preoccupazione. Ma la persone molto belle sono proprio come quelle molto strane: quando le conosci, non ci fai più caso.

I pantaloni aderivano perfettamente alla vita di Lena, seguivano la linea dei suoi fianchi, le fasciavano alla perfezione le gambe e le cadevano esattamente sui piedi. Quando Lena fece due passi, i jeans parvero abbracciare delicatamente ognuno dei suoi muscoli, accompagnandoli nel loro movimento elastico. Carmen notò con stupore che effetto completamente diverso facevano sull'amica rispetto all'uniforme cachi firmata J. Crew.

«Molto sexy» disse Bridget.

Lena rivolse un'altra occhiata furtiva allo specchio. Aveva sempre l'aria imbarazzata, con il collo piegato in avanti, quando si guardava allo specchio. Indietreggiò. «Secondo me sono troppo aderenti» disse.

«Stai scherzando?» abbaiò Tibby. «Sono belli. Ti stanno mille volte meglio dei pantaloni molli che ti metti di solito.»

Lena si voltò verso di lei. «Lì in mezzo dovrebbe esserci nascosto un complimento?»

«Davvero. Dovresti tenerli» insistette Tibby. «Non so come dire... ti trasformano.»

Lena giocherellava con le asole della cintura. Non era mai a suo agio quando si parlava del suo aspetto.

«Tu sei sempre bella» aggiunse Carmen, «ma Tibby ha ragione... sembri... non so... diversa.»

Lena fece scivolare i pantaloni dai fianchi. «Ora deve provarli Bee.»

«Io?»

«Sì, tu» confermò Lena.

«È troppo alta perché le stiano» obiettò Tibby.

«Be', almeno prova» insistette Lena.

«Non ho bisogno di altri jeans» disse Bridget. «Ne avrò nove paia.»

«Ma senti, non ti faranno mica paura?» la stuzzicò Carmen. Queste sfide stupide funzionavano sempre con Bridget.

Bridget li strappò di mano a Lena, si sfilò i jeans azzurro chiaro, con un calcio li lanciò ad ammonticchiarsi sul pavimento e si mise i pantaloni nuovi. All'inizio se li tirò su bene in vita, e così le stavano troppo corti, ma appena li lasciò andare i pantaloni le si adattarono con grazia sui fianchi.

«Du-du-du-du» canticchiò Carmen: il motivo di *Ai confini della realtà*.

Bridget si voltò a guardare come le stavano dietro. «Allora?»

«Non sono corti, sono perfetti» osservò Lena.

Tibby inclinò la testa per osservare attentamente l'amica. «Sembri quasi... minuta, Bee. Non la solita amazzone.»

«La fiera degli insulti prosegue...» commentò Lena ridendo.

Bridget era alta, spalle larghe, gambe lunghe e mani grandi. Veniva facile pensarla come una ragazza robusta, ma aveva vita e fianchi sorprendentemente sottili.

«Ha ragione» confermò Carmen. «Ti stanno meglio dei tuoi soliti pantaloni.»

Bridget agitò i fianchi davanti allo specchio. «Sono proprio belli» disse. «Uau! Credo che non mi dispiacerebbe averli.»

«Hai un gran bel sederino» osservò Carmen.

Tibby scoppiò a ridere. «Ha parlato la regina dei

sederi!» D'un tratto le apparve negli occhi un'espressione maliziosa. «Ehi, sapete come possiamo fare a capire se questi pantaloni sono davvero magici?»

«Come?» chiese Carmen.

Tibby scosse un piede nell'aria. «Provali tu. So che sono tuoi e tutto il resto, ma insomma, scientificamente parlando è impossibile che questi pantaloni stiano bene anche a te.»

Carmen si mordicchiava l'interno della guancia. «Stai diffamando il mio posteriore?»

«Dai, Carma. Sai benissimo che te lo invidio. Solo che non riesco a credere che ci stia dentro questi pantaloni» disse Tibby con aria pratica.

Bridget e Lena annuirono.

All'improvviso Carmen fu colta dal timore che quei pantaloni capaci di abbracciare con tanta grazia amorevole i corpi delle amiche non potessero adattarsi alle sue cosce. Non era grassa, ma aveva ereditato il sedere dalla metà portoricana della famiglia. Era decisamente ben fatto, e di solito ne era orgogliosa, ma ora entravano in gioco quei pantaloni e i tre microsederi delle sue amiche: non le sarebbe piaciuto aggiudicarsi il titolo di Gran Balena.

«No. Non li voglio» disse alzandosi in piedi, pronta a cambiare argomento. Sei occhi rimasero fissi sui pantaloni.

«Sì» disse Bridget. «Devi provarli.»

«Dai, per favore, Carmen» disse Lena.

C'era troppa attesa sul viso delle amiche perché potessero arrendersi senza combattere. «D'accordo, ma non aspettatevi che mi stiano bene. Sono sicura che non sarà così.»

«Carmen, quei pantaloni sono tuoi» fece notare Bridget.

«Sì, cervellona, ma non li ho mai provati prima» ribatté Carmen, con energia sufficiente a zittire altre domande. Si sfilò i calzoni neri a zampa d'elefante e si tirò su i jeans. Non le si arenarono sulle cosce. Scivolarono a coprirle i fianchi senza fare tante storie. Carmen li abbottonò. «Allora, che ve pare?» Non si sentiva ancora pronta per azzardare un'occhiata allo specchio.

Nessuno fiatava.

«Allora?» Carmen era inquieta. «Allora? Sono così tremendi?» Trovò il coraggio di incrociare lo sguardo di Tibby. «Insomma, mi dite qualcosa?»

«Io... io... insomma ...» balbettò Tibby.

«Oh, mio Dio» sussurrò Lena.

Carmen arretrò, distogliendo lo sguardo dalle amiche. «Adesso me li levo e faremo finta che non sia mai successo nulla» disse, con le guance in fiamme.

Finalmente Bridget ritrovò la parola. «Carmen, ti sbagli! Guardati! Sei uno spettacolo. Una visione. Una supermodella.»

Carmen si mise le mani sui fianchi e fece la faccia acida. «Ne dubito.»

«Sul serio. Guardati» le ordinò Lena. «Questi sono pantaloni magici.»

Carmen si guardò. Prima da lontano, poi da vicino. Di fronte e di dietro.

Il CD che stavano ascoltando finì, ma nessuna di loro parve accorgersene. Il telefono squillava in lontananza, ma nessuna si mosse per andare a rispondere. La strada, di solito gonfia di traffico, era silenziosa.

Carmen finalmente trasse un respiro. «Questi sono pantaloni magici.»

Fu un'idea di Bridget. La scoperta dei pantaloni magici proprio il giorno prima delle prime vacanze estive che avrebbero trascorso separate meritava una spedizione da Gilda. Tibby portò il cibo e la videocamera, Carmen si incaricò di recuperare la più orrenda musica dance anni Ottanta, Lena pensò a ciò che serviva per creare l'atmosfera. Bridget portò le forcine grandi e i Pantaloni. La questione genitori la sbrigarono come al solito: Carmen disse a sua madre che era da Lena, Lena disse a sua madre che era da Tibby, Tibby disse a sua madre che era da Bridget e Bridget chiese a suo fratello di dire a suo padre che era da Carmen. Bridget passava così tanto tempo a casa delle amiche da rendere piuttosto dubbia l'eventualità che Perry trasmettesse il messaggio o che il padre di Bridget si preoccupasse, ma anche questo faceva parte della tradizione.

Come al solito si diedero appuntamento all'entrata sulla Wisconsin Avenue, alle dieci meno un quarto. Il locale ovviamente era buio e sprangato, ed era qui che entravano in gioco le forcine. Le tre amiche rimasero a guardare con il fiato sospeso mentre Bridget forzava con mano esperta la serratura. Negli ultimi tre anni avevano ripetuto l'impresa almeno una volta l'anno, ma la parte dell'irruzione rimaneva immancabilmente eccitante. Per fortuna, l'apparato di sicurezza di Gilda zoppicava come al solito. D'altra parte, cosa c'era lì da rubare? Tappetini azzurri puzzolenti? Una cassa di pesi rugginosi e scompagnati?

La serratura scattò, la maniglia girò e le quattro amiche sfrecciarono su per le scale, dirette al secondo piano, lasciandosi sfuggire apposta qualche urletto isterico sulla scalinata buia. Lena sistemò le coperte e le candele. Tibby tirò fuori il cibo: pasta cruda per biscotti spremuta da un tubetto freddo di congelatore, tortine alla fragola con la glassa rosa, i classici salatini un po' induriti e deformi, vermicelli di gomma alla frutta e qualche bottiglia di succo di frutta. Carmen si occupò della musica: scelse un pezzo tremendo, e piuttosto preistorico, di Paula Abdul, mentre Bridget saltellava qua e là davanti alla parete a specchi.

«Secondo me questo era il posto di tua madre, Lenny» strillò Bridget mentre rimbalzava su un'asse del pavimento più malconcia delle altre.

«Divertente» disse Lena. C'era una famosa foto delle quattro mamme che esibivano le loro tute da aerobica anni Ottanta e quattro pance tonde: la mamma di Lena era di gran lunga la più grossa. Alla nascita Lena pesava più di Bridget e suo fratello Perry messi insieme.

«Pronte?» Carmen abbassò la musica e depose solennemente i pantaloni in mezzo alla coperta.

Lena stava ancora accendendo le candele.

«Bee, sbrigati» gridò Carmen rivolgendosi a Bridget che rideva e faceva le facce davanti allo specchio.

Appena si furono riunite tutte e Bridget ebbe finito con l'aerobica, Carmen esordì: «Nell'ultima notte prima della diaspora...» e qui inserì una breve pausa perché tutte potessero ammirare l'uso del termine, «... abbiamo scoperto qualcosa di magico.» Sentì un leggero pizzicore sotto l'arcata dei piedi. «La magia si manifesta in molteplici forme e stanotte viene a noi sotto le sembianze di un paio di pantaloni. Io propongo dunque che questi Pantaloni appartengano ugualmente a tutte noi, che ci seguano in ogni nostro viaggio e che ci tengano insieme nei momenti in cui siamo separate.»

«Pronunciamo il giuramento dei Pantaloni Viaggianti!» Bridget afferrò con entusiasmo le mani di Lena e di Tibby. Lei e Carmen erano sempre quelle che recitavano con più spontaneità le cerimonie di amicizia, mentre Tibby e Lena erano goffe, come se fossero davanti alle telecamere.

«In questa notte noi siamo le Vere Amiche dei Pantaloni Viaggianti» intonò Bridget non appena tutte e quattro ebbero formato un cerchio. «In questa notte noi affidiamo ai Pantaloni l'amore della nostra Vera Amicizia, perché ognuna di noi possa portarlo con sé ovunque vada.»

La fiamma delle candele vibrava nel grande stanzone.

Lena aveva un aspetto solenne, mentre la faccia di Tibby tradiva una lotta interna, ma Carmen non capiva se fosse contro le lacrime o contro una risata.

«Dovremmo mettere per iscritto le regole» suggerì Lena, «così sapremo come comportarci: non so a chi spettano i Pantaloni, e quando, e cose del genere.»

Erano tutte d'accordo, così Bridget rubò un foglio e una penna dal piccolo ufficio di Gilda.

Tra una merendina e l'altra, mentre Tibby filmava l'evento per i posteri, stilarono le regole: il Manifesto, come lo battezzò Carmen. «Mi sento come uno dei padri fondatori» dichiarò orgogliosa. L'incarico di scrivere fu affidato a Lena, perché aveva la calligrafia più aggraziata.

Ci volle un po' per selezionare cosa inserire nel decalogo: mentre Lena e Carmen volevano regole che parlassero di amicizia (tipo il fatto di rimanere in contatto con le altre durante l'estate o che i Pantaloni dovessero passare dall'una all'altra), Tibby aveva in mente le cose più assurde che si potevano o non si potevano fare indossando i Pantaloni (tipo mettersi le dita nel naso). Bridget ebbe invece l'idea di scrivere sui Pantaloni le memorie dell'estate non appena si fossero ritrovate tutte e quattro insieme. Quando finalmente riuscirono a trovare un accordo, Lena aveva in mano una lista che comprendeva le regole più strane, dalle più autentiche alle più assurde, ma Carmen era certa che le avrebbero rispettate.

Poi parlarono di quanto tempo ognuna di loro dovesse tenere i Pantaloni prima di passarli a un'altra; e alla fine decisero che ciascuna di loro li avrebbe consegnati quando avesse avuto la sensazione che era giunto il momento. Per garantire che i Pantaloni circolassero, stabilirono però che nessuna potesse tenerli più di una settimana, a meno che non ne avesse davvero bisogno. Questo significava che i Pantaloni sarebbero riusciti a fare il giro completo due volte entro la fine dell'estate.

«La prima ad averli dovrebbe essere Lena» disse Bridget annodando due vermi di gomma e staccando un morso dal nodo appiccicoso. «La Grecia è un bel posto da cui partire.»

«Poi posso venire io?» chiese Tibby. «Ne avrò bisogno per tirarmi fuori dalla depressione.» Lena annuì.

Poi sarebbe toccato a Carmen, e infine a Bridget. Quindi, tanto per rimescolare un po' le cose, i Pantaloni avrebbero fatto il giro contrario: da Bridget a Carmen, poi a Tibby e di nuova a Lena.

Mentre discutevano, la mezzanotte arrivò a segnare lo spartiacque tra il loro ultimo giorno insieme e il primo giorno che avrebbero passato separate. C'era un brivido nell'aria, e Carmen leggeva sul volto delle amiche che non era l'unica ad avvertirlo. I Pantaloni parevano racchiudere le promesse dell'estate. Quelle sarebbero state le prime vacanze che Carmen passava per intero con suo padre da quando era bambina. Si immaginava insieme a lui, a ridere e farlo ridere, con i Pantaloni.

Lena depose solennemente il Manifesto sopra i Pantaloni. Bridget chiese un minuto di silenzio. «Ai Pantaloni» disse.

«E alla Vera Amicizia» aggiunse Lena.

Carmen si sentì correre lungo le braccia la pelle d'oca. «E a questo momento, a questa estate e al resto della nostra vita.»

«Insieme e lontane» concluse Tibby.

Noi quattro, Vere Amiche, decretiamo le regole che governeranno l'uso dei Pantaloni Viaggianti:

1. Non laverai mai i Pantaloni.

2. Non li porterai mai con i risvolti in fondo: i risvolti sono fuori moda e lo rimarranno sempre, nei secoli dei secoli.

3. Non pronuncerai mai la parola "ciccia" al cospetto dei Pantaloni e mai penserai "sono grassa" mentre Li indossi.

4. Non permetterai mai a un ragazzo di sfilarti i Pantaloni (ma potrai sfilarteli da sola in sua presenza).

5. Non ti metterai mai le dita nel naso mentre indossi i Pantaloni, ma ti sarà concesso di darti una grattatina disinvolta alle narici quando proprio muori dalla voglia di metterti le dita nel naso.

6. Al momento della nostra riunione, dovrai seguire le procedure previste per documentare il periodo in cui hai portato i Pantaloni:
   - Sulla gamba sinistra scriverai il posto più eccitante in cui sei stata mentre li indossavi.
   - Sulla gamba destra scriverai la cosa più importante che ti è successa mentre li indossavi (per esempio, "mentre indossavo i Pantaloni Viaggianti ho baciato il mio secondo cugino Ivan.").

7. Dovrai scrivere alle tue Vere Amiche durante tutta l'estate, per quanto tu possa divertirti da pazzi anche senza di loro.

8. Passerai i Pantaloni alle tue Vere Amiche secondo lo schema prestabilito dalla Vera Amicizia. Il mancato adempimento di tale regola comporterà una severa sculacciata dopo la nostra riunione.

9. Non indosserai i Pantaloni con la cintura né infilandoci dentro la maglietta.
Vedi regola n. 2.

10. Ricorda: Pantaloni = Amore.
Ama le tue amiche. Ama te stessa.

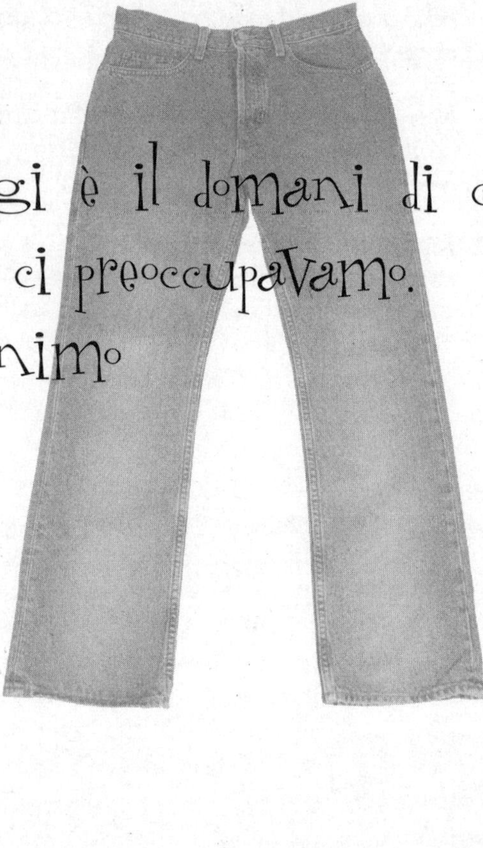

Oggi è il domani di cui ieri ci preoccupavamo.

Anonimo

Una volta, quando aveva dodici anni, Tibby si era accorta di poter usare come criterio per misurare la propria felicità il suo porcellino d'India, Mimì. Quando era impegnata, tutta piani e progetti, Tibby sfrecciava per la camera, provando una vaga tristezza per Mimì costretta a sonnecchiare ignobilmente tra i suoi trucioli di segatura, mentre la sua vita era così magnifica.

Chiaro segno di infelicità era invece quando si scopriva a fissare Mimì con invidia e voleva trovarsi lei a bere grosse gocce d'acqua da un cilindretto sistemato esattamente all'altezza della sua bocca, a rannicchiarsi sotto il tepore dei trucioli di legno, a dover decidere solo se fare qualche giretto sulla ruota da ginnastica o godersi un altro pisolino. Niente decisioni, niente delusioni.

Tibby aveva sette anni quando le era arrivato il porcellino d'India. All'epoca era convinta che Mimì fosse il nome più bello del mondo. Lo aveva conservato per quasi un anno, aspettando. Sarebbe stato facilissimo sprecare il nome migliore per un animale di peluche o per un'amica immaginaria, ma Tibby aveva resistito. Erano ancora i giorni in cui Tibby aveva fiducia nei propri gusti.

Oggi, con il grembiule verde di Wallman's ripiegato sotto il braccio, senza nessuno con cui lamentarsi e senza alcun progetto allettante davanti a sé, Tibby era semplicemente gelosa.

Nessuno hai mai spedito un porcellino d'India al lavoro, giusto? Immaginò Mimì con una divisa verdina: ma no, Mimì era irrimediabilmente improduttiva.

In quell'istante arrivò un ululato dalla cucina, tanto per ricordare a Tibby l'esistenza in casa di due altre creature improduttive: il fratellino di due anni e la sorellina di uno. Erano soltanto rumore e distruzione e orridi pannolini ambulanti. Perfino Wallman's poteva sembrare un luogo di pace religiosa rispetto a casa loro all'ora di pranzo.

Tibby infilò la videocamera nel suo astuccio e la mise sullo scaffale più alto, nel caso che Nicky si fosse intrufolato di nuovo in camera sua. Poi appiccicò un pezzo di nastro adesivo sul tasto per accendere il computer e una striscia più lunga sul drive del CD. Nicky adorava spegnerle a tradimento il computer e cacciare a forza i dischi nel lettore CD.

«Vado al lavoro» gridò a Loretta, la babysitter, mentre scendeva le scale e usciva dalla porta di casa senza fermarsi. Non esprimeva mai le sue intenzioni sotto forma di domanda, per evitare che Loretta si illudesse di avere potere anche su di lei.

Molti futuri studenti di terza avevano la patente. Tibby aveva la bici. Quel mattino percorse il primo isolato cercando di tenere inchiodati sotto il braccio portafoglio e grembiule, ma non riusciva a manovrare. Si fermò. L'unica soluzione ragionevole sarebbe stata indossare il grembiule e infilare il portafoglio nella tasca. Tibby li sistemò di nuovo tutti e due sotto il braccio e riprese a pedalare.

In Brissard Lane, il portafoglio le scivolò da sotto il braccio e rimbalzò sull'asfalto. Tibby rischiò di urtare contro un'auto che passava. Si fermò di nuovo e recuperò il portafoglio.

Si diede una rapida occhiata intorno e decise che durante i prossimi quattro isolati tra lì e il supermercato non avrebbe incontrato nessuno di sua conoscenza. Si infilò il grembiule facendolo passare per la testa, si ficcò il portafoglio in tasca e riprese a pedalare sfrecciando come il vento.

«Ehi, Tibby» la apostrofò una voce familiare non appena ebbe fatto la curva per entrare nel parcheggio. Ebbe un tuffo al cuore. «Come va?»

Era Tucker Rowe, secondo lei il più carino tra gli studenti del terzo anno dell'intera contea di Westmoreland. Per l'estate si era lasciato crescere una minuscola barbetta sotto il labbro inferiore. Era in piedi vicino alla sua macchina, un muscoloso modello anni Settanta che la mandava in deliquio.

Tibby non riuscì a guardarlo. Il grembiule le scottava sulla pelle. Mentre metteva il lucchetto alla bici rimase a testa bassa, poi si tuffò nel supermercato sperando che lui si convincesse di essersi sbagliato e pensasse che quella poverina in grembiule di poliestere con le minuscole pinces sul seno non fosse in realtà Tibby, ma un facsimile molto meno in gamba.

Cara Bee,

allego un quadratino di fodera del mio grembiule. Un po' per il gusto di mutilare questo coso orribile, un po' per farti vedere che aspetto ha una stoffaccia di poliestere.

Tibby

«Bridget Vreeland?» Connie Broward, la direttrice del campo, faceva l'appello leggendo dal blocco.

Bridget era già in piedi. Non riusciva più a stare seduta. Non riusciva a tenere i piedi fermi. «Eccomi!» gridò. Si mise la borsa con il sacco a pelo su una spalla e lo zaino sull'altra. Una brezza tiepida soffiava sulla baia di Concepción. Dall'edificio centrale del campeggio si poteva vedere fino alla baia turchese. Bridget sentiva l'eccitazione scorrerle nelle vene.

«Baracca quattro, segui Sherrie» disse Connie.

Bridget si sentiva addosso un mucchio di occhi, ma non ci fece troppo caso. Era abituata ad avere gente che la guardava. Sapeva di avere capelli insoliti: lunghi e lisci, avevano il colore di una banana sbucciata. La gente li notava sempre. Bridget, tra l'altro, era alta, con lineamenti regolari: naso dritto e tutte le altre cose al posto giusto. Questa combinazione di qualità portava sempre tutti a credere che fosse bella.

Ma lei non era bella. Non quanto Lena. Il suo viso non aveva grazia e poesia particolari. Bridget lo sapeva, come sapeva che anche gli altri probabilmente se ne accorgevano, una volta superata la faccenda dei capelli.

«Ciao, io sono Bridget» disse a Sherrie, buttando la propria roba sul letto che le era stato indicato.

«Bene arrivata» disse Sherrie. «Vieni da lontano?»

«Washington D.C.»

«È un bel viaggione.»

Lo era. Bridget si era svegliata alle quattro per prendere il volo delle sei per Los Angeles, poi da lì un volo di due ore per il minuscolo aeroporto di Loreto, una cittadina sulla costa orientale della penisola della Baja California, sul mar di Cortez. Poi c'era stato il viaggio su un piccolo bus... lungo giusto quanto bastava perché Bridget cadesse in un sonno profondo e si svegliasse disorientata.

Sherrie spostò la sua attenzione all'altra nuova ospite del campeggio. La baracca ospitava quattordici semplici brandine di metallo, su ognuna della quali era posato un materasso sottile. L'interno dello stanzone, fatto di tavole di legno messe insieme alla meno peggio, aveva l'aria grezza. Bridget uscì sul minuscolo portico davanti.

Se l'interno della baracca era un classico dei campeggi, l'esterno era magico. Il campeggio si trovava alle spalle di un'insenatura orlata di palme e sabbia bianca. La baia era di un azzurro così perfetto da sembrare ritoccata per un dépliant turistico. Alle sue spalle si innalzava protettiva una catena di montagne che, spalla a spalla, attraversavano la penisola di Concepción.

Dietro le baracche del campeggio si levavano alcune colline più basse e scabre. Miracolosamente, qualcuno era riuscito a ricavare a metà tra la spiaggia e le colline aride due magnifici campi da calcio di misura regolamentare, irrigati così bene da esibire uno splendido verde uniforme.

«Ciao. Ciao.» Bridget salutò con la mano due ragazze che entrarono una dopo l'altra nella baracca a posare il bagaglio. Avevano gambe abbronzate e muscolose, da giocatrici di calcio.

Bridget le seguì nello stanzone. Quasi tutti i letti erano ormai occupati. «Vi va di fare una nuotata?» chiese. Difficilmente si lasciava intimorire dagli estranei: anzi, spesso li preferiva alla gente nota.

«Devo disfare la borsa» rispose una delle ragazze.

«Credo che tra un paio di minuti ci aspettino per cena» aggiunse l'altra.

«Okay» disse Bridget, tranquilla. «Io mi. chiamo Bridget, comunque. Ci vediamo più tardi» salutò, voltandosi mentre già si incamminava.

Si infilò in una delle docce esterne, si mise il costume da bagno e si avventurò sulla sabbia. L'aria aveva la temperatura esatta della sua pelle. L'acqua catturava tutti i colori del tramonto. I raggi del sole, che già cominciavano a sparire dietro la collina, le accarezzavano le spalle. Bridget si tuffò e rimase a lungo sott'acqua.

"Sono felice di essere qui" pensò. La sua mente volò per una frazione di secondo a Lena e ai Pantaloni Viaggianti: non vedeva l'ora di prenderne possesso e di viverci dentro un'avventura.

Poco più tardi, quando si presentò a cena, Bridget notò con entusiasmo che le lunghe tavolate erano state allestite sulla veranda semplice e spaziosa che si apriva a fianco della mensa, invece di essere ammassate all'interno, nel locale dal soffitto basso. Una folta parrucca viola di bougainvillea pendeva dal tetto e si arrampicava sul pergolato. In un posto simile sembrava una follia passare anche un minuto al chiuso.

Bridget era seduta tra altre occupanti della baracca quattro. C'erano in totale sei baracche, quindi Bridget calcolò rapidamente che in totale dovevano essere ottantaquattro ragazze, tutte autentiche atlete, condizione indispensabile per essere ammesse al campo. Alla fine del turno le avrebbe conosciute tutte e magari si sarebbe anche affezionata a loro, ma quella sera Bridget faticava perfino a ricordarne il nome. Era quasi sicura che quella con i capelli scuri lunghi fino alle spalle fosse Emily. La ragazza di fronte, con i capelli crespi biondi, doveva essere Olivia, detta Ollie. Accanto a lei c'era una ragazza afroamericana con i capelli che le arrivavano a metà schiena, Diana.

Mentre divoravano tacos ai frutti di mare ed enormi quantità di riso e fagioli accompagnandoli con una limonata che dal sapore sembrava fatta con le polverine, Connie si avvicinò a un podio improvvisato e raccontò gli anni che aveva passato nella squadra olimpica femminile degli Stati Uniti. Sparpagliati per i tavoli c'erano vari allenatori e preparatori tecnici.

Tornata alla baracca, Bridget si infilò nel sacco a pelo e prese a fissare lo spicchio di luna che si intravvedeva tra due travi del soffitto. D'un tratto la attraversò un pensiero: era in Baja California. Perché doveva accontentarsi di un frammento di cielo quando poteva averlo tutto quanto? Si alzò e si ficcò sotto il braccio sacco a pelo e cuscino.

«C'è qualcuno che ha voglia di dormire in spiaggia?» chiese, rivolta al gruppo.

Ci fu una pausa, e alcune parlottarono tra loro.

«Ma abbiamo il permesso?» chiese Emily.

«Non ho mai sentito dire il contrario» rispose Bridget. Non era indispensabile per il suo piano che qualcuno la seguisse, ma non le dispiacque quando due compagne decisero di unirsi a lei: Diana e un'altra ragazza di nome Jo.

Sistemarono i sacchi a pelo sull'orlo interno della grande spiaggia. Chissà quanto si alzava la marea durante la notte. Il suono dolce della risacca batteva ritmico sulla battigia. Le stelle si allargavano splendide sopra di loro.

Bridget era così felice, così appagata che le fu difficile stendersi nel sacco a pelo. Si scoprì a sospirare alla vista del cielo pulsante in alto sopra di lei. «Adoro questo posto.»

Jo si rannicchiò ancora più a fondo nel sacco a pelo. «È incredibile.»

Per un po' tutte e tre guardarono il cielo in silenzio.

Diana alzò la testa e la posò sul palmo della mano. «Non so se riuscirò ad addormentarmi. Uno spettacolo così ti annulla, non pensate? Ti fa sentire insignificante. La mente oltrepassa i confini del cielo e continua ad andare avanti all'infinito.»

Bridget rise in segno di approvazione. In quel momento Diana le ricordava piacevolmente Carmen, con il suo filosofeggiare e le sue chiacchiere psicologiche. «Davvero? Non mi è mai venuta in mente una cosa simile» disse Bridget.

"Gli aeroplani sono così puliti." A Carmen piaceva. Le piacevano l'odore standard, industriale, e la schiera di pacchetti che si accalcavano sul suo vassoio.

Le piaceva anche la mela in miniatura. Perfetta per misura, forma e colore. Un po' finta, forse, ma al tempo stesso rassicurante. La infilò nella borsa: meglio tenere qualcosa per più tardi.

Non era mai stata a casa di suo padre: era sempre stato lui a venire a trovarla. Riusciva a immaginarla, però. Suo padre non era disordinato, ma non aveva neppure il doppio cromosoma X: non c'erano da aspettarsi tende alle finestre, copriletti a proteggere le lenzuola o bicarbonato in frigorifero. Probabilmente si aggirava per la casa qualche creatura di polvere, magari non proprio in mezzo alle stanze, ma con molta probabilità sotto il divano sì. (Chissà se c'era un divano, tra l'altro.) Carmen sperava di dormire tra lenzuola di cotone. Conoscendo suo padre, poteva benissimo trovarsele di misto poliestere: lei non le sopportava.

Magari tra una partita a tennis e un film di John Woo, o qualsiasi altra cosa avessero deciso di fare il sabato pomeriggio, sarebbe riuscita a trascinarlo in un negozio per la casa a comprare qualche tovaglia carina e un vero bollitore per il tè. Lui si sarebbe lamentato, ma lei lo avrebbe trasformato in un divertimento, e alla fine anche lui l'avrebbe apprezzato. Carmen fantasticava che magari alla fine dell'estate suo padre sarebbe stato triste, avrebbe chiesto se c'erano posti nel liceo della zona e le avrebbe chiesto, sul serio, se lei avrebbe mai potuto sentirsi a casa in South Carolina.

Carmen osservò la pelle d'oca sollevarle i peli scuri e sottili dell'avambraccio.

Non vedeva suo padre da Natale. Natale era da sempre il loro periodo. Da quando lei aveva sette anni e i suoi genitori si erano separati, ogni anno suo padre veniva a stare per quattro giorni all'Embassy Suites, a Friendship Heights, e loro due passavano tutto il tempo insieme. Andavano al cinema, correvano lungo il canale e cercavano il modo di ricambiare gli assurdi regali di Natale che Carmen riceveva dalle sorelle del padre.

Capitava poi che il padre riuscisse a passare qualche altra notte in città per lavoro, tre o quattro volte l'anno. Carmen sapeva che lui coglieva al volo qualsiasi pretesto per capitare nella zona di Washington. Cenavano sempre in un ristorante scelto da lei, ma lei cercava sempre di trovare posti che piacessero a lui. Spiava sempre l'espressione del padre mentre osservava il menu e poi quando attaccava con il primo morso. Lei assaggiava a malapena il proprio cibo.

Sentì un rumore raschiante sotto il ventre dell'aeroplano. I casi erano due: o un motore si stava sganciando, oppure stavano sbucando i carrelli delle ruote per l'atterraggio. C'erano troppe nuvole per capire a che distanza da terra si trovavano. Carmen schiacciò la fronte contro la plastica gelida del finestrino. Strizzò gli occhi sperando in uno squarcio tra le nuvole. Voleva vedere l'oceano. Voleva vedere dov'era il nord. Voleva vedere il panorama dall'alto, prima di atterrare.

«Rimetta a posto il tavolino, per cortesia, e lo blocchi» cinguettò un'assistente di volo all'uomo seduto accanto a Carmen, dalla parte del corridoio, poi recuperò i resti del vassoio di Carmen. Il suo vicino era grosso, quasi calvo e continuava a sbatterle la ventiquattrore contro lo stinco.

In aereo, Bridget capitava sempre accanto ad adorabili coetanei che prima dell'atterraggio le chiedevano immancabilmente il numero di telefono. A Carmen invece toccava sempre il posto di mezzo, schiacciata tra uomini con dita grasse, anelli con lo stemma della scuola e rendiconti delle vendite da sfogliare.

«Assistenti di volo ai propri posti per l'atterraggio, per cortesia» annunciò il capitano tramite l'altoparlante. Carmen avvertì un brivido al fondo dello stomaco. Raddrizzò le gambe, posò i piedi sul pavimento, e si fece il segno della croce come faceva sempre sua madre al momento di un decollo o un atterraggio. Si sentiva un po' un'attrice, ma d'altra parte era davvero quello il momento più opportuno per infrangere le superstizioni?

Tibby,

sei qui con me, anche se non ci sei. Adoro tutto di questa vacanza, tranne il fatto che abbiamo dovuto separarci e sappiamo che ti dispiace di essere rimasta a casa. Così, non mi sembra giusto essere felice. Mi sento così strana senza di voi. Senza di te, mi sento un po' Tibby... non quanto te, però.

XXX,

Carma

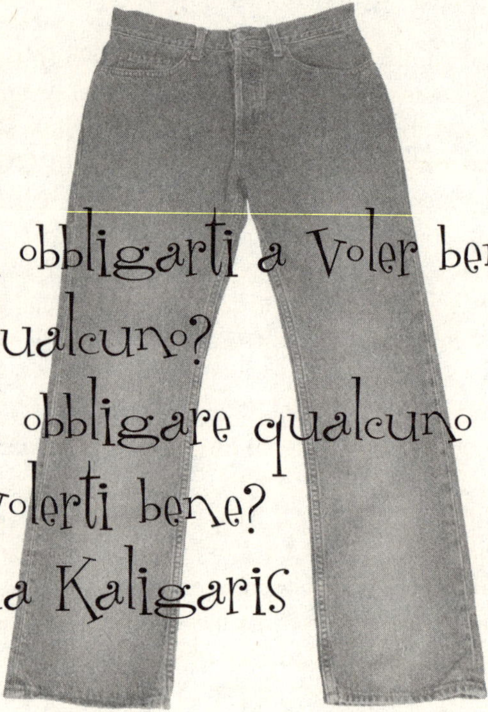

Puoi obbligarti a voler bene a qualcuno?
Puoi obbligare qualcuno a volerti bene?

Lena Kaligaris

Innanzitutto la porta d'entrata. Era dipinta di uno squillante giallo tuorlo d'uovo contro un giallo più chiaro. Attorno alla porta, la facciata della casa era di un azzurro brillante ai limiti del possibile. Chi poteva immaginare un azzurro simile? Lena alzò il volto verso il cielo pomeridiano sgombro di nuvole. Oh.

A Bethesda, se uno avesse dipinto la casa di quei colori, gli avrebbero dato del drogato. I vicini ti avrebbero denunciato e di notte sarebbero venuti con le bombolette spray a ridipingerla di beige. Qui il colore esplodeva ovunque, vivo contro le pareti bianche di calce.

«Lena, vai!» si lamentò Effie, spingendo avanti con il piede la valigia della sorella.

«Benvenute, ragazze. Benvenute a casa!» esclamò la nonna battendo le mani. Il nonno infilò la chiave nella serratura e spalancò la porta color del sole.

La combinazione di jet lag, sole e presenza di quei due strani personaggi faceva sentire Lena in un trip allucinogeno… immaginario, ovviamente. Non aveva mai sperimentato un trip, se non forse la volta che aveva mangiato gamberetti guasti al Giardino di Pechino.

Se Lena era stordita e stupefatta, la mancanza di sonno rendeva Effie semplicemente intrattabile. Lena contava in genere sulla sorella minore per le chiacchiere di circostanza, ma Effie era troppo di malumore perfino per quello. Così il percorso dal minuscolo aeroporto dell'isola a casa era stato perlopiù silenzioso. La nonna continuava a voltarsi sul sedile davanti della vecchia Fiat per ripetere: «Ma guardatevi, ragazze! Tu sei davvero una bellezza, Lena!»

Lena si augurava che la piantasse con quella solfa. Se irritava lei, quanto si sarebbe innervosita Effie a sentirselo ripetere mille volte?

L'inglese della nonna era buono, perché aveva gestito per anni un ristorante per turisti, ma il nonno, Bapi, non sembrava aver ottenuto lo stesso risultato. Lena sapeva che la nonna era un'ostessa eccezionale, il volto pubblico del ristorante che si faceva amare incantando tutti con le sue travolgenti ondate d'affetto. Il nonno in genere rimaneva nel retro, prima a cucinare, poi a occuparsi dell'amministrazione.

Lena si vergognava di non parlare greco. Stando a quanto raccontavano i suoi genitori, era stata la prima lingua che aveva parlato da bambina, per poi dimenticarla quando aveva iniziato ad andare a scuola. Con Effie, il padre e la madre non avevano neppure tentato. L'alfabeto era completamente diverso. Ora Lena avrebbe voluto parlare greco, come avrebbe voluto essere più alta o avere una voce bassa e fonda. Lo desiderava, ma non si aspettava che potesse mai succedere.

«Nonna, è bellissima la vostra porta!» esclamò Lena varcando la soglia. L'interno della casa al confronto era così buio che ebbe la sensazione di svenire. Subito vide soltanto dei puntini luminosi che le vorticavano davanti agli occhi.

«Eccoci!» gridò la nonna, battendo di nuovo le mani.

Bapi chiuse la porta, portando in spalla le due borse da viaggio delle nipoti e lo zainetto di pelo verde fosforescente di Effie: era carino e deprimente al tempo stesso.

La nonna abbracciò Lena e la strinse forte. Lei ne era contenta, ma dentro di sé era a disagio: non sapeva come rispondere al gesto.

La casa si mise finalmente a fuoco. Era più grande di quanto Lena si aspettasse, con piastrelle di ceramica a terra e bei tappeti.

«Seguitemi, ragazze» ordinò la nonna. «Vi mostrerò le vostre camere e poi berremo qualcosa di buono, d'accordo?»

Due giovani zombie la seguirono su per le scale. Il pianerottolo era piccolo ma dava accesso a due ampie camere da letto, un bagno e un breve corridoio nel quale Lena vide due altre porte.

La nonna si voltò verso la prima. «Questa è per la nostra bella Lena» disse con orgoglio. Lena non rimase troppo impressionata dalla semplice stanza in cui erano entrate, finché la nonna non spalancò le pesanti imposte di legno.

«Oh» esclamò Lena con un sospiro.

La nonna indicò fuori dalla finestra. «La caldera» annunciò.

«Oh» esclamò di nuovo Lena sinceramente impressionata.

Lena era ancora incerta riguardo alla nonna, ma si innamorò istantaneamente della caldera. L'acqua era una copia più scura del cielo, increspata dal vento quanto bastava per scintillare al sole. L'immensa distesa era chiusa all'orizzonte da un'isola sottile, a mezzaluna, e nel mezzo spuntava un'altra isola minuscola.

«Oia è il villaggio più pittoresco della Grecia» proclamò la nonna, e Lena non avrebbe potuto immaginare il contrario.

Lena abbassò lo sguardo sulle case bianche di calce, assai simili a quella in cui erano loro, aggrappate alla scogliera dirupata a picco sul mare. Non si era accorta prima di quanto fosse ripida la parete di roccia, di quanto fosse strano quel posto per scegliere di costruirci una casa. Santorini in fin dei conti era un vulcano. Sapeva per tradizione familiare che era stata teatro di una delle più catastrofiche eruzioni della storia, di terribili terremoti e maremoti. Il centro dell'isola era letteralmente sprofondato in mare, e quel che rimaneva era un'accidentata striscia di rocce vulcaniche e qualche spiaggia color cenere. La caldera ora era splendida, calma, ma gli abitanti di Santorini amavano ricordare che avrebbe potuto cominciare a ribollire e sputare lava in qualsiasi momento.

Lena, pur essendo cresciuta in una periferia che si allargava uniforme su una pianura erbosa, dove nessuno temeva disastri naturali che non fossero le zanzare o il traffico sulla tangenziale, aveva sempre saputo che le sue radici erano lì. Ora, guardando l'acqua, sentiva affiorare memorie profonde e si sentiva davvero a casa.

«Mi chiamo Duncan Howe e sono il vicedirettore generale. È a me che dovete sempre fare riferimento.» Howe puntò un dito massiccio e coperto di lentiggini verso la targhetta di plastica con il suo nome. «Ora che avete finito il periodo di orientamento, sono lieto di darvi il benvenuto come nuove addette alle casse di

Wallman's.» Parlava con tale autorevolezza da far pensare che stesse arringando una folla di centinaia di persone e non due ragazze che masticavano annoiate una cicca.

Tibby immaginò che una striscia di saliva le colasse giù dall'angolo della bocca fino al pavimento di linoleum rigato dalle scarpe.

Duncan studiò il suo blocco di appunti. «Be', dunque, Tilly» cominciò, storpiandole il nome.

«Tibby» lo corresse lei.

«Vorrei che tu mettessi a scaffale il materiale arrivato al magazzino per il settore Igiene Personale, corridoio due.»

«Credevo di essere un'addetta alle casse» commentò Tibby.

«Brianna» continuò Duncan, ignorandola, «tu puoi cominciare alla cassa quattro.»

Tibby fece una smorfia indispettita. Brianna avrebbe potuto masticare in pace la sua cicca accanto a una cassa vuota perché aveva i capelli insolitamente lunghi e due tette così gigantesche che neppure le pinces del grembiule bastavano a contenerle.

«Ora mettetevi le radiocuffie e mettetevi al lavoro» comandò Duncan, tutto tronfio.

Tibby cercò di soffocare la risata, che così uscì come un incrocio tra un colpo di tosse e un grugnito. Lei si mise la mano sulla bocca e Duncan parve non notarla.

La buona notizia era che finalmente aveva trovato la star che cercava. La mattina dopo il giuramento dei Pantaloni, Tibby aveva deciso di trasformare la sua estate di infelicità in un reportage filmato: un documentario iperrealista che testimoniasse gli aspetti più deprimenti di quei mesi. Duncan si era appena conquistato una parte.

Tibby si calcò la radiocuffia sulle orecchie e si affrettò verso il corridoio due prima che la licenziassero in tronco. Da una parte sarebbe stato un colpo di fortuna eccezionale, dall'altra, però, le conveniva guadagnare un po' di soldi se voleva comperarsi la macchina. Sapeva per esperienza che le opportunità di carriera erano scarse per una ragazza con il piercing al naso che non sa scrivere a macchina e non è un personaggio carismatico.

Tibby si avviò verso il magazzino, dove una donna con unghie di straordinaria lunghezza le indicò uno scatolone enorme. «Sistemalo nel settore deodoranti e antitraspiranti» ordinò in tono annoiato. Tibby non riusciva a staccare lo sguardo da quelle unghie: sembravano dieci pugnali ricurvi. Rivaleggiavano con le unghie dell'indiano finito nel *Guinness dei primati*. Tibby se le immaginava così, le unghie di un cadavere rimasto sepolto per qualche anno. Si chiese come quella donna potesse sollevare una scatola. E riusciva a digitare un numero al telefono? Poteva battere i tasti del registratore di cassa? Poteva lavarsi i capelli? Era possibile licenziare uno perché aveva le unghie troppo lunghe? Potevano essere considerate motivo di scarsa efficienza? Tibby guardò le proprie unghie rosicchiate.

«C'è una tecnica particolare per sistemarlo?» chiese.

«È un espositore» rispose la donna, con l'aria di dire che qualunque stupido avrebbe saputo come montarne uno. «Ci sono le istruzioni nella scatola.»

Tibby trascinò lo scatolone verso il corridoio due,

chiedendosi come ci sarebbero state le unghie della tizia nel suo documentario.

«Ti sta cadendo la radiocuffia» la avvertì la donna.

Tibby aprì lo scatolone e si scoraggiò: c'erano come minimo duecento antitraspiranti a pallina e una complicata struttura di cartone. Poi fissò a bocca aperta la quantità di frecce e schemini che costituivano le istruzioni. Ci voleva una laurea in ingegneria per mettere insieme quell'affare!

Con l'aiuto di un rotolino di scotch recuperato nel corridoio otto e una palla di cicca dalla propria bocca, Tibby riuscì finalmente a costruire una piramide di antitraspiranti su cui svettava la testa di una sfinge in cartone. Ma cosa c'entrano i deodoranti con l'antico Egitto? Mah, chi lo sa?

«Tibby!» Duncan marciava maestoso verso di lei.

Tibby alzò lo sguardo dalla piramide pericolante.

«Ti ho chiamato quattro volte! Abbiamo bisogno di te alla cassa tre!»

Tibby si era dimenticata di accendere la radiocuffia: era troppo impegnata a ridere in silenzio di Duncan per stare attenta mentre lui le spiegava come usarla.

Dopo avere passato un'ora alla cassa tre vendendo in totale due pile tripla A a una tredicenne brufolosa, il suo turno finì.

Tibby si tolse il grembiule, ripiegò i ricevitori della radiocuffia e si avviò a grandi passi attraverso la porta, scatenando un sequela assordante di fischi d'allarme. Duncan le sbarrò la strada con un balzo sorprendente per uno che propendeva al grasso. «Scusami, Tibby, potresti seguirmi nel retro?»

Gli si leggeva scritto in faccia: "Non avremmo mai

dovuto assumere una con l'anello al naso."

Le chiese di vedere il contenuto delle sue tasche. Lei non aveva tasche.

«E il grembiule?»

«Ah.» Tibby tirò fuori il grembiule che aveva accartocciato sotto il braccio. Dalla tasca sfilò il portafoglio e... un rotolino di scotch parzialmente usato. «Ah, questo...» iniziò Tibby. «Vede, l'ho usato per la...»

Duncan prese un'aria della serie "ho già sentito tutte le scuse che esistono al mondo". «Ascolta, Tibby. Qui al Wallman's adottiamo la politica di concedere una seconda chance, perciò per questa volta lasceremo perdere. Ma ricordatelo: sono costretto a sospenderti dai nostri benefit per gli impiegati migliori, e in particolare dallo sconto del quindici per cento su tutti gli articoli Wallman's.»

Dopodiché Duncan annotò scrupolosamente che il prezzo dello scotch le venisse dedotto dallo stipendio del primo giorno. Poi scomparve un momento e tornò con un sacchetto di plastica trasparente. «Da ora in poi ti dispiacerebbe tenere qui dentro i tuoi effetti personali?» le chiese.

Cara Carmen,

immagino che quando uno ha dei parenti stretti che non ha mai incontrato sia inevitabile idealizzarli un po'. Come i bambini adottati, che si convincono sempre che il loro vero padre fosse un professore universitario e la madre una modella.

Credo che con i miei nonni mi sia capitata la stessa cosa. I miei genitori mi hanno sempre detto che ero bella come la nonna. Così in tutti questi anni me la sono immaginata un po' Cindy Crawford. Ma mia nonna non è Cindy Crawford. È vecchia. Ha una brutta permanente, una tuta di velluto da vecchia e le unghie dei piedi spesse che le spuntano dai sandali rossi col tacco basso. Piuttosto volgare, sai?

Bapi, il nonno, il leggendario uomo d'affari della famiglia Kaligaris, lo immaginavo alto almeno un metro e novanta. Non è così. È un piccoletto, sarà alto quanto me. Qui c'è un milione di gradi ma lui porta pesanti pantaloni di lana marrone e una maglietta bianca chiusa al collo da una cerniera. Ha il classico odore di muffa e le macchie dei vecchi. È molto timido.

Sento che dovrei amarli così come sono, ma come si fa? Non puoi obbligarti a voler bene a qualcuno, o sbaglio?

Mi sto prendendo buona cura dei Pantaloni. Mi manchi. So che non mi giudicherai male per la mia perfidia, perché di me pensi sempre meglio di quanto meriti.

Ti voglio un sacco di bene,
Lena

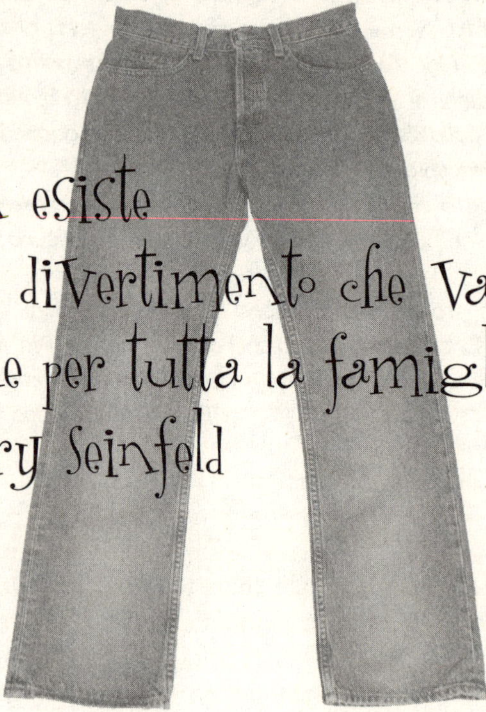

Non esiste
un divertimento che vada
bene per tutta la famiglia.
Jerry Seinfeld

Il tramonto era troppo bello. Lena fu quasi presa dal panico al pensiero di non saperlo trattenere. I mucchietti di colore sulla sua tavolozza, che di solito la ispiravano, ora le sembravano irrimediabilmente smorti. Il tramonto ardeva di un miliardo di watt. Non c'era luce nel suo dipinto. Buttò sopra l'armadio la tavolozza e la tela che aveva preparato con ogni cura, per non vederle più.

Poi si accoccolò sul davanzale, a guardare il sole rosseggiante che si immergeva nella caldera. Cercava di godersi lo spettacolo, pur sapendo di non esserne capace. Perché doveva sempre sentirsi obbligata a fare qualcosa di fronte alla bellezza?

Sentì il trambusto della festa che si preparava al piano di sotto. I nonni volevano celebrare il loro arrivo con una grande cena a cui erano invitati alcuni vicini. Avevano venduto il ristorante un paio d'anni prima, ma non avevano perso l'amore per il cibo, pensò Lena. Ricchi odori di spezie si inseguivano uno dopo l'altro al piano di sopra, in camera sua, un assaggio olfattivo del banchetto.

«Lena! È quasi pronto!» gridò la nonna dalla cucina. «Vestiti e vieni giù.»

Lena sistemò la valigia e la borsa da viaggio sul letto

in modo da poter tenere gli occhi alla finestra. Vestirsi la emozionava di rado. Portava abiti pratici: noiosi, insulsi e patetici, stando alle sue amiche. Non le piaceva dare alla gente altri motivi per guardarla e convincersi di conoscerla in base al suo aspetto. Da bambina era stata fin troppo spesso la bambolina da mettere in mostra.

Quella sera, però, sentiva un frullo in fondo allo stomaco. Scavò cautamente in mezzo agli strati di vestiti per scovare i Pantaloni. Sembravano un po' più pesanti del dovuto. Lena trattenne il respiro mentre li dispiegava, liberando nell'aria mille desideri. Questo era l'inizio della loro storia, della loro vita di Pantaloni Viaggianti. Mentre li infilava avvertì l'enorme responsabilità di rendere loro merito. Per un attimo cercò di immaginarsi nell'atto di vivere grandi momenti con i Pantaloni, ma chissà perché non riusciva a scacciare l'immagine di Effie che li indossava al posto suo.

Infilò i piedi in un paio di mocassini marroni malconci e si avviò al piano di sotto.

«Ho fatto un polpettone» annunciò orgogliosa Effie dalla cucina.

«Un *keftédhes*» precisò la nonna alle sue spalle, ugualmente orgogliosa. «Effie è una Kaligaris. Adora cucinare e mangiare!» E abbracciò Effie, a conferma delle sue parole.

Lena si avventurò in cucina per indagare ed elargire complimenti.

Lei ed Effie stavano già mettendo in scena il loro show della lepre e la tartaruga. All'inizio tutti si concentravano su Lena per la sua bellezza mozzafiato, ma nel giro di poche ore o pochi giorni la loro attenzione si spostava su Effie, più esuberante e affettuosa. Lena era convinta che la sorella lo meritasse. Lei era un'introversa, trovava difficile entrare in rapporto con la gente. Aveva sempre l'impressione che il suo aspetto esteriore fosse un'esca finta: in apparenza offriva un ponte, ma poi era difficile attraversarlo.

La nonna gettò un'occhiata al suo abbigliamento. «Hai intenzione di restare vestita così per la festa?»

«Pensavo di sì. Devo mettermi qualcosa di più elegante?» chiese Lena.

«Be'...» la nonna non aveva un'aria particolarmente severa. Sembrava piuttosto maliziosa, come chi ha un segreto e vuole che qualcuno le faccia delle domande. «Non è una festa elegante, ma...»

«Dovrei cambiarmi anch'io?» chiese Effie. Aveva la maglietta impolverata di briciole di pane.

La nonna sapeva tenere segreti poco quanto Effie. Guardò Lena con aria cospiratoria. «Vedi, ci sarà un ragazzo, è come un nipote per me e per Bapi. È un ragazzo piuttosto carino...» E le strizzò l'occhio.

Lena cercò di congelare l'aria compiaciuta della nonna. Pensava seriamente di sistemarla con uno sconosciuto a meno di sei ore dal suo arrivo? Lena detestava quel genere di traffici.

Effie in compenso sembrava offesa.

«Si chiama Kostos.» La nonna andava per la sua strada senza fare caso alle nipoti. «È nipote di alcuni vicini nostri buoni amici.»

Studiando l'espressione della nonna, Lena aveva il grosso sospetto che quell'idea non le fosse venuta in mente nel giro delle ultime due ore. Sospettava che avesse tramato la cosa da tempo. Sapeva che i matrimoni combinati erano ancora in voga tra i genitori greci, soprattutto nelle isole, ma santo cielo!

Effie rideva imbarazzata. «Sai, nonna? I ragazzi adorano Lena, ma lei è piuttosto dura con loro.»

Le sopracciglia di Lena si inarcarono bruscamente. «Grazie, Effie! Grazie mille davvero!»

Effie si strinse nelle spalle, tranquilla. «È la verità.»

«Lena non ha ancora incontrato Kostos» rispose la nonna con sicurezza. «Tutti lo adorano.»

«Tesoro!»

Il cuore di Carmen prese a correre più veloce dei suoi piedi quando vide il padre sbracciarsi per salutarla da dietro il tramezzo di plexiglas che delimitava il gate quarantadue. Le sembrava di incarnare un cliché a correre così, ma le piaceva comunque.

«Ehi, papà!» gridò, e gli si gettò addosso. Assaporò con gusto quella parola. La maggior parte dei figli sono abituati a usarla ogni due minuti, senza pensarci. Per lei invece rimaneva in disuso, messa da parte per così tanti mesi l'anno.

Lui la strinse forte quel tanto che bastava. Poi la lasciò andare e Carmen alzò lo sguardo verso di lui. Adorava che fosse così alto. Lui le sfilò la borsa e se la gettò in spalla. Lei sorrise guardando che effetto faceva su di lui quella borsa coperta di paillettes turchesi.

«Ehi, bambina!» esclamò lui allegro, e le passò il braccio libero attorno alle spalle. «Com'è stato il volo?» chiese, guidandola verso la zona ritiro bagagli.

«Perfetto.» Erano sempre goffi quando camminavano abbracciati perché avevano passi molto diversi, ma le piaceva troppo per pensarci. Che si lamentassero pure le altre ragazze, che vedevano il proprio padre ogni giorno! Lei vedeva il suo poche volte l'anno.

«Sei molto carina, coniglietto» disse lui con dolcezza. «E sei anche più alta.» E le posò una mano sulla testa.

«Sì» confermò lei orgogliosa, sempre compiaciuta all'idea che l'altezza la rendesse più simile a lui. «Sono un metro e sessantanove abbondante» precisò. «Quasi uno e settanta.»

«Ehi» commentò lui dall'alto del suo metro e ottantotto. «Ehi. Come sta tua madre?»

Non si dimenticava mai di fare quella domanda d'obbligo entro i primi cinque minuti.

«Sta bene» rispondeva immancabilmente Carmen, sapendo che al padre non interessava una risposta dettagliata. Anno dopo anno, la madre di Carmen manteneva una curiosità sfrenata nei confronti del padre, mentre lui si informava solo per cortesia.

Gocce silenziose di un vago senso di colpa calarono a inquinare la felicità di Carmen. Lei era quasi un metro e settanta, mentre sua madre superava di poco il metro e cinquanta. Il padre la chiamava affettuosamente coniglietto e le diceva che era bella, ma non si interessava più della madre.

«Come stanno le tue amiche?» chiese lui mentre si schiacciavano insieme su un gradino della scala mobile. Le cingeva ancora le spalle.

Sapeva di lei, Tibby, Lena e Bridget e ricordava sempre i dettagli della loro vita che Carmen gli aveva raccontato la volta prima.

«È un'estate strana per noi. È la prima volta che la passiamo separate. Lena è in Grecia dai nonni, Bridget a un corso di calcio in Baja California e Tibby è a casa da sola.»

«E tu sei qui per tutta l'estate» concluse lui, con un interrogativo appena percettibile nello sguardo.

«Sono così felice di essere qui» esclamò lei, dandogli una risposta forte e chiara. «Non vedevo l'ora. È strano, sai? Non in senso negativo, ma anzi, strano in positivo, insolito. Ci farà bene, approfondire un po' il nostro rapporto. Vedremo se andiamo d'accordo.» Si accorse di balbettare. Detestava l'idea che questo punto potesse essere incerto.

Il padre additò un tapis roulant ad anello, sul quale scorrevano le valigie. «Dev'essere quello del tuo volo.»

Carmen ripensò a quella volta a Washington, quando lui la teneva per le mani mentre lei si godeva il tapis roulant come se fosse una giostra. Dopo un mezzo giro, una guardia aveva gridato loro dietro e il padre l'aveva fatta scendere.

«È un valigione nero con le rotelle. Potrebbe essere di chiunque» disse Carmen. Era strano che lui non avesse mai visto la sua valigia. Lei invece non lo aveva mai visto senza.

«Eccola!» esclamò lei all'improvviso, e lui scattò. La recuperò con disinvoltura dal tapis roulant, come se nella vita non si fosse esercitato a fare altro. I lustrini della borsa turchese luccicavano.

Il padre sollevò la valigia invece di farla scorrere sulle rotelle. «Perfetto! Andiamo.» E la guidò verso il parcheggio.

«Hai ancora la tua Saab?» chiese Carmen. Le macchine erano uno dei tanti loro interessi in comune.

«No. L'ho cambiata questa primavera per una station wagon.»

«Davvero?» L'idea le pareva incomprensibile. «Ma ti piace?»

«Fa quello che deve» rispose lui, conducendola verso l'auto. Era una Volvo beige. La Saab era rossa. «Eccoci.» Le aprì lo sportello e la fece accomodare all'interno, le passò la borsa turchese prima di sistemare la valigia nel portabagagli. Ma doveva aveva imparato tutte queste cose? Perché i papà non le insegnano sempre ai figli maschi?

«Com'è finita la scuola?» le chiese mentre faceva manovra per uscire dal parcheggio.

«Alla grande.» Per lei era sempre un piacere fargli il resoconto dei voti. «Ho preso A in matematica, biologia, inglese, francese e A meno in storia.» Sua madre era convinta che Carmen si preoccupasse troppo della scuola. Il padre invece ci teneva al suo rendimento scolastico.

«Favoloso, coniglietto. E il secondo anno delle superiori è un anno importante.»

Carmen sapeva che lui avrebbe voluto che lei andasse al Williams, come lui, e lui sapeva che anche lei desiderava la stessa cosa, anche se non l'avevano mai detto chiaro.

«E il tennis?» chiese lui.

Quasi tutti quelli che Carmen conosceva detestavano queste tipiche domande da padre, ma lei si allenava tutto l'anno alle risposte. «Ho giocato in doppio con Bridget e abbiamo perso solo una partita.»

Non si preoccupò di dirgli che aveva preso F in attività manuali – lo avrebbe visto sulla pagella – né che il ragazzo che adorava aveva invitato Lena al ballo di fine anno, né che il giorno di Pasqua aveva fatto piangere la madre. Quelle loro conversazioni erano sulle sue vittorie.

«Ho prenotato un campo per domenica» le disse lui prendendo velocità sull'autostrada.

Carmen osservava il paesaggio. C'erano motel e piste di atterraggio come attorno a qualsiasi altro aeroporto, ma l'aria qui aveva un odore più intenso, salmastro. Studiò il viso del padre. Aveva già un'abbronzatura che faceva risaltare i suoi occhi azzurri. Lei avrebbe tanto voluto avere gli occhi del padre invece di quelli castani della madre. I capelli sembravano tagliati di recente e la camicia era croccante di bucato, con i polsini risvoltati con cura. Carmen si chiese se il padre avesse avuto un aumento.

«Sono curiosissima di vedere casa tua» disse.

«Sì» rispose lui con aria assente, dando un'occhiata nello specchietto prima di cambiare corsia.

«Non è strano che io non sia mai stata qui prima?»

Lui era concentrato sulla guida. «Sai, coniglietto, non è che io non abbia mai voluto averti qui. Lo desideravo da un bel po', ma volevo sistemarmi, prima.» C'era una vaga aria di scusa nei suoi occhi quando si voltò a guardarla.

Lei non voleva metterlo a disagio. «Papà, non mi importa se non sei ancora sistemato bene. Non preoccuparti. Ci divertiremo da pazzi. Chi se ne importa di come sei sistemato?»

Lui imboccò la rampa di uscita. «Non riuscivo a immaginare come infilarti nella mia vita frenetica. Un mucchio di lavoro, una vita da lupo solitario in un appartamento con un letto solo, sempre a cena fuori.»

Carmen sbottò più in fretta che poteva. «Non vedo l'ora. Adoro cenare fuori e ne ho fin sopra i capelli di una vita ordinata.» Diceva la verità. Quella era l'estate di Carmen e Al.

Lui non disse più nulla mentre percorrevano stradine di periferia, fiancheggiate da alberi e imponenti case vittoriane. Gocce di pioggia esplosero sul parabrezza. Il cielo si era fatto così grigio che sembrava quasi notte. Il padre rallentò fino a fermarsi di fronte a un edificio vittoriano color crema, con le imposte grigio verdi e un portico tutto attorno.

«Dove siamo?» chiese Carmen.

Il padre spense il motore e si voltò verso di lei. «Questa è casa mia.» Aveva uno sguardo distante, vagamente misterioso. Sembrava che non volesse prendere atto dell'aperto stupore negli occhi della figlia.

«Questa casa? Qui? Credevo che tu vivessi in un appartamento in centro.»

«Ho traslocato. Il mese scorso.»

«Davvero? Ma perché non me l'hai detto per telefono?»

«Perché... perché c'è una cosa grossa, coniglietto. Una cosa che preferivo dirti di persona» rispose lui.

Lei non era sicura di voler ascoltare cose grosse. Si agitò sul sedile. «Be'? Hai intenzione di dirmelo?» Carmen non era mai troppo bendisposta verso le sorprese.

«Entriamo, d'accordo?»

Il padre aprì lo sportello e si affrettò a raggiungerla dalla parte opposta dell'auto prima che lei avesse avuto il tempo di rispondere. Lasciando la valigia lì dov'era, tese l'impermeabile sopra la testa di tutti e due mentre salivano gli scalini di pietra della casa.

La prese sottobraccio. «Fai attenzione. Quando piove si scivola» disse, guidandola sui gradini di legno dipinto del portico. Sembrava che vivesse lì da sempre.

Il cuore di Carmen rimbombava. Non aveva idea di dove si trovavano né di cosa aspettarsi. Avvertiva la forma della mela che aveva in borsa.

Il padre aprì la porta senza bussare. «Eccoci!» gridò.

Carmen si accorse che stava trattenendo il respiro. Chi c'era lì?

Entrò nella stanza una donna, insieme a una ragazza apparentemente dell'età di Carmen. Carmen rimase rigida, allibita, mentre la sconosciuta e poi la ragazzina la abbracciavano. Subito dopo di loro si presentò un ragazzo alto, sui diciott'anni, immaginò Carmen. Era biondo, con le spalle larghe, da atleta. Lei gli fu grata per averle risparmiato un abbraccio.

«Lydia, Christa, Paul, questa è mia figlia Carmen» disse il padre. Sentir pronunciare il proprio nome dal padre le suonò strano. La chiamava sempre tesoro, bambina o coniglietto, mai Carmen. Lei pensava che fosse perché era il nome della nonna portoricana che dopo il divorzio aveva scritto al genero lettere grondanti veleno. La nonna paterna, Maria, era morta.

Tutti la fissavano con aria d'attesa, sorridendo, e lei non aveva idea di cosa fare o dire.

«Carmen, ti presento Lydia.» Pausa, pausa, pausa. «La mia fidanzata. E Christa e Paul, i suoi figli.»

Carmen chiuse gli occhi e li riaprì. Le luci soffuse della stanza creavano macchie ondeggianti nel suo campo visivo. «Da quando hai una fidanzata?» chiese, quasi in un sussurro. Sapeva di non avere usato la formula più cortese.

Il padre scoppiò a ridere. «Dal 24 aprile, per essere precisi» disse. «E ho traslocato qui a metà maggio.»

«E avete intenzione di sposarvi?» Sapeva che era una domanda assolutamente idiota.

«In agosto» rispose lui. «Il 19.»

«Ah.»

«Incredibile, no?» chiese lui.

«Incredibile» gli fece eco debolmente lei, anche se in tono un po' diverso da quello di lui.

Lydia le prese una mano. Carmen ebbe l'impressione che non appartenesse più al suo corpo. «Carmen, siamo così contenti di averti qui quest'estate. Perché non entri e ti rilassi? Ti va una bibita o una tazza di tè? Albert ti mostrerà la tua camera, così puoi sistemarti.»

Albert? Chi mai aveva chiamato suo padre Albert? E che cos'era questa storia di sistemarsi? Cosa ci faceva lei in quella casa? Non era lì che avrebbe passato l'estate.

«Carmen?» le chiese il padre. «Una bibita? Del tè?»

Lei si voltò solo verso di lui, con gli occhi spalancati, senza quasi sentirlo. Annuì.

«Quale? Tutti e due?» la incalzò lui.

Carmen osservò la cucina. Mobili con accessori cromati, come nelle case dei ricchi. Sul pavimento c'era un tappeto orientale. A chi poteva venire in mente di mettere un tappeto orientale in cucina? Sopra le loro teste c'era un ventilatore di foggia antiquata, come si usano al sud. Girava lentamente. Carmen sentiva le gocce di pioggia battere contro la finestra.

«Carmen? Carmen?» Il padre cercava di mascherare la propria impazienza.

«Scusami» mormorò lei. Si accorse che Lydia era impalata accanto alla credenza, in attesa di ordini. «Niente, per me. Potreste dirmi, per favore, dove devo mettere le mie cose?»

Il padre aveva l'aria offesa. Ma lo vedeva, quanto era sconvolta lei? Poi l'aria offesa si dissolse. «Sì, vieni con me. Ti mostro la tua camera, poi vado a prenderti la valigia.»

Lei lo seguì su per la scala moquettata, oltrepassando tre stanze, finché non arrivarono a una camera che dava sul cortile dietro, con un'alta moquette color pesca, mobili antichi e due scatole di Kleenex rivestite di plastica trasparente: una sulla scrivania e una sul comodino. Tende e copriletto erano dove dovevano essere e Carmen avrebbe scommesso un miliardo di dollari che al piano di sotto, nel frigo, c'era almeno una confezione di bicarbonato di sodio. «Questa è la camera degli ospiti?» chiese.

«Sì» rispose lui, senza capire l'allusione. «Sistemati» le disse, usando per l'ennesima volta quella parola idiota. «Ti porto su la valigia.»

Si avviò verso la porta.

«Ehi, papà?»

Lui si voltò. Aveva l'aria diffidente.

«È solo che...» Esitò. Voleva soltanto dirgli che era stato abbastanza avventato non avvisarla prima. Non era facile, trovarsi catapultata in quella casa piena di estranei senza preavviso.

Negli occhi di lui c'era una supplica. Lei la avvertì più che vederla. Suo padre voleva solo che tutto filasse liscio.

«Niente» disse lei debolmente.

Lo guardò uscire dalla stanza e capì che per certi versi erano uguali. Quando era con lui, nemmeno lei voleva affrontare questioni spinose.

Cara Bee,

l'estate di Carmen e Al non è sopravvissuta al viaggio aeroporto-casa. Mio padre è diventato Albert, sposerà Lydia, vive in una casa che pullula di Kleenex e gioca a fare il padre di due biondini. Addio a tutto quello che avevo immaginato. Sono ospite nella camera degli ospiti di una famiglia che non sarà mai la mia.

Mi spiace, Bee. Come al solito mi faccio prendere dai miei problemi. So di essere una bambina, ma ho il cuore a pezzi. Detesto le sorprese.

Ti voglio bene. Mi manchi,

Carmen

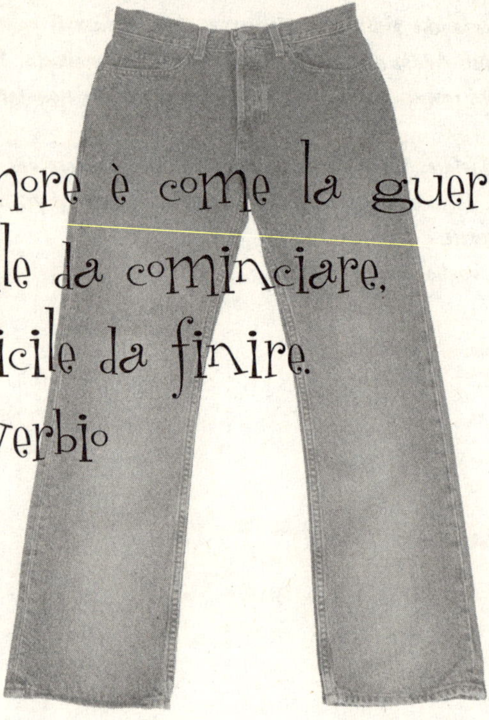

L'amore è come la guerra:
facile da cominciare,
difficile da finire.
Proverbio

«Lena?»

Lena alzò gli occhi dal suo diario mentre Effie appariva sulla soglia, entrava e si sedeva sul letto. «Sono tutti qui. Sta per iniziare la festa, sai?»

Lena aveva sentito le voci al piano di sotto, ma era pronta a sostenere il contrario.

«C'è anche lui» continuò Effie con aria di intesa.

«Lui?»

«Kostos.»

«E allora?»

Effie fece una smorfia. «Lena, non sto scherzando: devi vederlo.»

«Perché?»

Effie si sporse in avanti, puntellandosi sui gomiti. «So che te lo immagini come un… un cocchino della nonna, ma davvero, Lena, è… è un…» Quando era agitata Effie non finiva le frasi.

«È cosa?»

«È…»

Lena inarcò un sopracciglio.

«Stupendo» dichiarò Effie.

Lena, ovviamente, era un po' curiosa, ma non voleva ammetterlo. «Ef, non sono venuta in Grecia per trovarmi un fidanzato.»

«Posso prenderlo io?»

Lena finalmente sorrise. «Effie, sì, certo che sì. Ma conta qualcosa il fatto che tu abbia già un fidanzato?»

«Ce l'avevo finché non ho visto Kostos.»

«Ma è così eccezionale?»

«Vedrai.»

Lena si alzò. «Allora andiamo.» Era meglio che le sbandierassero tanto le virtù di Kostos: vedendolo, sarebbe certo rimasta delusa.

Effie fece una pausa. «Avevi detto alla nonna che saresti salita a cambiarti.»

«Ah, già.» Lena rovistò nella borsa. Era fresco, ora che il sole era tramontato. S'infilò una maglia marrone a collo alto, l'indumento meno sexy che aveva, e si raccolse i capelli in una severa coda di cavallo. Eppure, i Pantaloni erano i Pantaloni.

«Sai, quei pantaloni sembrano magici» esclamò con entusiasmo Effie. «Ti stanno benissimo. Sì, stai anche meglio del solito.»

«Grazie» disse Lena. «Andiamo.»

«Via» esclamò Effie, agitata.

E così Kostos non era una delusione. Era alto. Sembrava un uomo più che un ragazzo; dimostrava almeno diciott'anni. Era tanto carino da rendere Lena diffidente.

Certo, lei era diffidente verso molte cose, ma i suoi sospetti sui ragazzi erano giustificati. Aveva imparato a conoscerli: non guardano mai al di là del tuo aspetto. Fanno finta di essere tuoi amici per guadagnarsi la tua fiducia, e non appena tu gliela concedi, cercano di metterti le mani addosso. Pur di catturare la tua attenzione, fingono di voler lavorare insieme a una ricerca di storia o si iscrivono come volontari alla tua associazione per donatori di sangue, ma non appena gli entra nella zucca l'idea che non vuoi uscire con loro, d'improvviso non sono più interessati alle linee del tempo o alla terribile carenza di sangue. Peggio ancora, ti può capitare che chiedano un appuntamento a una delle tue amiche per avvicinarti e poi le spezzano il cuore non appena viene a galla la verità. Lena preferiva i ragazzi normali a quelli carini, ma anche quelli normali spesso la deludevano.

Era convinta che l'unica ragione per cui moltissime ragazze sceglievano un ragazzo era perché volevano essere rassicurate sul fatto di essere carine. E questa era senz'altro una cosa, forse l'unica di sé, di cui Lena era sicura anche senza conferme esterne.

Le amiche la chiamavano Afrodite, come la dea dell'amore e della bellezza. Per la bellezza il nome era più o meno azzeccato; per l'amore era solo una battuta. Lena non era un tipo romantico.

«Lena, questo è Kostos» disse la nonna. Lena vedeva benissimo che la nonna cercava di fingersi tranquilla, ma stavano per esploderle le cuciture per l'eccitazione.

«Kostos, questa è mia nipote Lena» riprese la nonna con un uno svolazzo della mano, come se stesse presentando un nuovo partecipante a uno spettacolo in arrivo sulla sua nuova auto rosso fiammante.

Lena allungò rigida la mano per stringere quella di lui e scansare così il bacio sulla guancia che ai Greci viene naturale.

Lui la guardò in viso, mentre le stringeva la mano. Lena si accorse che stava cercando di trattenere il suo sguardo per un istante, ma lei abbassò subito gli occhi.

«In autunno Kostos andrà all'università a Londra» si vantò la nonna, come se il ragazzo fosse di sua proprietà. «E si è iscritto anche alla selezione per entrare nella nazionale di calcio» aggiunse. «Siamo tutti così fieri di lui.»

Ora era Kostos a tenere basso lo sguardo. «Valia esagera anche più di mia nonna» mormorò.

Lena notò che parlava inglese con un forte accento, ma lo parlava bene.

«Ma per quest'estate Kostos rimarrà ad aiutare suo nonno» riprese la nonna, asciugandosi una lacrima dall'angolo dell'occhio. «Bapi Dounas ha avuto un problema con il suo...» e qui la nonna si batté una mano sul cuore. «Così Kostos ha cambiato i suoi progetti per l'estate ed è rimasto a casa a dare una mano.»

Ora Kostos sembrava assolutamente a disagio. Lena provò d'un tratto un moto di simpatia. «Valia» disse Kostos, «Bapi è più forte che mai, e a me è sempre piaciuto lavorare alla fucina.»

Lena sapeva che stava mentendo, e le piacque per questo. Poi le venne un'idea fantastica.

«Kostos, conosci già mia sorella Effie?» Effie era rimasta a gironzolare lì intorno, perciò non fu difficile individuare il suo gomito e trascinarla avanti.

Kostos sorrise. «Si vede che siete sorelle» disse, e Lena avrebbe voluto abbracciarlo. Chissà perché, tutti in genere si concentravano più sulle differenze che sulle somiglianze. Forse ci voleva un greco per vederle. «Chi è la più grande?» chiese lui.

«Io sono la più grande, ma Effie è la più carina» rispose Lena.

«Ma per favore!» intervenne la nonna con un grugnito.

«È più grande soltanto di un anno» si intromise Effie. «Quindici mesi, per la verità.»

«Capisco» commentò Kostos.

«Effie ha solo quattordici anni» sentì il bisogno di precisare la nonna. «Lena compirà i sedici alla fine dell'estate.»

«Hai fratelli o sorelle?» chiese Effie, che non vedeva l'ora di cambiare argomento.

Kostos assunse un'aria vagamente guardinga. «No... ci sono solo io.»

«Ah» dissero in coro le due ragazze. A giudicare dall'espressione di Kostos, Lena intuì che c'era dietro qualcosa di più e pregò in silenzio che Effie non se ne uscisse con altre domande. Non voleva addentrarsi in discorsi personali lì in mezzo a tutti.

«Kostos... mmm... gioca a calcio, vero?» buttò lì.

«Gioca a calcio?» gridò la nonna come se fosse scandalizzata. «È un campione! È l'eroe di Oia!»

Kostos rise, così anche Lena ed Effie seguirono il suo esempio.

«Voi giovani!» protestò la nonna. «Parlate voi» ordinò, e svanì.

Lena decise che poteva essere una buona opportunità per lasciare Kostos ed Effie un minuto da soli. «Vado a prendere qualcosa da mangiare» disse.

Più tardi si sedette su una sedia solitaria fuori dalla porta anteriore, a gustare le deliziose foglie di vite ripiene di riso che chiamano *dolmádes* e qualche oliva. Aveva mangiato greco migliaia di volte nel Maryland, ma il sapore non era proprio quello.

Kostos fece capolino dalla porta. «Eccoti» disse. «Stai qui seduta tutta sola?»

Lei annuì. Aveva scelto quel posto perché c'era una sedia sola.

«Capisco.» Era molto, molto bello. Aveva capelli neri e ondulati, e gli occhi tra il verde e il giallo. E una piccola gobba sul naso.

"Il che significa che dovresti andartene" gli suggerì lei in silenzio.

Kostos fece qualche passo nel vicolo che passava oltre la casa per continuare con strette curve lungo la scogliera. Indicò verso il basso. «Quella è casa mia» disse, indicando un edificio simile, circa cinque porte più in là. Al secondo piano un balcone con una ringhiera di ferro battuto dipinta di un verde vivo che reggeva una cascata di fiori.

«Mmm, un sacco di strada» commentò Lena.

Lui sorrise.

Lei stava per chiedergli se viveva con i sui nonni, ma poi si rese conto che in quel modo avrebbe incoraggiato la conversazione.

Kostos si appoggiò con le mani all'arcata bianco calce che passava sopra il vicolo: e poi dicono che i greci sono bassi!

«Ti va di fare una passeggiata con me?» chiese. «Vorrei farti vedere Ammoudi, il piccolo villaggio che c'è ai piedi della scogliera.»

«No, grazie.» Lena non si sforzò neppure di trovare una scusa. Aveva imparato da tempo che i ragazzi usano le tue scuse come pretesti per insistere.

Kostos studiò per un istante il viso di Lena, visibilmente deluso. «Magari un'altra volta» disse.

Lena sperava che tornasse dentro e chiedesse a Effi di accompagnarlo ad Ammoudi, ma lui invece si avviò lentamente lungo la discesa per tornare a casa sua.

"Peccato che tu mi abbia invitata a uscire" gli disse lei in silenzio. "Altrimenti avresti anche potuto piacermi."

In realtà c'erano anche dei maschi al campo. Un ragazzo. Per la verità più di uno, ma per Bridget ce n'era uno solo.

Era un allenatore, a quanto pareva. Era dalla parte opposta del campo, a consultarsi con Connie. Aveva i capelli neri lisci e la pelle di parecchie tonalità più scura di quella di Bridget. Poteva essere un ispanico. Aveva il fisico aggraziato di un mediano. Perfino da quella distanza aveva un viso elegante, per essere un allenatore. Era bello.

«Non è educato fissare la gente.»

Bridget si voltò con un sorriso verso Ollie. «Non riesco a farne a meno.»

Ollie annuì. «È proprio carino.»

«Lo conosci?»

«Dall'anno scorso» confermò Ollie. «Era l'allenatore in seconda della mia squadra. Gli siamo strisciate dietro tutta l'estate.»

«Come si chiama?»

«Eric Richman. È di Los Angeles. Gioca per la Columbia University. Credo che debba iscriversi al secondo anno.»

Allora era più grande, ma non poi di tanto.

«Non montarti la testa» le disse Ollie, leggendole nel pensiero. «Il campeggio ha adottato una politica molto severa contro l'eccesso di confidenza. E lui la rispetta, anche se un sacco di ragazze hanno cercato di portarlo fuori strada.»

«Venite tutte qui!» gridava intanto Connie, chiamando a raccolta le ragazze che correvano disordinatamente per il campo.

Bridget liberò dall'elastico i capelli, che le ricaddero sulle spalle catturando una quantità di raggi del sole molto maggiore di quanto fosse opportuno in quel momento, e si incamminò verso il punto in cui Connie era in riunione con gli altri istruttori.

«Ora leggerò i nomi delle varie squadre» annunciò Connie alle ragazze che si erano radunate. Come tutti quelli che facevano gli allenatori da tempo, quando era necessario Connie tirava fuori una voce potente quanto un megafono. «È importante, d'accordo? Rimarrete con la vostra squadra per due mesi, dalle prime amichevoli fino alla Coyote Cup alla fine dell'estate, siamo intesi? Imparate a conoscere la vostra squadra. Imparate ad amarla.» Scrutò il ventaglio di facce. «Sapete tutte che il grande calcio non è fatto di grandi giocatori. È fatto di grandi squadre.»

Il gruppo lanciò un breve urlo di approvazione. Bridget adorava quei discorsi per dare carica alla squadra. Sapeva che erano triti e ritriti, ma su di lei funzionavano sempre. Pensò che Tibby avrebbe roteato gli occhi.

«Prima di leggere le squadre, lasciate che vi presenti il resto dello staff: allenatori, allenatori in seconda e preparatori atletici.» Connie li passò in rassegna uno dopo l'altro, citando nome e funzione di ognuno, fino a concludere con Eric. Era una sua impressione, o era stato salutato con un applauso più vivace degli altri? si chiese Bridget.

Connie spiegò che c'erano sei squadre, che non corrispondevano alla divisione nelle sei baracche. Ognuna avrebbe avuto i propri colori e, appena finito l'appello, a ogni ragazza sarebbero state consegnate le sue magliette. Prima di tutto le sei squadre sarebbero state chiamate all'appello una dopo l'altra, poi ognuna avrebbe avuto l'onore di scegliersi un nome. Bla bla. Connie assegnò a ogni squadra un allenatore, un allenatore in seconda e un preparatore atletico. Eric era con la squadra quattro.

"Per favore, fa' che io sia nella sua squadra" pregò in silenzio Bridget.

Connie consultò l'onnipresente blocco.

«Susanna Aaron, squadra cinque.»

Meglio recuperare la calma: la lista era in ordine alfabetico. Bridget si scoprì a odiare ogni ragazza scelta per la squadra quattro.

Finalmente, ecco la V. «Bridget Vreeland, squadra tre.»

Era delusa, ma quando si fece avanti per ritirare le sue tre magliette verdi identiche, constatò con una certa soddisfazione che se non altro Eric non era immune al fascino dei suoi capelli.

Carma,

solo a me può capitare di innamorarmi in un campo di allenamento per sole femmine. Non ci ho nemmeno parlato. Si chiama Eric. È bellissimo! Lo voglio.

Vorrei che tu lo vedessi. Lo adoreresti. Ma non puoi averlo. È mio! Mio!

Sono pazza. Vado a farmi una nuotata. Siamo in un posto romanticissimo.

Bee

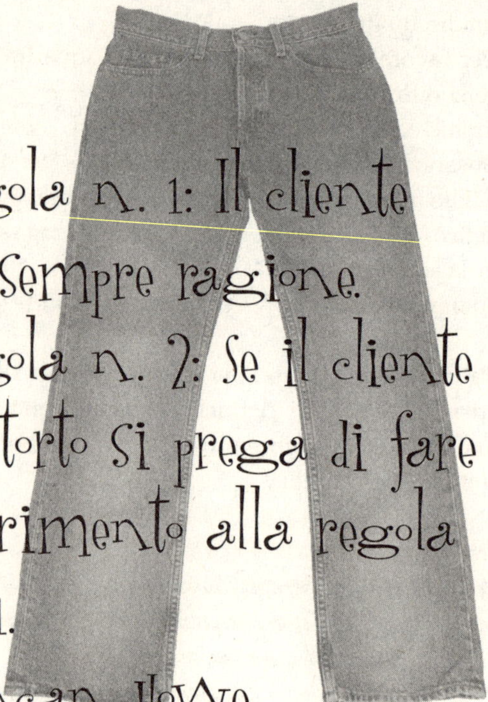

Regola n. 1: Il cliente ha sempre ragione.
Regola n. 2: Se il cliente ha torto si prega di fare riferimento alla regola n. 1.

Duncan Howe

"Qui al Wallman's rischio di morire dopo una lenta agonia" decise Tibby il pomeriggio dopo, sotto il ronzio delle luci al neon. Quel lavoro non provocava magari una morte prematura rispetto alla norma, ma senz'altro sarebbe stata dolorosa.

"Perché i posti come questo non hanno mai le finestre?" si chiese. Temevano che un semplice raggio di sole potesse fare imbizzarrire i loro impiegati pallidi e prigionieri?

Quel pomeriggio era di nuovo nel corridoio due, questa volta a riassortire assorbenti geriatrici. Ma che legame c'era tra lei e l'igiene personale? La sera prima sua madre le aveva chiesto di utilizzare lo sconto per i dipendenti per comprare i pannolini al fratellino e alla sorellina. E lei non aveva avuto il coraggio di confessare che lo sconto lo aveva già perso.

Mentre impilava pacchi di Depends, le sue funzioni fisiche e mentali si abbassarono al livello minimo. Lo vedeva, il proprio diagramma cerebrale piatto misurato da un macchinario ospedaliero. Morire lì al Wallman's.

D'un tratto udì un gran fracasso e voltò di scatto la testa. Affascinata, osservò la sua piramide di antitraspiranti crollare sotto il peso di una ragazzina che vi era inciampata. La ragazzina non riuscì a recuperare l'equilibrio, come Tibby si sarebbe aspettata, ma cadde a terra come un sasso e batté la testa sul linoleum con un tonfo sordo.

"Mio Dio" pensò Tibby precipitandosi verso di lei. Aveva la sensazione di assistere alla scena in tv, invece di viverla davvero in prima persona. Gli antitraspiranti rotolavano da tutte le parti. La ragazzina aveva forse dieci anni. Aveva gli occhi chiusi, i capelli biondi sparsi a ventaglio sul pavimento. Era morta? si chiese Tibby, presa dal panico. Si ricordò della radiocuffia. «Ehi, aiuto!» gridò, premendo vari bottoni e rimpiangendo di non avere imparato a usarla.

Scattò di corsa verso il bancone dell'uscita. «Emergenza! C'è un'emergenza nel corridoio due! Chiamate il 911!» ordinò. Era raro che pronunciasse tante parole di fila senza neppure una punta di sarcasmo. «C'è una ragazzina svenuta al corridoio due!»

Dopo aver visto Brianna chiamare il numero d'emergenza, Tibby corse di nuovo dov'era la ragazzina. Era ancora distesa lì, immobile. Tibby le prese la mano. Le cercò il polso: era come se fosse stata d'un tratto catapultata in un telefilm sul pronto soccorso. Il battito si sentiva. Tese la mano verso la borsetta della ragazzina per cercare il portafoglio, ma poi si trattenne. Non era meglio non toccare nulla fino all'arrivo della polizia? Ma forse no, quello valeva in caso di omicidio. Stava confondendo i telefilm polizieschi con quelli medici. Afferrò il portafoglio. Chiunque fossero i genitori, senz'altro bisognava far loro sapere che la figlia era distesa priva di sensi in mezzo al supermercato.

C'era una tessera della biblioteca. Un oroscopo ritagliato da una rivista. Qualche foto scolastica di una ragazzina dai denti grossi di nome Maddie, con un mucchio di baci e abbracci scritti sul retro. Quattro banconote da un dollaro. Tutta roba completamente inutile. La stessa roba che Tibby si portava nel portafoglio quando aveva quell'età.

In quel momento irruppero nel corridoio tre ausiliari medici con una barella. Due di loro cominciarono a punzecchiare la ragazzina, mentre il terzo osservava un braccialetto medico che le cingeva il polso sinistro. Tibby non aveva pensato a controllare che cosa aveva al polso.

Il terzo ausiliare aveva delle domande anche per Tibby. «Allora, cosa è successo? Tu hai visto?»

«Non proprio» rispose lei. «Ho sentito un rumore, mi sono voltata e l'ho vista inciampare contro questo espositore. Ha battuto la testa per terra e credo che sia svenuta.»

L'attenzione dell'infermiere si spostò dal viso di Tibby al portafoglio che lei aveva in mano. «E quello cos'è?»

«Be', mmm, il suo portafoglio.»

«Le hai preso il portafoglio?»

Tibby spalancò gli occhi. D'un tratto capì come doveva apparire dall'esterno la cosa. «Insomma, voglio dire... stavo soltanto...»

«Perché non facciamo che adesso lo dai a me?» scandì lentamente l'uomo. La stava trattando come una criminale o era lei che era paranoica?

Tibby non se la sentì di scoccargli una frecciata ironica come avrebbe fatto di solito. Le veniva da piangere. «Speravo di trovare il suo numero telefonico» spiegò porgendogli il portafoglio. «Volevo avvertire i genitori.»

Gli occhi dell'uomo si addolcirono. «Perché non vieni con noi mentre la carichiamo nell'ambulanza? Ci penserà l'ospedale a chiamare i genitori.»

Tibby strinse il portafoglio e seguì gli uomini con la barella. In pochi secondi l'avevano caricata sull'ambulanza. Dalla macchia d'umido sui jeans e dalla striscia di bagnato che si era lasciata dietro, Tibby capì che la ragazzina si era fatta la pipì addosso. Lei voltò subito la testa, come faceva sempre quando le capitava di vedere un estraneo piangere. Assistere a uno svenimento, vedere qualcuno che sbatteva la testa andava bene, ma così le sembrava di invadere troppo l'intimità altrui.

«Posso venire anch'io?» Non sapeva perché l'aveva chiesto. Forse aveva paura che svegliandosi e vedendo solo sconosciuti vestiti da dottore la ragazzina si spaventasse. Le fecero spazio perché potesse sedersi accanto a lei. Tibby tese la mano e prese quella della ragazzina. Di nuovo, non sapeva perché: forse era perché se fosse capitato a lei avrebbe voluto che qualcuno le tenesse la mano.

All'incrocio tra la Wisconsin e la Bradley, la ragazzina riprese conoscenza. Si guardò intorno strizzando gli occhi, confusa. Strinse la mano di Tibby, poi la guardò per vedere di chi era. Quando vide Tibby, fece una faccia sconcertata, poi scettica. Spalancando gli occhi, squadrò la targhetta con la scritta "Salve, sono Tibby!" e il grembiule verde. Poi si voltò verso l'ausiliare medico seduto dall'altra parte.

«Perché questa qui di Wallman's mi tiene la mano?» chiese.

Qualcuno bussò. Carmen guardò la porta e si mise a

sedere sul tappeto. La sua valigia era aperta, ma non aveva messo ancora a posto nulla. «Sì?»

«Posso entrare?»

Era quasi sicura che fosse Krista.

«No, non puoi. Be', sì.»

La porta si aprì cautamente. «Carmen? Sarebbe... mmm... ora di cena? Sei pronta?»

Solo la testa di Krista oltrepassò la soglia. Carmen avvertì il profumo del suo lucidalabbra. Aveva il sospetto che Krista fosse un'insicura. Perfino quando faceva un'affermazione la esprimeva in tono interrogativo.

«Sarò giù tra un minuto.»

Krista si ritrasse e chiuse la porta.

Carmen si distese di nuovo sul pavimento per un minuto. Come era finita lì? Com'era potuto accadere? Si immaginò una Carmen di un universo parallelo, che spazzava via dal piatto un hamburger in un ristorante del centro, insieme al padre, appena prima di sfidarlo in una partita a biliardo. Provava invidia per quella Carmen.

Si trascinò al piano di sotto e prese posto al tavolo apparecchiato con grande cura. Un simile plotone di forchette andava bene al ristorante, ma in casa? C'erano vari vassoi bianchi, tutti coordinati e accuratamente coperti, e dentro ogni sorta di vivanda cucinata in casa. Costate d'agnello, patate arrosto, zucchine in umido e peperoni, insalata di carote, pane caldo. Carmen sussultò quando sentì la mano di Krista cercare la sua. Istintivamente, la ritrasse di scatto.

Krista arrossì. «Scusami» mormorò. «Noi ci prendiamo per mano per la preghiera del ringraziamento.»

Carmen guardò il padre. Da una parte stringeva felice la mano di Paul, dall'altra tendeva la mano per prendere la sua. "Questo è quello che fanno loro. E noi?" avrebbe voluto chiedergli. "Non dovremmo essere una famiglia anche noi?" Si sottomise all'usanza e a una preghiera di ringraziamento che le era estranea. Suo padre aveva rifiutato di convertirsi al cattolicesimo per compiacere i nonni materni di Carmen. E ora era diventato Mr. Preghiera di Ringraziamento?

Carmen pensò con tristezza alla madre. Lei e sua madre recitavano la preghiera prima di ogni pasto, ma in passato, quando il padre viveva ancora con loro, non l'avevano mai fatto.

Fissò Lydia. Che razza di poteri aveva quella donna?

«Lydia, questa cena è favolosa» disse il padre.

«Fantastica» confermò Krista.

Carmen si sentiva addosso gli occhi del padre. Si aspettava che dicesse qualcosa anche lei, ma Carmen rimase semplicemente seduta a masticare.

Paul era silenzioso. Guardava Carmen, poi abbassava lo sguardo.

La pioggia batteva contro la finestra, le posate stridevano nei piatti, i denti masticavano.

«Sai, Carmen» azzardò Krista, «non sei affatto come ti immaginavo.»

Carmen ingoiò un boccone enorme senza masticare. Non era il massimo. Si schiarì la voce. «Vuoi dire che ho un'aria da portoricana?» e fulminò Krista con un'occhiata.

Krista fece una risatina, poi tentò una marcia indietro. «No, volevo solo dire... sai... insomma, hai gli occhi scuri, i capelli crespi neri...»

"La pelle scura e il sederone?" avrebbe voluto aggiungere Carmen. «Proprio così» disse. «Sembro una portoricana, come mia madre. Mia madre è portoricana. Un'ispanica. Può darsi che mio padre si sia dimenticato di dirvelo.»

La voce di Krista si fece così sommessa che Carmen non era neppure certa che stesse ancora parlando. «Non sono sicura che lui...» Krista balbettava sempre di più, fino a sussurrare le sue parole soltanto al piatto.

«Carmen ha ereditato la mia altezza e il mio talento per la matematica» intervenne il padre. Era un intervento zoppicante, ma Carmen lo apprezzò comunque.

Lydia annuì seria. Paul continuava a non fiatare.

«Allora, Carmen» disse Lydia posando la forchetta sul piatto, «tuo padre mi dice che sei una gran giocatrice di tennis.»

In quel momento Carmen aveva la bocca assolutamente piena. Ebbe l'impressione che le ci volessero cinque lunghi minuti per masticare e inghiottire il boccone. «Me la cavo» fu la grande uscita dopo tutto quel masticare.

Carmen sapeva di risultare pungente con quelle risposte a monosillabi. Avrebbe potuto allargare il discorso, o rispondere a sua volta con una domanda. Ma era furibonda, così furibonda che stentava a riconoscersi. Detestava il fatto che la cucina di Lydia fosse così buona. Detestava il fatto che il padre la apprezzasse tanto. Detestava il fatto che Krista sembrasse una bambolina nel suo cardigan color lavanda. Avrebbe voluto che Paul dicesse qualcosa, invece di starsene lì a pensare che lei era una stupida pazza. Odiava quella gente. Non voleva essere lì. D'un tratto avvertì un senso di vertigine. Sentì il panico provocarle un crampo allo stomaco. Il suo cuore batteva in modo irregolare.

Si alzò. «Posso chiamare la mamma?» chiese al padre.

«Certo» disse lui, alzandosi a sua volta. «Perché non usi il telefono nella camera degli ospiti?»

Carmen lasciò il tavolo senza altre parole e corse al piano di sopra.

«Mami» singhiozzava nella cornetta un minuto più tardi. Ogni giorno che era passato da dopo la fine dell'anno scolastico, Carmen aveva allontanato sempre di più la madre, un pezzetto alla volta, pregustando l'estate con il padre. Ora ne sentiva la mancanza, aveva bisogno di lei per dimenticare tutti quei giorni.

«Cosa c'è, bambina mia?»

«Papà si sposa. Ha già una nuova famiglia. Ha una moglie, due figli biondi e una casa chic. Cosa ci faccio io qui?»

«Oh, Carmen. Mio Dio. Si sposa, davvero? Lei chi è?»

La madre non riuscì a non far filtrare almeno un briciolo della propria curiosità nella preoccupazione per la figlia.

«Sì, si sposa. In agosto. Lei si chiama Lydia.»

«Lydia come?»

«Non lo so nemmeno.» Carmen si buttò sul copriletto a fiori.

La madre sospirò. «Come sono i figli?»

«Non so. Biondi. Silenziosi.»

«Quanti anni hanno?»

Carmen non aveva voglia di rispondere. Voleva essere coccolata, compatita. «Sono ragazzi. Il figlio è più grande di me, ma non so bene.»

«Be', sinceramente avrebbe dovuto dirtelo prima che tu andassi lì.»

Carmen sentiva una punta di rabbia nella voce della madre, ma non voleva farci i conti proprio ora.

«Va bene così, mami. Ha detto che voleva parlarmene di persona. È solo... che non ho più tanta voglia di stare qui.»

«Oh, tesoro... Sei delusa di non avere il tuo papà tutto per te?»

Messa così la cosa, a Carmen non rimaneva più spazio per la sua giusta indignazione.

«Non è questo» disse piangendo. «Loro sono così...»

«Così come?»

«Non mi piacciono.» La rabbia le impediva di articolare pensieri definiti.

«Perché no?»

«Perché no. E io non piaccio a loro.»

«Come fai a saperlo?» chiese la madre.

«Lo so e basta» ribatté Carmen di malumore, detestandosi perché faceva la bambina.

«Ce l'hai con questi estranei o ce l'hai con tuo padre?»

«Non ce l'ho con lui» si affrettò a rispondere Carmen, senza neppure perdere un istante a valutare l'ipotesi. Non era colpa del padre se aveva perso la testa per una che aveva due figli zombie e una camera per gli ospiti che sembrava trasportata di peso da un Holiday Inn.

Salutò la madre e promise che l'avrebbe chiamata il giorno dopo. Poi si rotolò sulla pancia e pianse, senza saper bene perché.

La parte sana del suo cervello le diceva che avrebbe

dovuto essere felice per il padre. Aveva incontrato una donna che amava tanto da sposarla. Aveva una vita ricca, ora. Era chiaro che lo voleva, e Carmen sapeva che anche lei avrebbe dovuto desiderarlo per lui.

Eppure li odiava. E odiava se stessa perché li odiava.

Bridget camminava piano nell'acqua tiepida. Migliaia di pesciolini tropicali le sfrecciavano intorno alle caviglie.

«Io voglio Eric» disse Bridget a Diana, che era stata assegnata alla squadra quattro. «Faresti cambio con me?» Non era la prima volta che faceva quella proposta.

Diana rise. «Credi che qualcuno lo noterebbe?»

«Alle cinque ha un allenamento di corsa» intervenne Emily.

Bridget guardò l'orologio. «Maledizione, è tra cinque minuti.»

«Non avrai davvero intenzione di andarci» disse Diana.

Bridget era già quasi fuori dall'acqua. «Certo che sì.»

«Sono dieci chilometri di corsa» disse Emily.

La verità era che Bridget non aveva corso nemmeno un chilometro negli ultimi due mesi. «Dov'è il punto di ritrovo?»

«Di fronte all'attrezzeria» rispose Emily, avanzando verso l'acqua più fonda.

«Ci vediamo» gridò Bridget da sopra la spalla.

Nella camerata, si infilò un paio di calzoncini sugli slip del costume e sostituì il reggiseno con uno sportivo. Poi si mise le calze e le scarpe da jogging. Faceva troppo caldo per chiedersi se era dignitoso correre solo con il reggiseno.

Il gruppo era già partito e Bridget per raggiungerli dovette tagliare per uno sterrato. Avrebbe dovuto fare almeno un minuto di stretching.

Erano più o meno quindici. Bridget rimase indietro per il primo chilometro, finché non trovò il passo. Aveva le gambe lunghe e nessun chilo di troppo, il che la rendeva per natura una buona atleta, per quanto fuori allenamento.

Raggiunse il gruppo. Eric la notò. Bridget si avvicinò. «Ciao. Io sono Bridget» disse.

«Bridget?» Eric si lasciò raggiungere.

«Quasi tutti mi chiamano Bee, però.»

«Io sono Eric» si presentò lui.

«Lo so.»

Eric si voltò verso il gruppo. «Un chilometro in quattro minuti e venti: direi che non siete male. Se siete stanche, rallentate. Non pretendo che tutti arrivino in fondo insieme a me.»

No. Quattordici chilometri l'ora. Il sentiero si inerpicava sulla collina. Bridget sollevava polvere dal suolo asciutto. Sul crinale il terreno tornava in piano. Corsero lungo il letto di un torrente, che nella stagione asciutta ospitava solo un rivolo d'acqua.

Bridget era sudata, ma il respiro era regolare. Stava al passo con Eric. «Ho sentito che sei di Los Angeles» disse. Ad alcuni piace parlare quando corrono, altri lo detestano. Voleva scoprire a quale gruppo appartenesse Eric.

«Sì» rispose lui.

Bridget lo aveva già classificato nel gruppo due quando Eric riaprì bocca. «Ho vissuto tantissimo tempo qui, però.»

«Qui in Baja California?»

«Sì. Mia madre è messicana. È di Mulegé.»

«Davvero?» chiese Bridget, davvero interessata, il che giustificò lo sguardo di lui. «Appena pochi chilometri a sud di qui, giusto?»

«Giusto» confermò Eric. «E tu?»

«Io sono di Washington, ma mio padre viene da Amsterdam.»

«Perciò ne sai qualcosa, della sindrome da genitore straniero!»

Lei rise, soddisfatta di come stavano andando le cose. «Sì, la conosco.»

«E tua madre?» Qui, senza preavviso, Bridget si trovò a passare direttamente alla seconda prova, che, quando possibile, preferiva lasciare per molto più avanti.

«Mia madre...» È? Era? Si sentiva ancora indecisa sui tempi da usare, quando si affrontava la questione. «Mia madre... era dell'Alabama. È morta.» Per quattro anni Bridget si era ostinata a dire "se n'è andata", ma poi questa formula aveva iniziato a irritarla. Non diceva la verità.

Eric si voltò a guardarla negli occhi. «Sono triste per te.»

Bridget sentì il sudore asciugarsi sulla sua pelle. Era una frase di un'onestà disarmante. Distolse lo sguardo. Per lo meno non aveva detto "mi dispiace". D'un tratto si sentì troppo esposta, con addosso solo il reggiseno.

Con la maggior parte dei ragazzi, Bridget riusciva a spostare in là la questione. Con qualcuno era riuscita a uscire per mesi senza nemmeno sfiorarla. Era strano che con Eric fosse saltato fuori entro i primi due minuti. Carmen lo avrebbe preso come un segno, ma lei era sempre a caccia di segni. Bridget mai.

«Vai alla Columbia University?» chiese, lasciandosi alle spalle, sul sentiero, il proprio disagio.

«Sì.»

«Ti piace?»

«È uno strano college, per un atleta» disse. «Non è che allo sport diano grande peso, lì.»

«Già.»

«Ma c'è un buon corso di calcio e i professori sono decisamente ottimi. Mia madre ci teneva molto.»

«Giusto» disse Bridget. Di profilo era terribilmente carino.

Ora stava aumentando il ritmo e lei la prese come una sfida. Le piacevano sempre le sfide.

Bridget si lanciò un'occhiata alle spalle e vide che il gruppo si era assottigliato di parecchio. Lei stava perfettamente al passo con Eric. Adorava la sensazione dei muscoli in tensione, l'euforia che si faceva avanti con il crescere della spossatezza.

«Quanti anni hai?» le chiese Eric di punto in bianco.

Lei aveva sperato di eludere l'argomento. Sapeva di essere una delle più giovani, lì. «Sedici» rispose. Le mancava poco per compierli. Non era un crimine arrotondare, o sì? «E tu?»

«Diciannove.»

Non era poi una grande differenza. Soprattutto se lei avesse avuto davvero sedici anni.

«Stai già pensando al college?» chiese lui.

«Forse la University of Virginia» disse Bridget. In realtà non ne aveva idea. La verità era che l'allenatore della University of Virginia aveva già parlato di lei con l'allenatore delle superiori. Bridget sapeva di non doversi preoccupare troppo del college anche se i suoi voti non erano spettacolari.

«Grande scuola» commentò lui.

Ora fu lei ad allungare il passo. Si sentiva bene e l'eccitazione di essere così vicina a Eric le infondeva energia. Disegnarono un cerchio per finire la corsa tornando sulla spiaggia.

«Prendi la corsa piuttosto sul serio» disse Eric.

Lei rise. «Non correvo da mesi.» E con questo accelerò per lo sprint finale. Il resto del gruppo li seguiva ormai con grande distacco. Bridget era curiosa di vedere se Eric avrebbe mantenuto il passo che si era imposto o se lo avrebbe abbandonato per rimanerle al fianco.

Sentì il gomito di lui sfiorare il suo. Sorrise. «Gara!»

Scattarono in velocità per l'ultimo chilometro che li separava dalla spiaggia. Bridget si sentiva scorrere nelle vene tanta adrenalina che avrebbe potuto superare quella distanza volando.

Crollò sulla spiaggia. Lui fece altrettanto. «Credo che abbiamo stabilito un record» disse.

Bridget allargò le braccia, felice. «Ho sempre degli obiettivi.» Poi si rotolò nella sabbia fino a trasformarsi in una specie di frittella coperta di zucchero. Lui la guardava, ridendo.

Il resto del gruppo li avrebbe raggiunti tra un paio di minuti. Lei si alzò e calciò lontano scarpe e calze. Poi, guardandolo dritto negli occhi, si sfilò i calzoncini rivelando il costume da bagno. Sfilò l'elastico dai capelli. Granelli di sabbia dorata le rimasero attaccati alle spalle e alla schiena sudata.

Lui distolse lo sguardo.

«Nuotiamo» propose lei.

Ora lui aveva un'espressione seria. Non si mosse.

Lei non rimase ad aspettarlo. Camminò nell'acqua per qualche metro, poi si tuffò. Quando riemerse vide che Eric si era tolto la maglietta bagnata di sudore. Lei lo guardava senza nasconderlo.

Eric si tuffò dietro di lei, proprio come lei aveva pregato che facesse. La oltrepassò nuotando sott'acqua e riemerse qualche metro più in là.

Bridget, senza nessun motivo, alzò le braccia nell'aria. Saltellava su e giù nell'acqua, incapace di contenere la propria energia. «È il posto più bello del mondo.»

Lui rideva di nuovo. L'espressione seria era sparita.

Bridget si immerse, puntando verso il fondo sabbioso. Oltrepassò lenta i piedi di lui. D'istinto tese una mano e gli sfiorò la caviglia con un dito, leggera come un minuscolo pesce tropicale.

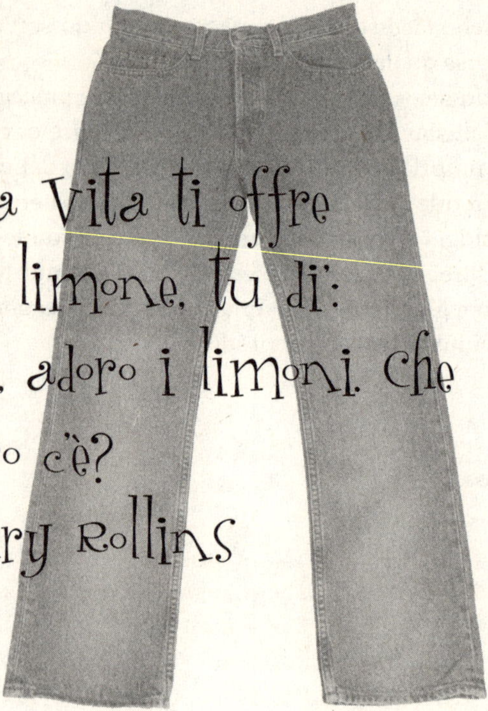

Se la vita ti offre
un limone, tu di':
– Sì, adoro i limoni. Che
altro c'è?
Henry Rollins

Quando Lena arrivò in cucina il mattino dopo, per colazione, solo Bapi era sveglio. «*Kalimera*» disse lei.

Lui annuì, facendole l'occhiolino, compiaciuto. Lei si sedette di fronte a lui al tavolo della cucina. Il nonno indicò una scatola di Rice Krispies. Guarda caso, lei li adorava. «*Efcharistó*» lo ringraziò Lena, e con questo aveva praticamente esaurito il suo patrimonio di parole greche. La nonna aveva preparato ciotole e cucchiai. Il nonno le passò il latte.

Tutti e due masticavano. Lei guardava lui e lui guardava nella propria ciotola. Era infastidito dalla sua presenza? Preferiva fare colazione da solo? Era deluso del fatto che lei non parlasse greco?

Il nonno si servì una seconda ciotola di cereali. Era magrolino, ma evidentemente godeva di buon appetito. Buffo: guardando Bapi, riconosceva in lui le proprie fattezze. Il naso, per esempio. Quasi tutti in famiglia avevano il celebre naso alla Kaligaris: il padre, la zia, Effie. Un naso così grande e prominente dava carattere al volto. La madre, ovviamente, aveva un naso diverso – un naso alla Patmos – ma anche quello era abbastanza caratteristico.

Il naso di Lena era piccolo, delicato, senza carattere. Lei si era sempre chiesta dove l'avesse preso, ma ora lo vedeva lì in mezzo alla faccia del nonno. Voleva dire che era lei ad avere un autentico naso alla Kaligaris? Sin da bambina aveva sempre desiderato avere il nasone di famiglia. Ora che vedeva da dove aveva preso il suo, le piaceva un pochino di più.

Si costrinse a smettere di fissare Bapi. Lo stava mettendo a disagio. Doveva dire assolutamente qualcosa. Non era molto carino da parte sua starsene lì seduta senza spiccicare una parola.

«Voglio dipingere, questa mattina» disse, mimando il gesto.

Lui parve risvegliarsi bruscamente dal suo sogno a occhi aperti sui cereali. Lei conosceva così bene quella sensazione. Il nonno alzò le sopracciglia e annuì. Lena non riuscì a decidere se avesse capito almeno una parola.

«Stavo pensando di arrivare a piedi fino ad Ammoudi. Esistono scale che portano fin laggiù?»

Il nonno annuì. Lena immaginò che volesse tornare alla sua contemplazione della scatola di cereali. Era stufo di lei? Lo stava disturbando?

«Be', okay, ci vediamo più tardi. Buona giornata, nonno. *Antío.*»

Salì al piano di sopra e infilò nello zainetto tutto quello che le serviva per dipingere, con la stranissima sensazione di essere Effie e di aver appena fatto colazione con Lena.

Infilò i Pantaloni e una camicia stropicciata di lino bianco. Si mise in spalla lo zainetto con tavolozza, cavalletto pieghevole e fogli da disegno.

Proprio mentre stava per mettere piede sulle scale, apparve sulla porta Kostos: portava un vassoio di dolcetti appena preparati da sua nonna. La nonna di Lena lo baciò e abbracciò, ringraziandolo in un greco così rapido che Lena non riuscì a cogliere nemmeno una parola.

La nonna adocchiò Lena e ne intercettò lo sguardo. Subito invitò Kostos a entrare.

Lena era dispiaciuta che Effie non fosse sveglia. Si avviò verso la porta.

«Lena, siediti. Mangia un dolcetto» ordinò la nonna.

«Sto andando a dipingere. Devo cominciare prima che il sole sia troppo alto e faccia sparire le ombre» si scusò Lena. Tecnicamente non era vero, perché in realtà quel giorno avrebbe cominciato dallo schizzo, il che voleva dire che le ombre non contavano.

Kostos si avvicinò alla porta. «Devo andare al lavoro, Valia. Sono già in ritardo.»

La nonna si accontentò dell'idea che quanto meno i due giovani avrebbero dovuto fare un pezzo di strada insieme. Fece l'occhiolino alla nipote mentre Lena seguiva Kostos fuori della porta. «È un ragazzo carino» le bisbigliò di nascosto. Ormai era un ritornello.

«Ti piace dipingere» osservò Kostos quando furono usciti alla luce del sole.

«Sì» rispose Lena. «Soprattutto qui.» Non sapeva bene perché gli avesse offerto quest'ultimo spiraglio gratuito.

«So che è bello qui» commentò pensieroso Kostos, lasciando vagare lo sguardo lontano, verso lo scintillio del mare, «ma io faccio fatica a vederlo. Non conosco altri paesaggi.»

Lena sentì il desiderio di una vera conversazione. Era interessata a quello che Kostos diceva. Poi pensò alla nonna, che probabilmente li stava osservando dalla finestra.

«Da che parte vai?» chiese Lena. Gli stava preparando una trappola un po' sleale.

Kostos la guardò di traverso, cercando di indovinare quale fosse la risposta migliore, ma l'onestà prevalse. «Giù per la discesa. Alla fucina.»

Facile. «Io invece vado in salita. Oggi voglio dipingere un po' di alberi.» E cominciò ad allontanarsi da lui, su per la collina.

Kostos era deluso. Ma aveva capito che lei gli aveva giocato un brutto tiro? La maggior parte dei ragazzi non sono così sensibili ai no.

«D'accordo» si arrese Kostos, «buona giornata.»

«Anche a te» rispose lei con disinvoltura.

Era un peccato dover puntare verso l'interno, perché quel mattino si era svegliata con una voglia pazza di dipingere il porticciolo di Ammoudi.

Tibba-dee,

tu odieresti questo campeggio. È un posto sanissimo, con i classici americani che fanno sport ventiquattr'ore su ventiquattro. Darsi un cinque va di gran moda, e ho anche assistito a un abbraccio di gruppo: cliché sportivi dalla mattina alla sera.

Quasi quasi sei felice di essere al Wallman's, eh?

Sto scherzando, Tib.

Certo che io adoro questo posto. Ma ogni giorno che passo qui mi rendo conto di quanto sono felice che la mia vera vita non sia così, tra persone identiche a me, perché altrimenti non avrei voi, giusto?

Ah, mi sono innamorata. Non te l'avevo ancora detto? Si

chiama Eric. È un allenatore, dunque intoccabile. Ma tu mi conosci.

Con affetto,
la tua amica di penna Bee

Tornata al Wallman's, Tibby scoprì due cose: primo, aveva commesso "un'infrazione passibile di licenziamento" abbandonando con così largo anticipo il proprio turno (come Duncan si affrettò a informarla senza perdere tempo). Le sarebbe stata concessa un'ultima chance, ma non sarebbe stata pagata per le ore di lavoro di quel giorno. Tibby cominciava a pensare che alla fine sarebbe stata lei a dovere dei soldi a Wallman's.

La seconda scoperta fu che il portafoglio della ragazzina che aveva perso i sensi era accanto al suo nel sacchetto di plastica trasparente da "impiegata cattiva". Oh, maledizione!

Recuperò la tessera della biblioteca su cui era scritto il nome della sconosciuta: Bailey Graffman. Uscì e andò verso la cabina telefonica. L'elenco degli abbonati per fortuna dava soltanto un Graffman con due effe, in una strada poco distante da Wallman's.

Tibby prese la bici e percorse i pochi isolati che la separavano da casa Graffman. Fu una donna, la signora Graffman probabilmente, ad aprirle. «Salve, mi chiamo Tibby e... be'...»

«Sei tu che hai trovato Bailey da Wallman's?» disse la donna, con aria riconoscente.

«Giusto. Insomma, avevo preso il suo portafoglio per cercare un modo per chiamarvi e, be', ho dimenticato di restituirglielo» spiegò Tibby. «C'erano soltanto quattro dollari dentro» aggiunse in tono di difesa.

La signora Graffman la guardò confusa. «Mmm. Giusto. Certo.» Poi sorrise. «Bailey riposa al piano di sopra. Perché non glielo restituisci tu? Sono sicura che le farà piacere ringraziarti di persona.»

«Su per le scale e poi diritto» disse la donna mentre Tibby si avviava controvoglia su per le scale.

«Ehi, ciao» disse timidamente sulla porta della camera della ragazzina. La stanza aveva la tappezzeria di raso e gonfie tende gialle, ma c'erano anche dappertutto poster di complessi musicali giovanili. «Be', sono Tibby...»

«Sei la ragazza del supermercato» disse Bailey, alzandosi a sedere.

«Sì.» Tibby si avvicinò al letto e le diede il portafoglio.

«Mi hai sfilato il portafoglio?» chiese la ragazzina strizzando gli occhi.

Tibby si incupì. Che bambinetta insopportabile. «Non ti ho sfilato il portafoglio. All'ospedale lo hanno usato per chiamare i tuoi genitori e poi per sbaglio è rimasto a me. Eccolo, comunque» e lo lanciò sul letto.

Bailey lo afferrò e guardò dentro, contando le banconote. «Secondo me avevo più di quattro dollari.»

«Io credo di no.»

«Perché li hai presi tu.»

Tibby scosse la testa incredula. «Stai scherzando? Credi davvero che ti avrei rubato i soldi e poi mi sarei fatta tutta questa strada per venire qui a riportarti il tuo patetico portafoglio? Cos'altro c'è che vale la pena di restituire a parte i soldi? Il tuo oroscopo? Rischiamo chissà che disgrazia se dimentichi il tuo segno zodiacale?»

Bailey parve sorpresa.

Tibby si sentì cattiva. Forse aveva esagerato.

Bailey però non si era ancora arresa. «E cosa c'è invece di importante nel tuo portafoglio? Una patente per guidare la bici? Un tesserino di riconoscimento di Wallman's?» E pronunciò Wallman's con un disprezzo tale che perfino Tibby avrebbe avuto qualcosa da imparare.

Tibby strizzò gli occhi. «Quanti anni hai? Dieci? Chi ti ha insegnato a essere così tagliente?»

Le sopracciglia di Bailey si abbassarono in un'espressione di rabbia. «Ne ho dodici.»

Ora Tibby si sentiva anche peggio di prima. Aveva sempre detestato quelli che la credevano più piccola, solo perché era bassa, minuta e senza seno.

«Quanti anni hai tu?» chiese a sua volta Bailey. Aveva uno sguardo vivace, combattivo. «Tredici?»

«Bailey! È ora di prendere la medicina» gridò la madre dal piano di sotto. «Vuoi mandare giù la tua amica?»

Tibby si guardò intorno. L'amica era lei?

«Certo» gridò Bailey di rimando. Aveva l'aria divertita. «Ti spiace?»

Tibby scosse la testa. «Certo che no, visto come accetti i favori.» E si avviò giù per le scale chiedendosi che cosa diavolo ci faceva lei lì.

La signora Graffman le diede un lungo bicchiere di succo di frutta e un bicchierino di carta pieno di pillole. «Tutto bene lassù?» chiese.

«Sì, direi» rispose Tibby.

La donna la scrutò in viso un istante. «A Bailey piace mettere alla prova la gente» spiegò, senza alcun particolare motivo.

«A Tibby piace mettere alla prova la gente.» Era da brivido. Quante volte aveva sentito sua madre pronunciare quelle precise parole?

«È certo colpa della sua malattia.»

«Che malattia?» chiese Tibby senza riflettere.

La signora Graffman pareva stupita che non lo sapesse. «Ha la leucemia.» Si sforzò di mantenere un tono neutro, come se avesse ripetuto quella parola milioni di volte e ora non le facesse più paura. Ma Tibby vedeva bene che non era così.

Tibby ebbe la sensazione di sprofondare. Quella donna la guardava con troppa intensità, come se lei potesse dire qualcosa di importante. «Mi spiace» mormorò impacciata.

Poi si costrinse a risalire le scale. C'era qualcosa di troppo triste nello sguardo ansioso della mamma di un bambino malato.

Si fermò davanti alla porta di Bailey, rovesciando qualche goccia di succo d'arancia e sentendosi un mostro per le cattiverie che aveva detto. Certo, era stata Bailey a cominciare, ma Bailey aveva la leucemia.

La ragazzina ora era seduta sul letto, evidentemente ansiosa di riprendere la battaglia.

Tibby si incollò sulla faccia un vago, blando sorriso amichevole e porse a Bailey le sue pillole.

«E allora hai mentito sull'età per avere il posto da Wallman's? Il minimo non è quindici?»

Tibby si schiarì la voce, bene attenta a non lasciare che il suo sorriso si afflosciasse. «Sì, è il minimo. E in effetti ho quindici anni.»

Bailey era chiaramente irritata. «Non li dimostri.»

Il sorriso di Tibby era teso. Non ricordava neppure

come doveva essere un sorriso normale. Quello che aveva ora doveva essersi trasformato in un ghigno.

«Credo di no» rispose piano. Avrebbe tanto voluto andar via.

Gli occhi di Bailey si riempirono a un tratto di lacrime. Tibby distolse lo sguardo. «Te l'ha detto, vero?» chiese.

«Mi ha detto cosa?» chiese Tibby come se parlasse alla coperta, odiandosi perché faceva finta di non sapere quello che sapeva perfettamente. Odiava la gente che si comportava così.

«Che sono malata!» L'espressione da dura di Bailey faceva acqua tanto quanto il sorriso amichevole di Tibby.

«No» mormorò Tibby, disprezzando la propria vigliaccheria.

«Non credevo che fossi una bugiarda» ribatté secca Bailey.

Gli occhi di Tibby, in cerca di un bersaglio qualunque che non fosse il volto di Bailey, approdarono su un tessuto di rete attraversato da un ago con un filo da ricamo rosso posato sul copriletto di Bailey. C'era scritto, con punti precisi: TU SEI LA MIA. La mia che? Luce? Tibby ne fu colpita: le pareva un dettaglio tragico, patetico.

«È meglio che io vada» disse quasi in un sussurro.

«Bene. Esci di qui» disse Bailey.

«Okay. Ci vediamo» rispose Tibby come un robot, e trascinò i piedi verso la porta.

«Complimenti per il grembiule» le sibilò Bailey alle spalle.

«Grazie» si sentì dire Tibby mentre fuggiva.

Cara Carmen,

un'estate mi piacerebbe che venissimo qui tutte insieme. È la cosa più allegra che possa immaginare. Il primo giorno avrò fatto un milione di scalini giù per la scogliera, per arrivare a un minuscolo villaggio di pescatori che si chiama Ammoudi, sulla riva della caldera. È un'enorme distesa d'acqua che ha sommerso la terra quando una mostruosa esplosione vulcanica ha fatto sprofondare gran parte dell'isola. Quando ho finito di dipingere le barchette greche si bolliva di caldo, così mi sono spogliata (avevo il costume) e mi sono tuffata direttamente nell'acqua fredda e limpida.

Ho fatto un quadro per te. È la torre campanaria di una chiesetta che c'è qui a Oia. Il mio nonno timido, che non parla una parola di inglese, mi è venuto alle spalle ed è rimasto a studiare il mio dipinto per un bel po'. Poi ha annuito in segno di approvazione: era proprio tenero.

Io ed Effie siamo arrivate in bici fino a Thira, capoluogo dell'isola, e abbiamo bevuto un caffè incredibilmente forte in un bar all'aperto. Ci sentivamo entrambe su di giri per la caffeina. Io ero agitata e stavo in silenzio, mentre Effie flirtava con i camerieri e perfino con alcuni passanti.

E poi c'è questo Kostos. Passerà da casa nostra sei volte al giorno. Si ostina a cercare di catturare il mio sguardo e di intavolare una conversazione, ma io non starò al suo gioco. Il massimo desiderio di mia nonna sarebbe che ci innamorassimo. Cosa puoi immaginare di meno romantico?

A parte questo, non è successo nulla di notevole. Nulla all'altezza dei Pantaloni, che sono ancora qui in paziente attesa.

Non vedo l'ora di ricevere una lettera da te. La posta è così lenta, qui. Vorrei tanto avere un computer. Spero che tu e Al vi stiate dando alla pazza gioia.

Un abbraccio,

Lena

"Che cosa ci faccio qui?" Carmen si guardò intorno nella stanza chiassosa, ma le sue orecchie e i suoi occhi non riuscivano a distinguere un singolo rumore né un singolo volto: era solo un grumo casuale di gioventù in South Carolina.

Krista chiacchierava con le amiche nel cortile sul retro. Paul si dava un sacco di arie di fronte alla sua fidanzata-bambolina e ai suoi amici palestrati. Carmen se ne stava da sola accanto alle scale, senza curarsi di sembrare il perfetto quadro dell'inesorabile perdente.

Si sentiva stranamente stordita, invisibile. Non era solo che le mancavano le sue amiche: cominciava a chiedersi se aveva bisogno di averle attorno per sentirsi esistere.

Lydia e suo padre avevano i biglietti per un concerto di musica da camera. (Per la cronaca, suo padre detestava la musica classica.) Così avevano pensato che mandare Carmen a un "party divertente" in compagnia di Krista e Paul avrebbe sistemato le cose. Nemmeno una musona che aveva passato quattro giorni a tenere il broncio nella camera degli ospiti avrebbe potuto resistere a un "party divertente". Il padre aveva riposto una speranza talmente patetica nell'idea che lei ci era andata e basta. Che cosa le importava, del resto?

Un tappo la urtò con la spalla. «Scusa» le disse, rovesciando sul tappeto metà della birra che aveva nel bicchiere di plastica. Poi si fermò a guardarla: «Ciao» le disse.

«Ciao» borbottò Carmen.

«Chi sei?» chiese il ragazzo. Le guardava le tette come se stesse rivolgendo la domanda a loro.

Lei incrociò le braccia. «Be', sono qui con Krista e Paul Rodman... sono la loro... Loro madre è la mia...»

Gli occhi del tappo si erano già allontanati da lei e Carmen non si curò neppure di finire la frase. A chi importava?

«Ci vediamo» disse, e lo mollò lì.

D'un tratto si ritrovò accanto a Paul. Penoso. Lui la salutò con un cenno. Aveva in mano una Coca Cola. Probabilmente la stava bevendo tra una birra e l'altra. «Conosci Kelly?» le chiese. Kelly aveva un braccio avviticchiato attorno alla vita di Paul. Era carina quanto un mostro: zigomi troppo marcati, occhi troppo distanti, clavicole sporgenti dalla scollatura ossuta.

«Ciao, Kelly» salutò Carmen svogliatamente.

«E tu sei?» chiese Kelly.

«Sono Carmen.» Kelly era evidentemente inquieta perché Paul conosceva una ragazza che lei non conosceva. E dato che Paul pronunciava una media di non più di sette parole al giorno, molto probabilmente non le aveva spiegato che Carmen viveva a casa sua. «Vivo con Paul» disse, volutamente ambigua.

Le sopracciglia sottili di Kelly si inarcarono fin quasi all'attaccatura dei capelli. Poi Carmen scivolò via. «Vado a prendere da bere» mormorò, lanciando uno sguardo malizioso a Paul.

Povero Paul. Gli ci sarebbero volute le parole di un anno intero per spiegare.

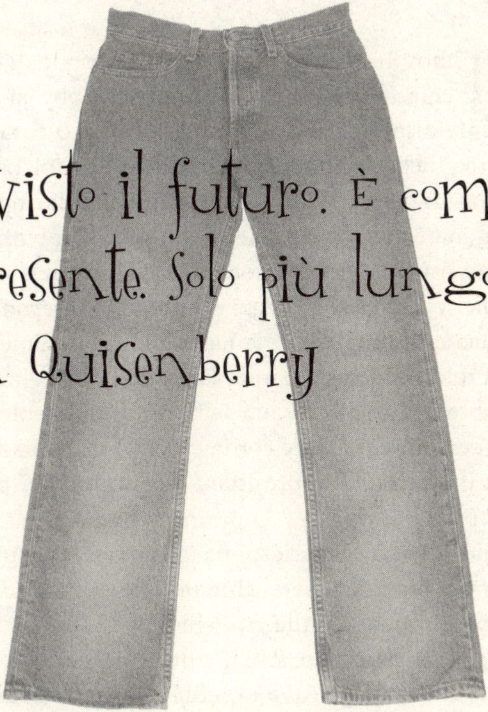

Ho visto il futuro. È come il presente. Solo più lungo.

Dan Quisenberry

«Tibby, ti dispiacerebbe tagliare il pollo di Nicky?» chiese sua madre. In genere Tibby si sarebbe lamentata, ma quella sera si chinò verso il tavolo ed eseguì. Nicky le afferrò il coltello. «Tallio io! Tallio io!»

Con pazienza Tibby staccò i ditini grassi e appiccicosi dal manico. «I coltelli non sono per i bambini, Nicky» lo rimproverò. Suonava esattamente come sua madre.

Nicky espresse le proprie emozioni afferrando due manciate di spaghetti e lanciandole sul pavimento.

«Prendilo!» raccomandò la madre.

Tibby eseguì. Arrivava sempre un momento durante la cena in cui Nicky cominciava a scagliare in giro il cibo. Il trucco era approfittare dell'attimo per prendergli il piatto.

Tibby osservava desolata gli spaghetti spiaccicati sulla moquette azzurra di materiale sintetico lavabile. Era così resistente alle macchie che Tibby sospettava fosse fatto di nylon. Una volta c'era un tappeto di paglia che le solleticava i piedi. Una volta c'erano portacandele messicani e spargisale e pepe fatti da Tibby con la creta. Ora ce n'erano due comprati al Pottery Barn. Tibby non avrebbe saputo dire esattamente il giorno in cui i suoi spargisale e pepe erano scomparsi, ma poteva datare vagamente il periodo. Era successo non molto tempo dopo che sua madre aveva smesso di essere una scultrice e aveva dato l'esame per diventare un'agente immobiliare.

«Yogurt! Vollio yogurt» strillava Nicky.

La madre di Tibby sospirò. Stava dando il biberon a Katherine, mezza addormentata. «Tibby, ti dispiacerebbe prendergli uno yogurt?» chiese con voce stanca.

«Sto ancora mangiando» si lamentò lei. Soprattutto le sere in cui il padre tornava tardi dal lavoro, la madre si aspettava che Tibby intervenisse a condividere le responsabilità del genitore. Come se avesse scelto lei di trovarsi tra i piedi quei due marmocchi. Era irritante.

«Bene.» La madre si alzò e sistemò Katherine in braccio a Tibby. La bimba cominciò a strillare e Tibby le ficcò di nuovo in bocca il biberon.

Quando Tibby era piccola, suo padre era stato giornalista, difensore d'ufficio e poi per breve tempo agricoltore biologico, ed era sempre a casa per cena, ma da quando la madre aveva cominciato a frequentare case altrui, grandi e pulite come specchi, e aveva visto quante belle cose avevano gli altri, il padre era passato a fare l'avvocato in una ditta privata, e ora era fuori una sera sì e una no. Tibby pensava che fosse pessimo dal punto di vista organizzativo decidere di fare due figli in più e poi non essere mai presente.

I suoi genitori parlavano continuamente di semplicità, ma ultimamente sprecavano tutto il proprio tempo ad accumulare cose nuove senza avere il tempo per godersele.

Nicky affondò le mani nello yogurt e poi si leccò le dita. La madre glielo tolse da sotto il naso e lui cominciò a ululare.

Tibby ebbe la tentazione di parlare alla madre di Bailey e della sua leucemia, ma come al solito le era difficile capire dove infilare una conversazione.

Andò in camera sua, al piano di sopra, e sostituì le batterie della telecamera. Scoccò un'occhiata al computer dormiente, con la spia dell'accensione che pulsava come un lento battito cardiaco sotto lo scotch.

Di solito la sera il suo computer era tutto luci e ronzii, mentre lei spediva e-mail alle amiche, ma erano tutte lontane e lo scotch sembrava un bavaglio sulla bocca del computer.

«Ehi, Mimì» disse Tibby. Mimì dormiva. Tibby aggiunse un po' di mangime nella ciotola e cambiò l'acqua. Mimì dormiva imperterrita.

Più tardi, mentre Tibby si stava appisolando ancora vestita e con le luci accese, i suoi pensieri presero il largo come spesso facevano e cominciarono a fluttuare tra pannolini geriatrici e antitraspiranti, fazzolettini sterili e saponi antibatterici, proteggislip extra-assorbenti e Bailey, accasciata in modo scomposto sul pavimento.

«C'è il tuo fidanzato» disse Diana vedendo Eric avvicinarsi alla veranda.

Bridget fissò gli occhi su di lui. "Alza lo sguardo, forza."

Eric lo fece. Poi distolse gli occhi con una rapidità quasi gratificante. L'aveva notata, tutto bene.

Eric prese posto dalla parte opposta del tavolo. Bridget si gettò sulle lasagne: stava morendo di fame. Adorava il cibo della mensa servito in grandi quantità. Era strana, da quel punto di vista.

«Credo che abbia una ragazza a New York» disse una certa Rosie.

«Vedremo» ribatté provocatoria Bridget.

Diana le diede una gomitata. «Bridget, tu sei pazza.»

Emily scosse la testa. «Lascia perdere. Ti caccerai in un bel guaio.»

«Chi può dirlo?»

Diana assunse la sua aria da Sigmund Freud. «D'altra parte, mettersi nei guai è il tuo obiettivo, non è vero?»

«Non è vero» ribatté caustica Bridget. «Ma hai dato un'occhiata a quel ragazzo?»

Si alzò per andare al buffet e servirsi una seconda porzione di lasagne. Fece un percorso alternativo per passare accanto a Eric. Sapeva che le amiche l'avrebbero tenuta d'occhio.

Si fermò dietro di lui e attese una pausa nella conversazione tra Eric e Marci, la sua assistente. C'era molto rumore tra i tavoli, perciò era perfettamente plausibile che lei dovesse chinarsi vicino all'orecchio di lui. Mentre lo faceva una cortina di capelli ricadde in avanti sfiorando la spalla di Eric. «A che ora è l'amichevole?» chiese Bridget.

Eric osò a malapena voltare la testa. «Alle dieci.»

Bridget lo innervosiva. «Okay. Grazie.» Si rialzò. «Vi faremo la pelle.»

Ora Eric si voltò a guardarla, sorpreso, quasi arrabbiato, ma subito capì dall'espressione che Bridget lo prendeva in giro. «Vedremo.» Almeno sorrideva.

Bridget si avviò verso il buffet, concedendosi un'occhiata veloce alle facce impressionate delle amiche. «Ah» esclamò.

Cara Carmen,

le ragazze della mia baracca hanno alzato le scommesse su me ed Eric a 40/60. Sono perfida, lo corteggio senza pietà. Tu moriresti dal ridere. D'altra parte cosa può fare una povera ragazza relegata a migliaia di chilometri da casa, sulle sponde dell'oceano?

Siamo andati a Mulegé, la cittadina più vicina. La madre di Eric è di lì. Abbiamo visto una grande chiesa missionaria e un carcere che chiamano "carcel sin cerraduras", prigione senza serrature. Di giorno i detenuti lavorano nelle fattorie della zona e la sera tornano a dormire in cella.

Spero che tu ti stia divertendo con Al.

Baci e abbracci,
Bee

Lena aveva a disposizione i Pantaloni ancora per un giorno e voleva spenderlo bene. Fino a quel momento era stata la solita vecchia Lena di sempre: solitaria e amante della routine, attenta a evitare ogni percorso che potesse condurla a spontanee relazioni umane. Nel complesso, non era certo l'elemento ideale per inaugurare la carriera dei Pantaloni Viaggianti.

Quel giorno, però, si sarebbe gettata in un'avventura. Avrebbe fatto qualcosa. Avrebbe sorpreso le amiche. O forse i Pantaloni. O se stessa, a pensarci bene.

Si spinse su, su, su, oltre la cresta della parete rocciosa, nella pianura che si apriva al di sopra. Lì c'era molto più spazio aperto. In lontananza si ergevano alcune colline, probabilmente a segnalare una scogliera ancora più alta, che si tuffava nel mare. Ma lì il pendio era dolce. Per quanto il terreno fosse arido, le rocce si addolcivano in prati e ampie vigne verdeggianti.

L'aria sembrava più calda, il sole anche più forte.

"Questi pantaloni portano davvero fortuna" pensò un chilometro più tardi, raggiungendo un posticino delizioso. Era un oliveto splendido, con le foglie grigioverde che brillavano al sole. Le olive erano ancora piccole e dure, appena nate. In fondo, scoprì un laghetto alimentato da una sorgente. Era un posto così appartato, silenzioso, adorabile, che lo sentì suo: come se fosse la prima persona al mondo ad avervi posato lo sguardo, come se non fosse mai esistito prima che lei arrivasse lì con i suoi pantaloni magici. Subito Lena montò il cavalletto e cominciò a dipingere.

Prima che il sole avesse raggiunto lo zenit, Lena era in un bagno di sudore dalla testa ai piedi. I raggi battevano così forte da darle le vertigini. Il sudore le gocciolava sul collo e sulle tempie dai capelli spessi e scuri. Si pentì di non aver portato un cappello. Scoccò uno sguardo di desiderio al laghetto. Più che altro si pentiva di non avere portato un costume da bagno.

Si guardò intorno. Non c'era nessuno a vista d'occhio. Non vedeva neppure una casa né una fattoria. Sentì un rivolo di sudore correrle lungo la spina dorsale. Doveva fare un tuffo nel laghetto.

Timida perfino di fronte a se stessa, Lena si sfilò lentamente i vestiti. "Non ci posso credere, io che faccio una cosa simile." Rimase in mutande e reggiseno, lanciando in un mucchio gli altri vestiti. Considerò l'idea di tenere almeno la biancheria mentre si tuffava in acqua, ma poi le sembrò un pudore ridicolo. Lanciò un'occhiata ai Pantaloni e loro la sfidarono a spogliarsi in fretta.

«Aaaah» esclamò Lena entrando in acqua. Era buffo sentirsi parlare ad alta voce. I suoi pensieri e le sue sensazioni di solito erano nascosti così in profondità che di rado riuscivano a emergere in superficie senza uno sforzo deliberato da parte sua. Perfino quando le capitava di vedere qualcosa di davvero buffo in televisione non rideva mai ad alta voce, quando era da sola.

Si tuffò fino a raggiungere il fondo, poi tornò in superficie. Si lasciò galleggiare languidamente: solo il viso affiorava dall'acqua. Il sole le scaldava le palpebre e le guance. Sollevò qualche spruzzo, godendosi le goccioline d'acqua sulla pelle.

"Questo è il momento più perfetto che io abbia mai vissuto" decise. Si sentiva come un'antica divinità greca, sola sotto il cielo.

Lasciò andare le braccia lungo i fianchi, abbandonò indietro la testa, chiuse gli occhi e si lasciò levitare, ogni muscolo del suo corpo sciolto, perfettamente libero. Sarebbe rimasta così fino al tramonto, fino all'alba, fino ad agosto, forse per sempre…

Ogni fibra del suo corpo scattò all'erta: un fruscio nell'erba. Nella frazione di un secondo si ritrovò con i piedi sul fondo ciottoloso del laghetto.

Trasse rapidamente un respiro. C'era qualcuno. Vide l'ombra di una figura oscurata da un albero. Era un essere umano? Un animale? Esistevano fiere capaci di aggredire l'uomo a Santorini?

La sua pace era spezzata, era finita in frammenti minuscoli. Le pareva che il cuore volesse balzarle fuori dal petto.

La paura le diceva di rimanere sott'acqua, ma una paura più grande le diceva di scappare via. Si tirò fuori dal laghetto. La figura emerse dall'ombra.

Era Kostos.

Lei lo fissò apertamente, ma, molto peggio, anche lui fissò lei. Lena era stata presa così alla sprovvista, che le ci volle un istante per reagire.

«K-Kostos!» esclamò con un grido spezzato. «Che cosa stai… che diavolo…»

«Mi dispiace» disse lui. Avrebbe dovuto distogliere lo sguardo, ma non lo fece.

Con tre passi Lena aveva raggiunto i suoi vestiti. Li afferrò e si coprì con gli abiti appallottolati. «Mi hai seguito?» quasi gridava. «Mi hai spiato? Da quanto tempo sei lì?»

«Mi dispiace» ripeté lui, mormorando qualcosa in greco. Poi si voltò e prese ad allontanarsi.

Ancora gocciolante, Lena si infilò in fretta i vestiti. Con uno scatto di rabbia gettò nello zaino tela, cavalletto e tavolozza, sciupando il dipinto ancora fresco. Attraversò rapida il prato, diretta verso la discesa rocciosa, troppo furibonda per mettere ordine nei pensieri.

Lui l'aveva seguita! E se lui… Si era infilata i Pantaloni al rovescio. Come osava fissarla in quel modo! Lei avrebbe…

Arrivata quasi a casa, si accorse che aveva la camicia allacciata sbagliata di due bottoni e così bagnata, tra sudore e acqua del laghetto, da aderirle al corpo in modo quasi osceno.

Si precipitò dentro e gettò lo zainetto per terra. La nonna corse fuori dalla cucina e rimase a bocca aperta di fronte alla nipote.

«Lena, agnellino mio, cosa ti è successo?»

Il volto della nonna era cupo di preoccupazione e a Lena venne voglia di piangere. Le tremava il mento, come quando aveva cinque anni.

«Cosa è successo? Dimmi» disse la nonna, fissando con occhi spalancati e confusi i pantaloni infilati al contrario e la camicia abbottonata storta.

Lena annaspò per trovare le parole. Cercò di imbrigliare almeno uno o due dei pensieri che le vorticavano nella testa. «Kostos non è un ragazzo carino!» esplose infine, tremando di rabbia. Poi marciò fuori dalla stanza.

A volte uno è il parabrezza,
a volte l'insetto.
Mark Knopfler

Carmen osservava Krista combattere sui compiti al tavolo della cucina. Stava prendendo lezioni estive di geometria per alleggerire il carico di studio che l'aspettava il primo anno delle superiori. Carmen aveva l'impressione che non si sarebbe unita a loro per la messa né per altro.

«Pronta?» le aveva gridato il padre dalla camera, mentre si infilava le scarpe da tennis.

«Quasi» aveva gridato in risposta lei. Era pronta da almeno venti minuti.

Krista cancellava ogni due secondi, poi soffiava via le briciole di gomma rossa dal foglio gualcito. Sembrava una bambina delle elementari. Carmen avvertì un'ondata di compassione e la respinse. Non riuscì a non sbirciare il problema sul foglio di Krista. Genio della matematica com'era, aveva iniziato il corso di geometria in nona, ed era forse la sua materia preferita in assoluto. Krista era bloccata su una dimostrazione. Anche solo con un'occhiata dalla parte opposta del tavolo, Carmen avrebbe saputo dire come risolverla con il minor numero possibile di passaggi. Era strana, la voglia che provava di risolvere quell'esercizio. Le prudevano quasi le dita per il desiderio di prendere in mano la matita.

Sentiva Lydia blaterare al telefono del tinello con la sua voce da sposina. Parlava con quello che avrebbe organizzato il banchetto, pensò Carmen, perché non faceva che dire minisoufflé.

«Tutto a posto?» chiese il padre, incorniciato dalla porta della cucina con la maglietta dei Williams e i pantaloncini da tennis bianchi.

Carmen si alzò, con una sensazione di sollievo. Era la prima cosa che faceva con il padre in quei cinque lunghi giorni da quando era lì. Assurdo: si sentiva quasi privilegiata ad averlo per sé.

Uscì con un sospiro di felicità, dispiaciuta solo di dover abbandonare il problema di geometria.

Solo quando si trovò sulla porta le venne il pensiero che se Krista non fosse stata Krista, se non avesse avuto nessun rapporto con suo padre, lei le avrebbe chiesto di sicuro se aveva bisogno d'aiuto.

Cara Bee,

Skeletor è riapparsa anche questo pomeriggio. Passa qui praticamente ogni ora in cui Paul è in casa. È triste che la mia unica gioia nella vita sia tormentare questa idiota. Oggi mi sono messa un paio di boxer, una canottiera scollata e ho bussato alla porta di Paul chiedendogli se mi prestava un tagliaunghie. È evidente che lui mi odia, anche se non apre mai bocca e quindi è difficile dirlo. L'idea che possa trovarmi attraente ed essere così una minaccia per la felicità sua e di Skeletor è assolutamente ridicola, ma lei non se ne rende conto.

Con affetto, dalla vostra maestra di perfidia, a cui rimane solo una briciola di cuore per sentire disperatamente la mancanza delle proprie amiche,

Carmen

Per motivi insondabili, il giorno dopo Bailey riapparve da Wallman's.

«Che diavolo ci fai qui?» le chiese Tibby, dimenticando per un attimo di essere gentile.

«Pensavo di concederti una seconda opportunità» disse Bailey. Aveva addosso dei pantaloni militari quasi identici a quelli di Tibby del giorno prima. Aveva una felpa con il cappuccio e una traccia di eyeliner nero sugli occhi. Voleva sembrare più grande, era chiaro.

«In che senso?» chiese Tibby facendo la finta tonta, di nuovo infastidita da quella propensione a mentire.

Bailey roteò gli occhi, irritata. «Una seconda opportunità di dimostrare che non sei una stronza.»

Malgrado la sua volontà, Tibby sentì una vampata di rabbia. «Chi sarebbe la stronza qui?» scattò.

Bailey sorrise. «Ehi, senti, ma quel grembiule è il tuo vestito per tutte le occasioni?»

«Sì, se lo vuoi te lo presto» rispose Tibby godendosi l'allegria comparsa sul viso di Bailey.

«Nooo, è bruttino» ribatté la ragazzina.

Tibby scoppiò a ridere. «È ben foderato, ed è fatto di petrolio.»

«Carino. Hai bisogno di una mano?» chiese Bailey.

Tibby stava impilando scatole di assorbenti interni. «Stai cercando un impiego da Wallman's?»

«No, mi dispiace solo di avere distrutto quell'espositore di deodoranti.»

«Antitraspiranti» precisò Tibby.

«Giusto» disse Bailey, e cominciò ad accatastare le scatole di assorbenti. «Insomma, te lo levi ogni tanto questo grembiule? O lo porti ventiquattr'ore su ventiquattro?»

Tibby era irritata. Non ne poteva più di battutine sul grembiule. «Ti dispiace lasciare perdere l'argomento?» chiese, tanto per provare. Era tentata di tirare in ballo il ricamo. Sua madre aveva l'abitudine di ricamare.

Bailey sembrava bendisposta. «Okay, per un po'.» Respinse una ciocca di capelli dagli occhi. «Quando finisci il turno, posso offrirti un gelato o qualcos'altro? Sai, come ringraziamento per non avermi rubato tutti i soldi.»

Tibby non moriva dalla voglia di uscire con una dodicenne. D'altra parte non se la sentiva neppure di dire di no. «Certo, perché no?»

«Grande» esclamò Bailey. «A che ora?»

«Finisco alle quattro» la informò Tibby senza troppo entusiasmo.

«Passo a prenderti» propose Bailey, e si voltò per andare. «Ma sei carina con me solo perché ho il cancro?» chiese, voltandosi indietro.

Tibby soppesò la domanda per qualche istante. Poteva dire un'altra piccola bugia. Oppure no. Alzò le spalle. «Sì. Credo di sì.»

Bailey annuì. «Okay.»

Tibby imparò velocemente le regole fondamentali con Bailey. Non era difficile, ce n'erano solo due: 1) non mentire; 2) non chiederle come stava.

A parte questo, la conversazione che intavolarono sopra un gelato con cioccolato fuso e biscotti era libera di spaziare ovunque. Tibby si ritrovò a parlare con interesse e disinvoltura insoliti del film che stava progettando. Bailey sembrava affascinata e Tibby non era immune al fascino di avere di fronte qualcuno che la giudicava in gamba.

Il che la indusse a chiedersi se le sue amiche non le mancavano più di quanto pensasse. Era così sola da aprirsi con una qualsiasi dodicenne rompiscatole?

Bailey parve nutrire lo stesso sospetto. «Ma hai degli amici?» le chiese a un certo punto.

«Sì» rispose lei sulla difensiva, ma quando cominciò a descrivere le sue tre favolose, bellissime e stupefacenti amiche e gli splendidi posti in cui stavano trascorrendo le vacanze, si rese conto che sembrava davvero che stesse inventando tutto.

«E dove sono tutti i tuoi amici?» chiese infine, rilanciando la palla a Bailey.

Bailey parlò a raffica di una certa Maddie che ora viveva in Minnesota e di qualche altro.

A un certo punto Tibby alzò lo sguardo e vide Tucker Rowe in piedi accanto al bancone. Il cuore cominciò a battere più forte. Ma era lui l'unico della loro classe rimasto a casa durante l'estate, oltre a lei? Nel frattempo aveva scoperto che Tucker lavorava in un negozietto di musica alternativa all'ultima moda che condivideva il parcheggio con Wallman's. Era almeno quattro negozi più in là, dopo un Burger King, una pizzeria da asporto e un negozio di animali, perciò non era così scontato incontrarlo, ma altamente probabile. Era già accaduto una volta.

Ci sono alcuni che s'inventano tutte le strade possibili pur di incrociare quelli per cui hanno preso una cotta. Tibby faceva tutto il possibile per evitarlo. In genere, aveva notato che Tucker parcheggiava sul retro del centro commerciale, perciò lei si era fatta un punto d'onore di parcheggiare la bici sul davanti. E la cosa pareva funzionare. A parte in quel momento, nella gelateria, che in effetti si trovava oltre il negozio di animali. Tibby si rimproverò in silenzio per la scarsissima prudenza.

Tucker era un po' immusonito, con gli occhi socchiusi, come se fosse appena caduto dal letto. Probabilmente, mentre lei si riposava per il turno successivo da Wallman's, lui aveva passato la nottata al Nine Thirty Club. Tibby si augurò con tutte le forze che Tucker scambiasse Bailey per la sua sorellina minore e non per la sua nuova migliore amica.

«Perché fai quella faccia?»

Tibby le lanciò un'occhiata incandescente. «Cosa intendi?»

«Così, con le guance tutte risucchiate in dentro» e Bailey si esibì in un'imitazione esagerata.

Tibby sentì una vampa di calore al viso. «Ti sbagli, non stavo facendo nulla.» Da quando aveva cominciato a mentire? Si vantava di essere diretta... soprattutto con se stessa. Ma Bailey era così spietata, tanto più diretta di lei, e la costringeva a nascondersi, a rattrappirsi in se stessa: un difetto che Tibby generalmente rinfacciava agli altri.

Bailey non aveva ancora finito. I suoi occhi d'aquila scrutarono la facciata del negozio. «Ti piace?»

Tibby fu tentata di fingere di non sapere di chi stesse parlando, ma si trattenne. «È okay» ammise, a disagio.

«Credi?» Bailey non sembrava convinta. «Che cosa ti piace di lui?»

«Che cosa mi piace di lui?» Tibby era irritata. «Guardalo.»

Bailey lo fissò apertamente. Tibby era in imbarazzo,

nonostante in genere detestasse le recite ridicole della serie "non fargli vedere che lo stai guardando".

«Secondo me ha l'aria stupida» annunciò Bailey.

Tibby roteò gli occhi. «Davvero?»

«Ma crede sul serio che quegli orecchini siano carini? E poi, insomma, guardagli i capelli. Quanti chili di gel ci ha messo?»

Tibby in effetti non aveva mai considerato il fatto che Tucker spendeva un bel po' di tempo per apparire come appariva. Era vero che i capelli non potevano stare così in piedi per caso. Eppure, non se la sentiva di ammetterlo di fronte a Bailey.

«Be', non offenderti, Bailey, ma tu hai dodici anni. Non sei nemmeno entrata nella pubertà. Perdonami dunque se non accetto il tuo esperto parere sui ragazzi» rispose Tibby con disprezzo.

«Non mi offendo per nulla» assicurò Bailey, evidentemente divertita. «Ti dirò una cosa. Prima o poi troverò un ragazzo che ne vale la pena, e tu mi dirai se non sei d'accordo.»

«Bene» concordò Tibby, sicura che non avrebbe passato tanto tempo con Bailey da darle la possibilità di individuare quel ragazzo che ne valeva la pena.

«Oh-oh» Diana alzò lo sguardo dal libro. «Bee ha la faccia da pirata.»

«Non è vero» protestò Bridget, ma Diana aveva ragione.

Ollie era seduta sul letto a gambe incrociate. Un mucchio di ragazze della baracca erano già in camicia da notte. «Vuoi fare un raid nella baracca degli allenatori?» si informò Ollie.

Bridget sollevò le sopracciglia con interesse. «Suona bene, ma non era quello a cui stavo pensando.»

«A cosa stavi pensando?» chiese Diana con la sua aria da sotutto.

«Due parole. Hotel Hacienda.» Era l'unico bar di tutta Mulegé, il posto dove aveva sentito che gli allenatori si ritrovavano la sera.

«Non credo che sia prevista la nostra presenza» disse Emily.

«Perché no?» sfidò Bridget. «Ollie ha diciassette anni. Sarah Snell diciotto. Praticamente la metà di noi in autunno andrà al college.» Lei non faceva parte di quella metà, ma non vedeva il bisogno di chiarirlo. «Non siamo al campo Kitchee, dove ti fanno spegnere perfino le torce alle nove. Dai, forza. Non esiste nemmeno un limite minimo di età per bere alcolici, in Messico.» In realtà non sapeva neppure se era vero.

«Domani abbiamo la prima amichevole» fece notare Rosie.

«E allora? Festeggiare un po' ti fa giocare meglio» rispose Bridget con disinvoltura. Era una frase in linea con le sbruffonate tipo "L'alcol ti fa guidare meglio" o "Gli spinelli ti trasformano in un asso della fisica", ma che cosa importava? Era in uno dei suoi momenti d'istinto.

«Come ci andiamo?» chiese Diana. Era un tipo pratico, ma non una codarda.

Bridget rifletté. «Potremmo rubare un bus o prendere le bici. Credo che ci voglia una mezz'ora, a pedalare forte.» Non voleva ammettere di non avere ancora la patente.

«Prendiamo le bici» concordò Ollie.

Bridget si sentì correre nelle vene il pizzicorino di quando faceva qualcosa che non avrebbe dovuto.

Diana, Ollie e Rosie furono d'accordo. Tutte le altre no.

Si cambiarono in fretta. Bridget si fece prestare una gonna da Diana, che era quasi alta quanto lei. Era una seccatura, non aver pensato a portare neppure un vestito che non la facesse sembrare un maschio.

Le quattro amiche sfrecciavano lungo la superstrada di Baja California, lasciandosi alle spalle i camper che procedevano come lumache. Bridget continuava a urtare la ruota dietro di Diana, che urlava. Alla loro sinistra avevano la baia placida, a destra le colline, e la luna piena sembrava posata sulle spalle di Bridget.

Prima ancora di vedere il bar, udirono la musica che pompava potente. «Ehi!» strillò Bridget. Sulla porta, tennero un rapido consulto.

«Sentite» disse Ollie. «Se c'è Connie, ce ne andiamo. Non credo che nessun altro faccia caso a noi. L'anno scorso, verso la fine del corso, siamo venute qui un paio di volte e nessuno degli allenatori ha detto nulla.»

Ollie si offrì come volontaria per verificare. Si insinuò dentro e fu subito di ritorno. «È strapieno, ma non l'ho vista. Se spunta, ce la filiamo.» Lanciò a Bridget un'occhiata dubbiosa. «Okay?»

«Okay» confermò lei.

«Che Eric ci sia o meno.»

«Ho detto okay.»

Bridget non era stata in molti bar, ma ogni volta era la stessa cosa. Tutti gli occhi, o almeno quelli dei maschi, seguivano i suoi capelli. Forse era la combinazione tra le luci del bar e l'alcol a farli brillare ancora più del solito.

Si fecero strada verso la zona per ballare. A Bridget non importava di bere, ma adorava ballare. Afferrò la mano di Diana e la trascinò sulla pista affollata. La danza era per lei come il calcio, il minigolf o il ramino. Era una delle tante cose per cui era portata.

Il ritmo della salsa le batteva attraverso il corpo. Sentiva urla, occhiate, fischi, alcuni dei quali sospettava fossero rivolti a lei... o comunque ai suoi capelli. Cercò con lo sguardo Eric.

All'inizio non lo vide, così si dedicò completamente alla musica. Poco più tardi lo individuò insieme ad altri allenatori a un tavolino lontano dalla pista. Il tavolino era coperto di grossi bicchieri da margarita, con il bordo incrostato di sale, quasi tutti vuoti.

Lui la stava guardando. Eric non vide che lei lo aveva visto e per il momento Bridget non voleva che se ne accorgesse. Ci teneva a non fare la timida, ma voleva che lui si sentisse libero di guardarla, se ne aveva voglia.

Eric sembrava molto tranquillo, per il sole, la corsa e probabilmente la tequila. Aveva un modo sexy di inclinare la testa quando guardava la gente.

I maschi continuavano a ballarle intorno, ma lei rimaneva appiccicata a Diana, la sua partner preferita. Pochi minuti più tardi, Ollie si unì a loro, con una birra in mano.

Anche Ollie vide il tavolino degli istruttori e fece un gesto di saluto. Marci rispose con la mano. Eric e Robbie, un altro allenatore, lanciarono invece alle tre ragazze un'occhiata come per dire: "Noi non abbiamo visto nulla."

Ma un giro di margarita più tardi anche gli allenatori si avventurarono sulla pista. Era una bella sensazione, inebriante. Bridget si sentì invadere da un'eccitazione per la danza che rivaleggiava con quella che di solito le ispirava la corsa. Non poteva più resistere.

Si voltò verso Eric e cominciò a danzargli vicino. Ogni tanto gli sfiorava la mano. Gli guardava i fianchi. Eric era abile, disinvolto. Bridget indugiò con gli occhi nei suoi e per una volta Eric non distolse lo sguardo.

Bridget mise le mani sotto la vita di Eric, muovendo i fianchi insieme a quelli di lui. Era così vicino che poteva sentirne l'odore. Lui le avvicinò le labbra all'orecchio, provocandole una cascata di brividi.

Con dolcezza lui le prese le mani e le allontanò da sé. All'orecchio le bisbigliò: «Non possiamo farlo.»

Lena si gettò sul letto, tanto offesa da rischiare di esplodere. Sentì bisbigliare e poi urlare al piano di sotto. Possibile che il suo nonno taciturno urlasse? Balzò in piedi e si sfilò la camicetta per sostituirla con una asciutta. Poi si tolse i Pantaloni e li infilò di nuovo, questa volta diritti, con dita tremanti. Che cosa stava succedendo?

Quando arrivò in fondo alle scale, vide che il viso del nonno era praticamente viola. Bapi andava a grandi passi verso la porta. La nonna gli ronzava attorno, discutendo con lui in un cicaleccio nervoso, in greco, ma non sembrava che le sue parole facessero grande effetto. Bapi uscì furibondo di casa e imboccò la discesa.

D'un tratto Lena ebbe un brutto presentimento e si precipitò dietro i nonni. Prima ancora che Bapi si fosse avvicinato a casa Dounas, Lena sapeva che si sarebbe fermato lì. Bussò forte alla porta.

Fu il nonno di Kostos ad aprire. Rimase allibito quando vide l'espressione di nonno Kaligaris. Bapi, da parte sua, cominciò subito a gridare. Lena lo sentì abbaiare qualche volta il nome di Kostos, ma per il resto capiva solo la sua rabbia. La nonna rimaneva lì, timidamente.

L'espressione di nonno Dounas passò dallo stupore all'indignazione. E cominciò a gridare anche lui.

"Oddio" gemette tra sé Lena.

D'un tratto il nonno fece per entrare di prepotenza in casa Dounas. La nonna cercò di trattenerlo e nonno Dounas tentò di sbarrargli la strada. «*Poú eínai Kóstos?*» tuonò Bapi.

Lena era quasi certa che stesse chiedendo «Dov'è Kostos?» Proprio in quel momento, Kostos apparve alle spalle di suo nonno, con espressione confusa, agitata. Cercò di tranquillizzare il nonno di Lena, ma lui non lo lasciò avvicinare.

Lena vide con una fitta lancinante di orrore che nonno Kaligaris alzava le braccia ossute cercando di spintonare indietro l'altro anziano che gli sbarrava il passo. Nonno Dounas, con gli occhi fuori delle orbite per la rabbia, lo respinse. D'un tratto nonno Kaligaris ritrasse il braccio e sferrò un pugno sul naso di Dounas.

Lena trattenne il respiro. La nonna gridò.

I due anziani si scambiarono di nuovo un pugno, prima che Kostos riuscisse a prendere il controllo della situazione. Li teneva separati, con il viso grigio di agitazione. «*Stamátiste!*» ruggì. «Fermatevi!»

Caro papà,

potresti spedirmi qualche vestito? Le mie canottiere e i prendisole che tengo nel terzo cassetto? E anche il costume da bagno nero, il due pezzi? Ah, e anche le gonne che ho nel quarto cassetto... quella rosa corta e quella turchese?

Continuo ad adorare questo posto. Oggi abbiamo la prima amichevole, gioco come attaccante. Ti richiamo sabato. Salutami Perry.

Un abbraccio,
Bee

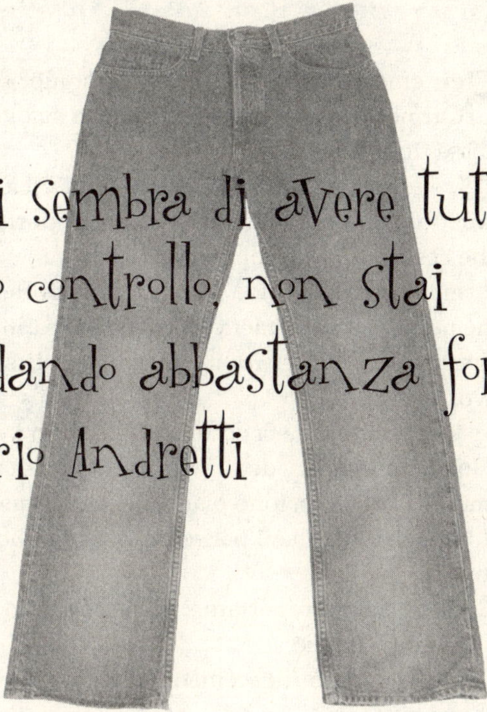

Se ti sembra di avere tutto sotto controllo, non stai andando abbastanza forte.

Mario Andretti

«Sei emozionato per il matrimonio?» chiese Carmen al padre, sperando che la sua voce non suonasse troppo acida.

«Be', sì» rispose lui. «Non vedo l'ora.» La guardò con affetto. «E non so dirti quanto sia importante per me che ci sia anche tu, coniglietto.»

Carmen si sentì in colpa. Perché si comportava così? Perché non riusciva a smetterla e a essere carina?

«Spero che ti piacciano i minisoufflé» disse, senza motivo.

Il padre annuì. «Si sta occupando di tutto Lydia.»

«Ho notato che ci dedica un mucchio di tempo» commentò Carmen in tono piano, volendo e non volendo al tempo stesso che il padre capisse l'implicita nota polemica.

«Per lei è molto importante: vuole che tutto sia perfetto in ogni dettaglio.»

Carmen ponderò fugacemente una domanda perfida: chi pagava?

«La prima volta non è stato un vero matrimonio» continuò il padre.

Il cervello di Carmen zigzagò rapido tra vari possibili scandali. Una convivenza riparatrice? Una relazione extraconiugale? «Perché?»

«Stava organizzando un banchetto grandioso con l'aiuto della madre, ma la madre morì all'improvviso sei settimane prima del matrimonio. Lydia era a pezzi e alla fine il matrimonio si ridusse a due testimoni più un giudice di pace.»

Carmen si sentì triste, delusa. «È terribile» mormorò.

«Ora è la sua grande possibilità, e voglio che se la goda fino in fondo.»

«Sì» borbottò Carmen. Rifletté un istante. «E il suo vecchio marito?»

«Si sono separati quattro o cinque anni fa. Lui ha seri problemi di alcolismo. Sono anni che entra ed esce dalle cliniche.»

Carmen sospirò di nuovo. Anche questo era triste, ma lei non voleva provare compassione per Lydia. Le avrebbe reso difficile trovarla antipatica. Ma non riusciva a non pensare alla madre di Lydia, morta appena prima del matrimonio, al marito alcolista e al taciturno Paul con un padre scombinato. In una situazione simile, il suo silenzio assumeva una sfumatura di stoicismo. E Krista, così palesemente in adorazione del padre di Carmen: solido, gentile, efficiente... Quanto dovevano sentirsi tutti grati della loro nuova vita con Al.

Carmen si ripromise di sorridere a Lydia, tornando a casa, e di farle qualche domanda amichevole sul matrimonio.

«Senti, ti spiace se facciamo una tappa prima di andare al tennis? Paul gioca nella squadra di calcio estiva e oggi ha una partita importante. Gli ho promesso che mi sarei fermato a guardare.»

«Bene» borbottò Carmen, ripiombando nel rancore.

*

All'alba Bridget partì per una nuotata in solitudine. Quando era troppo agitata non riusciva a dormire. Nuotò a lungo, spingendosi molto al largo nella speranza di avvistare un delfino, ma quel giorno non ce n'erano. Sulla strada di ritorno verso la riva, girò attorno al promontorio che separava la loro spiaggia dal resto della baia. La spiaggia era punteggiata di camper. Che orrore!

Tornò a nuoto verso la loro spiaggia, si sdraiò sulla sabbia e si riaddormentò per un'oretta. Poi sentì i rumori della colazione. Corse alla baracca e si vestì. Moriva di fame, come al solito.

Portò al tavolo le sue tre scatolette di cereali alla frutta, due cartoni di latte e una banana e si sedette accanto a Diana.

«Hai dormito?» le chiese l'amica. «Dov'eri stamattina?»

«A nuotare» rispose Bridget.

«Da sola?»

«Purtroppo sì.»

Perlustrò i tavoli in cerca di Eric. Non c'era. Soffriva ancora dei postumi della sera prima? O stava sgobbando sugli schemi di gioco? Il ricordo di avere ballato con lui la sera prima le tinse le guance. «Non possiamo farlo» le aveva detto: non «Non puoi farlo».

«Andiamo a riscaldarci» propose a Diana.

La prima partita amichevole era iniziata alle nove. La squadra numero uno, la El Burro, era già in vantaggio di due gol sulla seconda, le Balene Grigie. La squadra tre, recentemente ribattezzata Los Tacos, e la squadra quattro, Los Cocos, erano già scese nel secondo campo per riscaldarsi.

Bridget si sedette a bordo campo e guardò Eric discutere la strategia con Marci e un paio delle sue ragazze.

Si allacciò le scarpe con i tacchetti. Un vecchio attore famoso, non ricordava esattamente chi, aveva detto di avere creato il proprio personaggio a partire dalle scarpe. Bridget si sentiva la versione preferita di se stessa quando aveva le scarpe con i tacchetti, sia che attraversasse ticchettando il pavimento degli spogliatoi, con i suoi due centimetri di altezza in più, sia che li affondasse nell'erba soffice del campo. Le sue scarpe da calcio erano molto consunte e coperte di fango, perfettamente modellate sui suoi piedi. La facevano camminare come un bullo da palestra, ma a lei piaceva anche quello.

Fissò Eric finché anche lui non le restituì lo sguardo. Bridget sorrise, lui no. «Voi ragazzi siete duri come il legno» imprecò lei, rivolta a chiunque stesse ascoltando i suoi pensieri.

L'allenatore della sua squadra, Molly Brevin, richiamò tutte le giocatrici.

Bridget si mise i parastinchi e si raccolse i capelli con un elastico. Ollie ed Emily si scambiarono un cinque mentre si univano al gruppo. Era la prima volta che giocavano insieme come squadra.

Molly elencò i ruoli in cui ognuna avrebbe giocato, anche se li sapevano già. Bridget saltellava su e giù per attivare la circolazione.

«Forza, Tacos, ascoltatemi. Quello che mi interessa sono soltanto i passaggi» proclamò Molly. «Davvero. Non mi interessa nient'altro di quello che farete in questa partita. Prendete la palla e passatela.» Perché guardava Bridget mentre lo diceva?

Le squadre si schierarono in campo. Bridget, passando accanto a Diana, la strizzò velocemente alla vita. Diana fece un salto, presa alla sprovvista. «Siete morte!» scherzò Bridget, dispettosa come una bambina. Prese posizione a centro campo e aspettò il fischio lungo.

Bridget doveva concentrarsi. Aveva troppa energia, lo sapeva, e una buona dose di talento grezzo, non disciplinato. In ogni aspetto della sua vita aveva bisogno di avere un unico obiettivo, semplice, per riuscire a correre veloce in avanti. Altrimenti rischiava di andare indietro, dove non voleva.

Oggi il suo obiettivo era Eric. Era dimostrargli cosa sapeva fare. Eric era il motivo che manteneva in riga ogni cellula del suo corpo.

La sua energia esplose non appena la palla entrò in movimento. Lei la sottrasse immediatamente a Dori Raines e la portò in avanti. Prese posto in un punto adatto a tirare direttamente in porta, ma immediatamente attirò due o tre difensori, quindi passò al libero, Alex Cohen. Alex rimase imbottigliata e ripassò a Bridget.

Quando Bridget riusciva a concentrarsi bene, il tempo rallentava per lei. Aveva il tempo per decidere. Il tempo per valutare la posizione e la traiettoria della palla. Tirò indietro la gamba e colpì la palla da sotto, per alzarla un po'. Il pallone si insaccò appena sotto la traversa. Le sue compagne di squadra la sommersero. Attraverso gli spiragli tra un corpo e un braccio o una gamba, Bridget vide Eric. Stava parlando con le sue riserve a bordo campo. Lei avrebbe voluto a tutti i costi che la notasse.

Avrebbe continuato a tempestare le avversarie finché lui non le avesse dedicato attenzione. Rubò pallone dopo pallone. Sentiva in sé una strana elasticità, la capacità di giocare benissimo o malissimo, a seconda dell'umore. Quel giorno alzò il limite del positivo. Lo sfondò addirittura. Fece sì che altre giocatrici, legittimamente considerate brave e preparate, sembrassero fuori posto in campo.

«Passa, Vreeland!» le urlò Molly. Se la partita fosse stata a un livello più alto, Bridget non avrebbe accettato una sciocchezza simile. Se hai il giocatore in zona, lo lasci giocare. Gli dai la palla.

Bridget passò, ma la palla le tornò indietro rapidamente. Le compagne di squadra le riconoscevano il primato, nonostante l'allenatrice. Segnò di nuovo. Era il terzo o il quarto gol?

Molly sembrava furiosa. Fece un cenno all'arbitro che fischiò. «Cambio!» gridò Molly. «Fuori, Vreeland.»

Ora era Bridget a essere furiosa. Marciò decisa verso bordo campo e si sedette sull'erba, con il mento tra le mani. Non aveva ancora nemmeno il fiatone.

Molly la raggiunse.

«Bridget, questa è un'amichevole. Tutte devono giocare. Lo scopo della partita per me è vedere chi abbiamo in campo. Sei un supereroe, lo vedo, e lo vedono anche gli altri, d'accordo? Risparmiati per il campionato.»

Bridget abbassò la testa. D'un tratto sentì tutta la tensione che le crollava addosso. Avrebbe voluto piangere.

Capiva anche lei che avrebbe dovuto moderarsi. Perché le era così difficile tenersi a freno?

Cara Tibby,

tartine ai gamberetti, gravlax di salmone (che cosa sarà?), sformato di spinaci e lonza di maiale arrosto. Le decorazioni floreali prevedono tuberose (eh?) e fiori di magnolia (i suoi preferiti!). Potrei andare avanti quaranta pagine, Tib, ma ti risparmio. Il matrimonio è L'UNICA COSA di cui parlano tutti in questo posto... tutti gli altri, ovviamente. Diventerò matta. Ma in che pasticcio si è cacciato mio padre?

Con affetto e disperazione,
Carmen Lucille

«Qual è il tuo?» sentì uno sconosciuto chiedere a suo padre.

Lei era in piedi, imbronciata qualche metro più in là, a bordo campo. Paul era la star della squadra. Negli otto minuti da quando erano lì aveva già piazzato due goal. Suo padre faceva il tifo come un pazzo. Accanto alla porta c'era Skeletor, agghindata peggio di un'assistente di volo. Ogni due secondi interrompeva un attimo il suo tifo isterico per scoccare occhiate malevole a Carmen.

«Qual è il mio?» ripeté suo padre confuso.

«Qual è tuo figlio?» chiarì l'uomo.

Suo padre esitò, ma non abbastanza. «Paul Rodman. Gioca come attaccante» rispose indicando Paul.

Carmen sentì un piccolo brivido correrle su per la schiena, fino alla nuca.

«È un giocatore incredibile» disse l'uomo. Si voltò a guardare il padre: «Ha la tua struttura fisica» disse, e si spostò lungo la linea per seguire meglio l'azione.

"Come fa ad avere la tua struttura fisica? Non è tuo

figlio!" Carmen avrebbe gridato fino a farsi scoppiare i polmoni. "Io sono tua figlia!"

Il padre le si avvicinò e le mise un braccio attorno alle spalle. Non era bello come cinque giorni prima.

"Ora hai il figlio maschio che hai sempre voluto" pensò amara Carmen. Sapeva che suo padre lo aveva desiderato. Com'era possibile il contrario? Aveva un'ex moglie bisbetica, una figlia musona, quattro sorelle pazze. Ed ecco un ragazzone silenzioso, poco complicato e con una struttura fisica identica alla sua.

Carmen aveva la nausea. Paul segnò un altro gol e lei lo odiò per questo.

Lei era un disastro a calcio. Quando aveva sei anni, giocava in una squadra di bambini. Correva su e giù per il campo e non toccava mai palla. Suo padre era venuto anche alle sue partite.

«È emozionante, vero?» le chiese il padre. «Ti spiace se rimaniamo fino alla fine del tempo?»

«Chi, a me? Perché vuoi che mi dispiaccia?» Il suo tono acido non sortì alcun effetto.

«Fantastico. Al club hanno un mucchio di campi, non dovremmo avere difficoltà.»

D'un tratto, ecco apparire Skeletor. Sorrise melliflua al padre di Carmen. «Salve, signor Lowell, come va?» cinguettò.

«Bene, grazie, Kelly. Conosci mia figlia Carmen?» chiese lui.

Kelly si sforzò di non mostrare disgusto.

«Da tempo. Ciao, Kelly» disse Carmen.

«Ciao» rispose rigida Skeletor. Poi si voltò verso Al. «Non sta giocando in modo fantastico Paul? Deve essere così fiero di lui!»

Carmen la scrutò inarcando un sopracciglio: era più intelligente di quello che pensava?

«Be', sì, certo» borbottò suo padre.

Né Carmen né il padre ne approfittarono per chiacchierare e Kelly aveva una bassa soglia di sopportazione, rispetto alle situazioni imbarazzanti. «Ci vediamo più tardi» disse ad Al, tornando a bordo campo. «Vai, Paul!» strillò mentre lui compiva una delle sue imprese eroiche.

D'un tratto Carmen riconobbe Lydia che, pallidissima, correva verso di loro dal parcheggio.

Appena la vide, Al sfilò il braccio dalle spalle di Carmen e si affrettò verso la futura moglie. «Cosa c'è?»

«Il ristorante. Hanno chiamato per dire che sono pieni. Uno dei due matrimoni previsti per quel giorno deve saltare e hanno detto che noi ci siamo messi in lista per secondi» spiegò Lydia senza fiato. Carmen vide le lacrime che le tremavano sulle ciglia.

«Cara» le disse Al, abbracciandola in atteggiamento protettivo, «è terribile. Cosa possiamo fare?» e la attirò da una parte per parlarle sottovoce. Suo padre aveva da sempre l'istinto di salvaguardare la propria riservatezza, anche se l'unica minaccia al momento era rappresentata da sua figlia.

Un minuto più tardi, suo padre la chiamò. «Carmen, devo fare un salto al ristorante con Lydia. Giocheremo domani, d'accordo?»

Non era una domanda, non serviva una risposta. Era già passato a preoccuparsi d'altro. «Ti lascio le chiavi della macchina, così potrà riaccompagnarti a casa Paul.» Le diede un bacio sulla fronte. «Mi spiace, coniglietto. Faremo la nostra partita, non preoccuparti.»

Carmen avrebbe potuto comportarsi da persona matura; invece si buttò sull'erba, appena oltre il bordo campo. Era una fortuna che in South Carolina lei fosse diventata invisibile, altrimenti il suo avrebbe anche potuto essere scambiato per un atteggiamento di stizza.

Se lei fosse stata una persona reale e non invisibile, se avesse potuto guardare se stessa attraverso gli occhi delle amiche o della madre, sarebbe riuscita a riconoscere i propri sentimenti. Da sola si sentiva alla deriva, trasparente.

Il sole le splendeva piacevole sul viso. Finalmente arrivò il lungo fischio che segnalava la fine della partita. Un'ombra si proiettò su di lei. Con la mano Carmen parò il sole quanto bastava per vedere che era Paul. Lui la guardò per un minuto. Se anche la giudicava strana, non diede a vederlo.

«Ti va una partita a tennis?» le chiese.

Era la loro conversazione più lunga da quando si conoscevano. Carmen disse di sì.

E lo schiacciò: 6-0, 6-0.

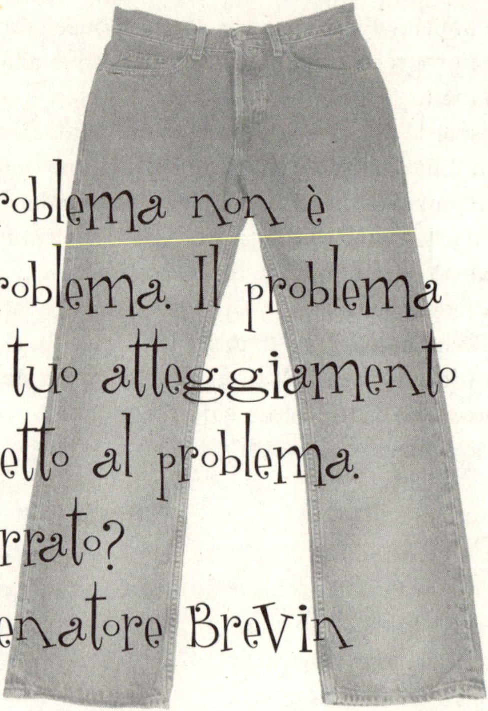

Il problema non è
il problema. Il problema
è il tuo atteggiamento
rispetto al problema.
Afferrato?
L'allenatore Brevin

Ore dopo la zuffa, Lena era seduta tra i due vecchi inaciditi in un'infermeria di Thira. La nonna si era allontanata con la scusa di andare a prendere caffè e merendine, ma Lena sospettava che non sopportasse più i musi e i mugugni. Evidentemente turbato, Kostos era tornato subito alla fucina. Non aveva nemmeno guardato Lena.

Bapi dovette farsi dare quattro punti sulla guancia, mentre nonno Dounas, nonostante tutti i suoi lamenti (in effetti aveva perso un bel po' di sangue), non aveva il naso rotto come sosteneva. Mentre aspettava sotto le squallide luci al neon, senza nemmeno il conforto di una rivista illustrata, Lena notò una macchiolina di sangue che si stava asciugando sui Pantaloni. «Mi dispiace» sussurrò piano ai jeans. Andò nei bagni e provò a tamponare la macchia con un po' di carta igienica bagnata. Per un attimo si sentì in colpa, per la regola antilavaggio, ma chi avrebbe voluto conservare la macchia di sangue di un vecchio greco invelenito sui pantaloni magici per il resto dell'eternità?

Si guardò di sfuggita allo specchio. I suoi capelli si erano asciugati in modo strano dopo il tuffo nel laghetto. Non erano lisci e dritti come al solito, ma leggermente gonfi. Aveva la sensazione di essere ubriaca.

Avvicinò la faccia allo specchio. "Ma sono proprio io?"

Tornata alla sala d'attesa, vide che aria sciocca avevano i due nonni. Le loro sedie di plastica erano fianco a fianco, ma nel loro sforzo di ostentare sdegno erano seduti praticamente schiena contro schiena. Lena vedeva quanto era ridicola, assurda, perfino comica l'intera faccenda, ma per quanto sembrasse divertente, per lei non lo era. Si sentiva a disagio. Si vergognava. La nonna aveva creduto che Kostos l'avesse molestata fisicamente e lo aveva raccontato al marito. Ora tutti e due erano convinti che il loro adorato Kostos fosse una specie di malvagio violentatore.

Lena capiva che la sua reazione era stata esagerata. Avrebbe dovuto confessare la verità alla nonna e non lasciarla balzare alle più fosche conclusioni.

Allora, Kostos l'aveva spiata. L'aveva vista nuda. Era stata un'azione stupida, cattiva e infantile. Eppure lei aveva provato sollievo vedendo quel ragazzone robusto intervenire nella zuffa per calmare i due vecchi prima che si uccidessero.

Kostos l'aveva spiata e lei se l'era presa. Ma non aveva fatto quello di cui lo ritenevano colpevole i nonni di Lena.

E ora? Appena le acque si fossero calmate e tutti avessero ripreso fiato, lei avrebbe chiesto scusa ai nonni, spiegando che cosa era successo.

Poi lo avrebbe spiegato a Kostos.

E finalmente tutto sarebbe tornato a posto.

Lena,

oggi nell'amichevole ho giocato troppo duro. Devo raffreddarmi un po'. Cos'è che mi dici tu? Calma il corpo, Bee. Ci provo, ma le mie gambe hanno le scalmane.

Vado a fare una corsa. Con Eric. LO VOGLIO. Te l'avevo già detto? So che tu sei superiore ai tuoi ormoni, ma non tutti ce la fanno.

Baci,

Bee

«Salve, mi chiamo Bailey Graffman e sono un'amica di Tibby. È in casa?»

Tibby ascoltò attonita dalle scale mentre Bailey appariva sulla porta di casa sua e si presentava a Loretta alzando la voce sopra gli strilli di Katherine, che si era svegliata di malumore. Ma si era attirata addosso una maniaca pedinatrice dodicenne?

Tiby rimise cautamente Mimì nella sua gabbia e pregò che Loretta ignorasse che lei era in casa. Niente colpi di fortuna. Ovviamente, pochi secondi più tardi, Tibby sentì Bailey saltellare su per le scale.

«Ciao» disse Bailey salutandola con la mano dalla soglia della camera.

«Bailey, ma cosa ci fai qui?»

La ragazzina si accomodò sul letto disfatto di Tibby. «Non riesco a non pensare al tuo film. È un'idea fantastica. Voglio aiutarti.»

«Non puoi. Non ho nemmeno cominciato» protestò Tibby.

«Quindi hai assolutamente bisogno d'aiuto» dedusse Bailey. «Sarò il tuo cameraman, il tuo tecnico del suono, il tuo capo-elettricista… Il tuo uomo tuttofare.»

«Non sembri esattamente un uomo» puntualizzò Tibby.

«Potrei essere semplicemente la tua assistente. Il tuo ufficio stampa. O una portaborse.»

Bailey sembrava così sinceramente entusiasta che era difficile scoraggiarla.

«Grazie, ma davvero non ho bisogno d'aiuto» disse Tibby.

Bailey ora si era rimessa in piedi e studiava Mimì. «Chi è questo qui?» chiese.

«È Mimì. Ce l'ho da quando avevo sette anni» spiegò Tibby di malavoglia. Quando era con le amiche tendeva a lasciar credere che non le importasse troppo di Mimì.

«È tenera» disse Bailey. Le stava facendo delle smorfie arricciando il naso. «Posso prenderla?»

Da quando Tibby aveva circa otto anni, nessuno, a parte Nicky, aveva mai espresso il desiderio di prendere in mano Mimì. Forse quello era uno dei vantaggi, ad avere come amici dei bambinetti. «Certo.»

Con cautela, ma disinvolta, Bailey prese Mimì dalla sua gabbia, tenendola in una mano a cucchiaio. Mimì non sembrava infastidita e si rannicchiò con il suo corpo grassoccio contro il petto di Bailey. «Oh, com'è calda. Io non ho nemmeno un animale.»

«Mimì non fa molto» disse Tibby, sentendosi un po' sleale nei confronti del porcellino d'India. «È abbastanza vecchia e dorme un mucchio.»

«Si annoia lì dentro, secondo te?» chiese Bailey.

Tibby non aveva mai preso in considerazione l'ipotesi. Scrollò le spalle. «Non lo so. Credo che sia abbastanza felice. Non credo che senta nostalgia della vita selvaggia.»

Bailey si sistemò su una sedia con Mimì. «Hai già deciso chi sarà il tuo primo intervistato?» chiese.

Tibby stava per dire di no, ma si trattenne. «Probabilmente Duncan, lo svitato di Wallman's» rispose.

«In che senso, svitato?»

«Mio Dio, è che... è che parla un'altra lingua: "dirigentese". Si sente così importante... ed è ridicolo.»

«Ah.» Bailey grattò la pancia di Mimì.

«Poi c'è una con delle unghie incredibili» continuò Tibby. «E credo che anche Brianna meriti qualche attimo di gloria per la sua pettinatura che sfida la forza gravitazionale! Poi mi piacerebbe intervistare la donna che lavora al multisala Pavillon: sa recitare intere scene di film, ma solo quelli idioti.»

Bailey si agitava sulla sedia. «Io ho sempre voluto fare un documentario» disse, entusiasta.

Tibby aveva la sensazione che stesse per giocarsi la carta leucemia. «Perché non ne fai uno?»

«Non ho la videocamera. Non so come fare. Mi piacerebbe davvero se tu mi permettessi di aiutarti.»

Tibby sospirò. «Stai cercando di farmi sentire in colpa perché hai la leucemia, vero?»

Bailey grugnì. «Sì. Abbastanza.» Strinse a sé Mimì. «Senti, quella al piano di sotto era la tua sorellina?»

Tibby annuì.

«Bella differenza di età, eh?»

«Quattordici anni» confermò Tibby. «Ho anche un fratellino di due. Sta dormendo.»

«Uno dei tuoi genitori si è risposato?» chiese Bailey.

«No. I genitori sono gli stessi. Hanno sposato un nuovo stile di vita.»

Bailey sembrava interessata. «Cosa intendi?»

«Bah, non saprei.» Tibby si lasciò cadere sul letto.

«Quando i miei genitori hanno avuto me, abitavamo in un appartamento minuscolo sopra un ristorante della Wisconsin Avenue e mio padre scriveva per un quotidiano socialista mentre studiava legge. Poi, quando non ne ha potuto più di lavorare come un pazzo come pubblico difensore, siamo andati a vivere in una roulotte su due acri di terreno oltre Rockville, e mio padre ha imparato le regole dell'agricoltura biologica, mentre mia madre scolpiva piedi. Un'intera primavera l'abbiamo passata in tenda in Portogallo.» Tibby si guardò in giro. «Ora lo vedi, come viviamo.»

«Erano giovani quando hanno avuto te?» chiese Bailey.

«Diciannove anni.»

«Una specie di esperimento» commentò Bailey, poggiandosi in grembo Mimì addormentata.

Tibby la guardò. Non aveva mai pensato quelle parole esatte, ma racchiudevano bene la sensazione. «Credo di sì» rispose con più franchezza di quanto volesse.

«Poi sono diventati adulti e hanno voluto avere figli sul serio» rifletté Bailey.

Tibby era meravigliata e allo stesso tempo ferita per la piega presa dalla conversazione. Quello che Bailey diceva era vero. Quando tutti gli amici dei suoi genitori avevano cominciato ad avere figli, loro avevano desiderato una seconda possibilità di farlo come si doveva: con il walkie-talkie per sentire se il neonato si svegliava, i paraspigoli coordinati con l'arredamento e gli strumenti musicali per bambini. Non come con Tibby, una bambinetta arruffata che si trascinavano dietro alla ventura.

Bailey la guardava con gli occhi grandi di simpatia. Tibby si sentiva triste. Non sapeva bene come era finita a parlare di quegli argomenti. Aveva voglia di stare da sola. «Be', devo uscire, tra poco. È meglio che tu vada» disse.

Per una volta Bailey non insistette. Si alzò per andare. «Rimetti Mimì dov'era, ti va?»

Tibby,

sono un disastro. Kostos mi sorprende a fare il bagno nuda e io do di matto. Sai quanto ci tengo alla mia privacy. Così mi infilo tutti i vestiti a caso (sono riuscita addirittura a mettermi i Pantaloni al rovescio, che ne dici di questo colpo di magia?) e corro a casa in preda a una crisi d'ira. La nonna mi vede e sospetta una vicenda ben più grave dell'accaduto.

Così, e qui il racconto si fa più difficile, dice a mio nonno (in greco, ovviamente) quello che crede sia successo e lui, non scherzo!, va a darle a Kostos. Suo nonno non lo lascia entrare in casa e così i due vecchietti si prendono a pugni. Fa ridere, ma credimi, è stato orribile.

Ora i miei nonni sono in guerra con i loro migliori amici, Kostos mi odia e nessuno tranne noi due sa che cosa è accaduto.

Dovrei solo dire la verità, giusto?

Questo è stato il primo grande colpo di scena con i Pantaloni Viaggianti, ma non giurerei che facciano proprio l'effetto che volevamo. Ah, mi ci è finito sopra anche uno schizzo di sangue che potrebbe danneggiare ancora di più l'effetto magico (ho fatto del mio meglio per lavarlo via, però). Te li spedisco con la posta più celere di Santorini (il che significa probabilmente che ci vorrà un po'). Sono sicura che tu otterrai risultati migliori di me.

Vorrei che tu fossi qui, Tib. Anzi, no, cancella. Vorrei che fossimo tutte insieme in qualsiasi posto, tranne che qui.

Baci,
Lena

Lydia e il padre di Carmen erano ancora a una festa. Suo padre, che non aveva mai avuto amici, si era d'un tratto trasformato in una farfalla festaiola. Gli amici di Lydia erano suoi amici, né più né meno. Si era catapultato in una vita già pronta su misura: casa, figli, amici. La cosa strana era quanto poco della sua vecchia vita aveva dovuto portarsi dietro.

Paul era uscito con Skeletor e Krista stava facendo una spaghettata con due amiche in camera sua. Gentilmente, aveva invitato anche Carmen a unirsi al gruppo, ma lei era convinta che le avrebbe fatto venire la depressione. Le avrebbe fatto sentire la mancanza delle sue amiche.

La stanza degli ospiti le dava la nausea. Tutti i mobili erano drappeggiati di vestiti; gli altri erano ammucchiati per terra. Era matta, lo sapeva. Aveva creato lei quel caos, però non la sopportava.

In cucina vide che Krista aveva lasciato sul tavolo i suoi compiti di geometria. Li sbirciò, piena di desiderio. Krista aveva piantato a metà il secondo esercizio e ne rimanevano ancora da fare otto.

La casa era immersa nel silenzio. Carmen prese i fogli. Li osservò e prese anche la matita. Cominciò a lavorare: gli esercizi di geometria sono gioia pura. Quando parti, hai già la soluzione.

Era così concentrata che non si accorse che Paul era tornato a casa finché non se lo ritrovò in piedi in cucina a guardarla. Grazie a Dio era senza Skeletor. Sembrava confuso.

Il sangue le affluì caldo alla faccia. Che scusa poteva trovare per essersi messa a fare i compiti di Krista?

Paul esitò ancora un istante. «Notte» disse.

«Paul, li hai fatti tu i miei compiti di matematica?» domandò perentoria Krista la mattina dopo a colazione. Aveva un tono a metà tra il broncio e la gratitudine.

Era domenica e Al aveva fatto pancakes per tutti. Ora cucinava pure! Lydia aveva apparecchiato la tavola con il suo servizio migliore, quello a fiori. Che servizio!

Paul non rispose subito.

«Credevi che fossi troppo stupida per farli da sola?» insisté Krista.

"Probabilmente" fu tentata di rispondere Carmen.

«No» rispose Paul con la sua consueta parsimonia di parole.

Krista si rizzò sulla sedia. «No nel senso che non hai fatto i miei compiti o che non credevi che fossi troppo stupida?»

«Tutte e due le cose.»

«E allora chi li ha fatti?» insistette Krista.

Carmen aspettava che gli occhi di Paul si posassero su di lei. Non fu così. Paul non disse nulla: si limitò a scrollare le spalle.

Se Paul non la denunciava, avrebbe dovuto confessare lei stessa? si chiese Carmen.

«Sarà meglio che io vada» disse Paul. «Grazie per i pancakes, Albert.»

Uscì dalla cucina e, prima di lasciare la casa, raccolse una sacca da viaggio che era di fronte alla porta principale.

«Dove va?» chiese Carmen, anche se non erano affari suoi.

Lydia e Krista si scambiarono un'occhiata. Lydia aprì la bocca, poi la richiuse. «Sta andando a… a trovare un amico» disse infine.

«Ah.» Carmen non capiva bene perché fosse una domanda spinosa.

«Sapete una cosa?» Lydia cambiò argomento con tono leggero. «Abbiamo un piano B per il ricevimento.»

Parlava rivolta a Carmen e lei capì che lo faceva perché era l'unica a non saperne ancora nulla.

«Ah» ripeté Carmen. Sapeva che tutti si aspettavano chiedesse altre informazioni.

«Lo faremo in giardino. Abbiamo affittato un tendone enorme! Non ti pare un'idea divertente?»

«Sì, divertente.» Carmen inghiottì l'ultimo sorso di succo di frutta.

«Ero così agitata ieri, sai» continuò Lydia, «ma dovevo farmi coraggio. E Albert ha avuto l'idea fantastica di fare il ricevimento qui a casa. Sono felicissima di questa soluzione.»

«Sì, sembra entusiasmante.» Avrebbe dovuto sentirsi in colpa per il suo sarcasmo, ma tanto nessuno se ne accorgeva.

«Senti, bambina» disse il padre, facendo scivolare indietro la sedia per allontanarsi dal tavolo. «Sarà meglio che andiamo verso il club.»

Carmen balzò in piedi. «Andiamo.» Finalmente la loro sospirata partita a tennis. Lo seguì fuori di casa e salì sulla nuova auto familiare beige.

«Coniglietto» cominciò il padre mentre si allontanavano dal vialetto, «quello che ti ho raccontato dell'ex marito di Lydia… è una cosa che preferirei tenessi per te. Lydia è molto sensibile al riguardo.»

Carmen annuì.

«Te lo dico perché Paul oggi è partito per andare a trovare suo padre, in una clinica di Atlanta. Ci va una volta al mese e dorme lì» le spiegò.

Carmen non sapeva bene perché, ma la cosa le fece venire voglia di piangere.

«E Krista?»

«Krista preferisce non avere contatti con il padre. La turba troppo.»

"Si vergogna di lui" pensò Carmen. Così come Lydia si vergognava di lui. Prenditi un modello nuovo, migliore, e dimentica quello vecchio.

«Non si può abbandonare la propria famiglia così» mormorò. Poi si voltò verso il finestrino e per la prima volta da giorni pianse davvero.

«Ho fissato la prima intervista per il nostro film» esclamò Bailey eccitata.

Tibby sbuffò forte nel ricevitore. «Il nostro film?»

«Scusa. Il tuo film. Quello per cui ti do una mano.»

«Chi ha detto che mi dai una mano?» chiese Tibby.

«Per favore, per favore…» la supplicò Bailey.

«Dai, Bailey. Ma non hai niente di meglio da fare?» Nel silenzio che seguì, le parole di Tibby sembrarono rimbombare come un'eco lungo la linea. Forse non era la domanda da fare a una ragazzina con una malattia grave.

«Ho fissato l'intervista per le quattro e mezza, dopo che esci dal lavoro» insistette Bailey. «Se vuoi posso fare un salto a casa tua a prendere la roba.»

«E chi dovremmo intervistare?» chiese Tibby sospettosa.

«Quel ragazzino che gioca sempre ai giochini elettronici al Seven-Eleven di fronte a Wallman's. Ha occupato tutti e dieci i primi posti della classifica nel gioco più difficile.»

Tibby borbottò. «Effettivamente suona disperato quanto basta.»

«Allora ci vediamo più tardi?» chiese Bailey.

«Non so ancora che progetti ho» rispose Tibby freddina, senza riuscire a convincere né Bailey né se stessa di avere un'alternativa di vita in quel preciso momento.

Ovviamente Bailey era lì non appena il turno di Tibby si concluse.

«Come va?» le chiese Bailey, come se fossero grandi amiche.

Tibby si sentiva il cervello bollito dalle lunghe ore sotto le luci al neon. «Sto morendo di morte lenta» disse, e si pentì all'istante di quelle parole.

«Allora andiamo, non c'è tempo da perdere!» disse Bailey, brandendo la telecamera.

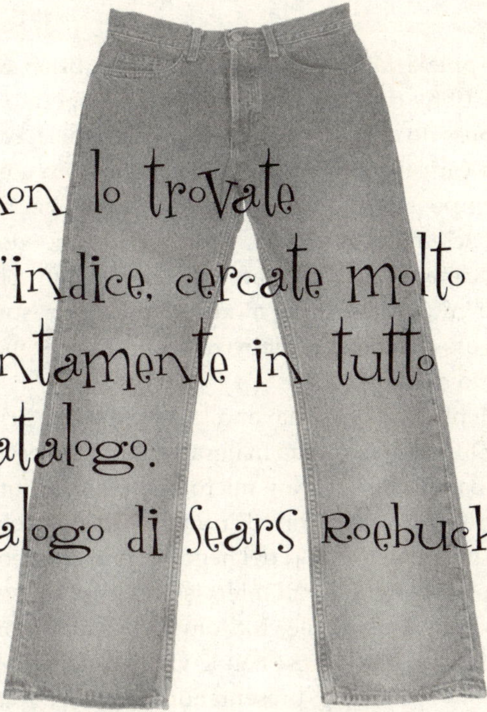

Se non lo trovate nell'indice, cercate molto attentamente in tutto il catalogo.

Catalogo di Sears Roebuck

Appena fatte le presentazioni con Brian McBrian, Tibby capì che per la "fiera del disperato" avevano bussato alla porta giusta. Brian era la caricatura della caricatura di un perdente. Era ossuto e molliccio al tempo stesso, con una pelle bianco-azzurra come latte scremato. Aveva la sindrome del monosopracciglio, capelli unti color cacca di cane, apparecchio per i denti muschiato e un modo di parlare a sputacchio davvero disgustoso. Tibby fu costretta a riconoscere il talento di Bailey.

Mentre loro sistemavano le attrezzature, Brian partì con *Dragon Master*. Suo malgrado, Tibby osservò ammirata Bailey che fissava il microfono esterno a una giraffa improvvisata. Con il rumore di sottofondo che regnava dentro e fuori del negozio, non ci sarebbe stato verso di ottenere un'intervista dignitosa senza un microfono orientabile. Ma davvero Bailey non aveva mai fatto prima riprese con la videocamera?

Tibby cominciò presentando la scena: passò dal primo piano estremo di un Hostess Snowball con un rosa innaturale a un espositore di giornali scandalistici che strombazzavano la nascita del bambino di Vanna White fino a un espositore da banco di Slim Jims. Finì la sequenza concentrandosi sul ragazzo che lavorava dietro il bancone. Lui si parò subito le mani davanti alla faccia, come se Tibby fosse una giornalista di *60 Minutes*. «Niente telecamere! Niente telecamere!» ruggì.

Spostandosi verso la vetrina del negozio, Tibby colse un'inquadratura della faccia di Bailey che rideva. Poi catturò l'immagine di Brian preso di schiena, con le scapole che guizzavano mentre lui lottava contro i draghi. Finalmente Tibby interruppe la ripresa per cominciare l'intervista. «Pronto?» chiese.

Brian si voltò di centottanta gradi. Bailey posizionò il microfono. «Si gira» lo avvisò.

Lui non si irrigidì, non cercò di darsi un tono né piegò il capo in strane pose come fa molta gente di fronte a una videocamera: la fissò senza battere ciglio.

«Dunque, Brian, sappiamo che sei un habitué qui al Seven-Eleven.» Tibby dava per scontato che i veri disperati siano insensibili al sarcasmo.

Lui annuì.

«Che orari fai?»

«Be', più o meno dall'una alle undici.»

«Ma perché, il negozio chiude alle undici?» chiese Tibby con le labbra che le si arricciavano in un ghigno.

«No, le undici sono il mio coprifuoco» spiegò Brian.

«E durante l'anno scolastico?»

«Durante l'anno vengo qui solo dalle tre alle cinque.»

«Capisco. Niente doposcuola, niente sport, niente attività?»

Brian parve cogliere l'allusione sottintesa nella domanda e indicò il parcheggio che si intravvedeva oltre la vetrina. «Un mucchio di gente passa la sua vita là fuori» disse. Poi puntò il dito verso il videogioco: «Io vivo qui» disse, battendo l'indice sul vetro dello schermo.

Tibby era vagamente innervosita dalla sua onestà e dal suo sguardo fermo. Avrebbe immaginato di intimidire un personaggio come Brian.

«Allora, raccontaci di *Dragon Master.*»

«Ti faccio vedere» disse lui infilando due monetine da un quarto di dollaro nella fessura. Era quello, evidentemente, il motivo per cui aveva accettato l'intervista.

«Il livello uno è la foresta. Siamo nel 436 d.C., l'anno della prima grande spedizione in cerca del Sacro Graal.»

Tibby spostò la videocamera sullo schermo del gioco elettronico. L'immagine non era nitida come lei avrebbe voluto, ma non era proprio male.

«Ci sono in totale ventotto livelli, che vanno dal quinto al venticinquesimo secolo d.C. Soltanto una persona è riuscita finora ad arrivare al livello ventotto su questa macchina.»

«Tu?» chiese Tibby, vagamente senza fiato.

«Sì, io» confermò Brian. «Il 13 febbraio.»

Tibby, la maga dei disperati, sapeva di avere tra le mani del materiale di qualità, ma si sentiva suo malgrado un pochino impressionata. «Magari oggi riesci a farcela di nuovo» disse.

«Possibile» confermò Brian. «E anche se non riuscissi, oggi c'è il mondo intero, qui.»

Tibby e Bailey spiarono al di sopra delle sue spalle, mentre Brian, un enorme guerriero muscoloso, radunava truppe di fedeli e una donna tutta curve perché combattessero al suo fianco.

«Di draghi non ne incontri neanche uno fino al livello sette» spiegò.

Al livello quattro ci fu una battaglia navale. Al livello sei i barbari diedero alle fiamme il villaggio di Brian e lui riuscì a salvare donne e bambini. Tibby osservava le sue mani muoversi rapide e sicure tra leve e bottoni. Lui non abbassava mai gli occhi per guardarle.

A un certo punto, dopo che era comparso il secondo drago, Tibby sentì la batteria esaurirsi e la videocamera spegnersi con un piccolo scatto, ma lei continuò a guardare.

Dopo il lungo assedio di un castello medievale, Brian mise il gioco in pausa e si voltò sul suo sgabello.

«Mi sa che hai finito la batteria» disse.

«Sì, hai ragione» rispose Tibby con noncuranza. «Era la terza e non ne ho più. Magari possiamo finire l'intervista più tardi.»

«Certo» annuì Brian.

«Puoi continuare a giocare, se vuoi» offrì Tibby.

«D'accordo» disse lui.

Bailey comprò per sé e per Tibby una crostatina di frutta Hostess Snowball e rimasero entrambe a guardare l'alter ego eroico di Brian superare ventiquattro livelli prima di finire incenerito dalla vampata del drago.

Eric aveva un altro allenamento di corsa alle cinque. Bridget non era certa che lui fosse felice di vederla.

«Oggi scendiamo a un chilometro in quattro minuti» annunciò Eric al gruppo. «Ancora una volta, ricordatevi che ognuna di voi conosce il proprio corpo. Ve ne accorgete da sole, se state esagerando. Qui fa molto caldo, perciò prendetevela comoda. Rallentate quando ne avete bisogno. È un allenamento, non una gara.» Guardò dritto verso Bridget.

«Pronte?» chiese dopo aver lasciato loro qualche minuto per fare stretching.

Parve rassegnarsi in fretta all'idea che Bridget avrebbe corso al suo fianco, qualunque velocità lui avesse tenuto. «Hai dei numeri come giocatrice, Bridget» le disse con un tono di voce misurato. «Oggi hai davvero fatto spettacolo.» Era convinto che lei avesse esagerato. Era evidente.

Bridget si mordicchiò l'interno del labbro: si vergognava. «Mi sono fatta prendere troppo. Mi capita, a volte.»

Lui fece una smorfia, come se non fosse troppo sorpreso.

«Ho fatto spettacolo per te» confessò lei.

Eric parve trattenere qualche secondo i propri pensieri, mentre la guardava dritto negli occhi. Poi si guardò indietro per vedere a che distanza era la ragazza più vicina. «Bee, non farlo» le sussurrò a mezzo fiato.

«Non fare che?»

«Non… non insistere.» Sembrava che non riuscisse a trovare le parole giuste.

«Perché no? Perché non dovrei essere autorizzata a volerti?»

Lui fu preso in contropiede dal suo parlar chiaro. Le lanciò un'occhiata e gemette. «Senti, sono… sono lusingato. Ne sono onorato. E chi non lo sarebbe?»

Bridget strinse la mascella. "Lusingato" e "onorato" non erano le parole che avrebbe voluto sentire. In ogni caso, non ci credeva.

Eric accelerò il passo, per staccare un po' di più le

altre. «Bridget, sei bella. Sei stupefacente, hai talento e sei… sei… semplicemente irrefrenabile.» La sua voce era più dolce, ora. Eric cercò gli occhi di lei. «Non che io non me ne sia accorto. Credimi, me ne sono accorto eccome.»

Bridget riprese a sperare.

«Ma io sono un allenatore… e tu hai sedici anni.»

«E allora?»

«Sarebbe una cosa sbagliata, prima di tutto, e in secondo luogo una violazione delle regole.»

Bridget si sistemò dietro l'orecchio una ciocca di capelli ribelli. «Non sono regole di cui mi importi.»

Il viso di Eric era tornato a chiudersi. «Io non posso scegliere.»

Nonostante la colazione con il nonno fosse ormai una routine, Lena si sentiva ancora a disagio. Soprattutto dopo quanto era successo.

Quel mattino i suoi Rice Crispies schioccavano, scricchiolavano e scoppiettavano mentre il nonno mangiava in silenzio i suoi Cheerios.

Lena lo studiava, aspettando il momento opportuno. Cercò di intercettare quegli occhi grigioverde, così simili ai suoi. Voleva apparirgli sincera e pentita, ma i cereali rumorosi le rovinavano l'effetto. Vedendo i piccoli punti irregolari sulla pelle rugosa avvertì una fitta di vergogna in fondo allo stomaco.

«Bapi, io…»

Lui alzò lo sguardo. Aveva l'aria preoccupata.

«Be', è solo che…» Le stava tremando la voce. Ma cosa le era venuto in mente? Bapi non parlava nemmeno inglese.

Bapi annuì, mettendo una mano sulle sue. Era un gesto dolce. Esprimeva affetto e protezione, ma voleva dire anche "Non c'è bisogno di parlarne".

Quel mattino avrebbe voluto che Effie non fosse così dormigliona. La sera prima, Lena era troppo stanca e confusa per spiegare le cose alla sorella e i nonni non avevano neppure sfiorato la questione. Effie aveva voluto sapere della benda sulla guancia del nonno, ma lui aveva risposto con un'alzata di spalle, borbottando qualcosa in greco. Ora Lena avrebbe voluto raccontarle l'intera storia e sottoporsi al suo giudizio, per quanto potesse essere severo: Effie era famosa per il suo pragmatismo, avrebbe potuto brevettarlo. Poi avrebbe parlato con la nonna, che avrebbe potuto spiegare a Bapi com'erano andate le cose. Così avrebbe funzionato meglio. Ma Effie dormiva.

Risalita al piano di sopra, dopo colazione, Lena infilò nello zaino l'occorrente per dipingere. L'abitudine aiuta sempre una mente agitata. Sbirciò fuori della finestra all'ora in cui di solito Kostos passava lì sotto per fare un salto al caffè in fondo alla strada prima di tornare giù, verso la fucina, ma Kostos non apparve. Ovvio.

Uscì di casa e decise che quel mattino sarebbe andata verso la discesa. Il sole che riverberava dai muri bianchi le colpiva gli occhi, proiettandole raggi di luce chiara nel cervello, illuminandone gli angoli più polverosi e trascurati.

Si incamminò verso la casa di Kostos. Vista la curva che faceva in quel punto il viottolo e vista la posizione di casa Dounas, se ti capitava di inciampare e di rotolare giù e la porta era casualmente aperta, rischiavi di finire diritto in soggiorno.

Lena la oltrepassò camminando piano. Nessun segno. Proseguendo giù per la scogliera, si incamminò verso dove credeva fosse la fucina. Magari avrebbe incrociato Kostos. Magari avrebbe potuto parlargli o quanto meno comunicargli con l'espressione degli occhi che sapeva anche lei che le cose erano andate troppo in là.

Lena non lo vide. Continuò a camminare. Con scarso entusiasmo, sistemò il cavalletto appena sotto la sua chiesa preferita. Prese il carboncino, pronta a schizzare la sagoma della torre campanaria. La sua mano esitava, i suoi pensieri giravano a vuoto.

Posò il carboncino. Quel giorno, tanto per cambiare, non aveva voglia di sprecare tempo prezioso con se stessa. Rimise tutte le cose nello zaino e cominciò a risalire il pendio. Forse questa volta si sarebbe imbattuta in Kostos. Oppure sarebbe andate a fare spese con Effie, che glielo chiedeva sempre, e avrebbero comprato una di quelle stupide ciotole di legno d'ulivo per turisti.

Forse avrebbe trovato un modo per raccontare alla nonna cos'era realmente accaduto.

Be', si disse fra sé, di buono c'era che Kostos non l'avrebbe più importunata. Ma al momento non le sembrava più un gran vantaggio.

Carma,

abbiamo fatto trekking nella zona vulcanica. Las Tres Virgenes, la chiamano. Quattro Virgenes e avremmo potuto essere noi. Giuro che ho sentito odore di fumo, anche se la guida insisteva che le bocche del vulcano sono inattive dal secolo scorso.

Poi siamo scesi a sud attraverso dei canyon per vedere

alcune antiche pitture indiane rupestri. C'erano scene di caccia e poi, uno dopo l'altro, grandi dipinti di peni enormi. Io e Diana abbiamo riso così forte che abbiamo dovuto sederci per terra, mentre gli allenatori cercavano di trascinarci via. È stato buffissimo. Peccato che tu non fossi qui.

Ah, i divertimenti folli della Baja California!

Baci,
Bee

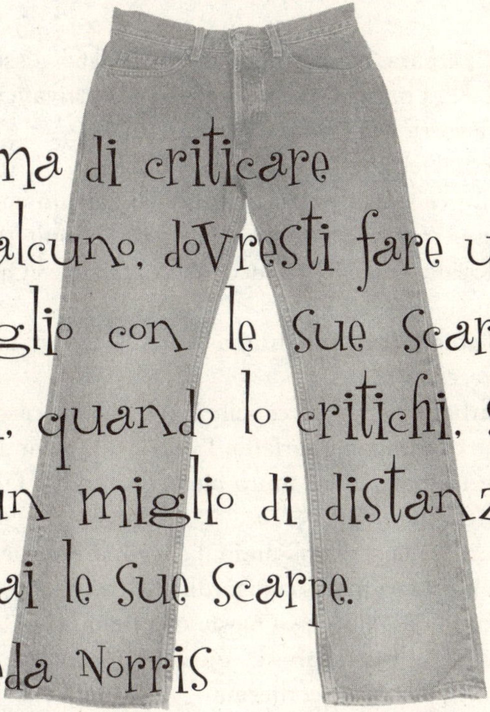

Prima di criticare qualcuno, dovresti fare un miglio con le sue scarpe. Così, quando lo critichi, sei a un miglio di distanza. E hai le sue scarpe.

Frieda Norris

«Barbara, ti presento mia figlia Krista» disse Lydia. Era martedì pomeriggio ed era arrivata la sarta. Krista sorrideva beata.

Lydia fece un cenno verso Carmen. «E questa è mia...» Fece una pausa. Carmen era sicura che Lydia si stesse sforzando di dire "figliastra", come Al definiva Krista, ma le mancò il coraggio. «Questa è Carmen.»

«Lydia è la mia matrigna» chiarì Carmen, tanto per punzecchiarla.

Barbara portava i capelli biondi in un caschetto a forma di campana perfetta. I suoi denti, quando sorrideva, formavano un muro bianco. Grandi e falsi, concluse Carmen.

Barbara la stava fissando. I capelli di Carmen erano raccolti in una matassa disordinata. La canottiera rossa era zuppa di sudore. «Questa è la figlia di Al?» chiese con evidente sorpresa, guardando Lydia, e non Carmen, per avere conferma.

"Sì, è la figlia di Albert" rispose Carmen tra sé.

Barbara avrebbe voluto fare marcia indietro. Dopotutto era Albert che pagava le fatture. «È solo che... è solo che evidentemente assomigli a tua madre» disse, come se fosse una frase diplomatica.

«Sì» confermò Carmen. «Mia madre è portoricana. Parla con accento ispanico. E recita il rosario.»

Nessuno parve raccogliere la sua sfacciataggine. La ragazza invisibile.

«Carmen è portata per la matematica, come suo padre» aggiunse debolmente Lydia, come se in cuor suo non credesse affatto che tra Carmen e Albert esistesse una parentela.

Carmen le avrebbe appioppato volentieri un ceffone.

«Be', mettiamoci a fare un po' di prove» suggerì Barbara appoggiando una bracciata di portabiti di plastica sul letto di Lydia. Il letto di Lydia e Albert. «Krista, prova il tuo per prima.»

«Oh, oh, non possiamo vedere prima quello della mamma?» supplicò Krista. Aveva letteralmente congiunto le mani in segno di preghiera.

Carmen scomparve inghiottita da una poltrona imbottita accanto alla parete, mentre Lydia imbracciava orgogliosa una stoffa bianca lucente che sembrava lunga almeno sessanta metri. Carmen trovava francamente imbarazzante che una donna sopra i quaranta e con due figli grandi si mettesse una palandrana tutta sbuffi al proprio matrimonio. Il corpetto era ricamato e le maniche lasciavano scoperta una buona porzione di braccia ultraquarantenni.

«Mamma, sei stupenda. Sei una visione. Mi viene da piangere» sospirò platealmente Krista, senza poi passare ai fatti.

Carmen si accorse che stava battendo il piede sul pavimento di legno lucido come uno specchio e si costrinse a smettere.

Poi fu la volta della dolce, piccola, pallida Krista di

indossare un abito di taffetas tra il rosa e il violetto. Carmen poteva solo augurarsi che non le toccasse un vestito identico.

L'abito era da riprendere appena in vita. «Ooh» rise Krista mentre Barbara faceva pieghine e infilava spilli. Il vestito era atroce, ma sul corpo informe e senza curve di Krista faceva quel che poteva.

Poi venne il turno di Carmen. Pur essendo invisibile, doversi infilare sulla pelle umida di sudore un vestito identico a quello di Krista, rigido, lucido e troppo piccolo: fu penoso, umiliante. Carmen non riuscì a guardarsi nello specchio. Non voleva che quell'immagine si stampasse nella sua memoria per il resto dei suoi giorni.

Barbara la valutò con occhio critico. «Qui ci vorrà un bel po' di lavoro.» Puntò dritta verso i fianchi di Carmen e aprì le cuciture ancora provvisorie. «Sì, dovremo recuperare tutto l'orlo e non sono nemmeno sicura che mi basti la stoffa. Appena arrivo in laboratorio controllo se ne ho ancora.»

"Sei una strega" pensò Carmen.

Sapeva di essere orrenda in quell'abito. Una via di mezzo tra una prostituta sulla Bourbon Street e una ragazzina ispanica alla prima comunione.

Barbara esaminò la stoffa che si tendeva sgraziata sul petto di Carmen. «Dovremo allargare anche qui» disse, avvicinandosi.

Carmen incrociò le braccia. "Non avvicinarti alle mie tette" ordinò in silenzio.

Barbara si voltò costernata verso Lydia, come se fosse colpa di Carmen se quello stupido vestito non le stava. «Temo che per questo abito dovrò ricominciare dal modello.»

«Avremmo dovuto darti prima le misure di Carmen» confessò Lydia vagamente mortificata, «ma Albert ha preferito aspettare che venisse qui per dirle di persona...» Esitò, accorgendosi che si stava avventurando in zona minata.

«Di solito però un modello standard va bene come punto di partenza» ribatté Barbara, respingendo la colpa su Carmen e sui suoi fianchi.

«Carmen ora deve andare» annunciò Carmen, rivolta a Barbara. La rabbia le cresceva dentro, le stringeva il cuore, le saliva alla gola. Il suo malumore non avrebbe sopportato quella donna un secondo di più.

«Odio questo posto» fu la sua frase di saluto rivolta a una Lydia costernata. «E tu faresti meglio a scegliere le maniche lunghe.» E con questo marciò fuori dalla stanza.

Trovare Paul in corridoio la colse alla sprovvista. «Tu ti rendi ostile la gente» le disse mentre lei gli passava rapida accanto. Lei rimase attonita sia di sentirgli pronunciare una frase così lunga sia per il significato.

"Lo dici tu" commentò fra sé, accelerando.

«Pantaloni da paura» commentò Bailey, arrivando da Wallman's all'ora solita. Tibby si era abituata ad aspettarla e non faceva neanche più la fatica di lamentarsi.

Si alzò dallo scaffale in basso dove stava attaccando i prezzi a una partita di scatole di matite e guardò i jeans con palese orgoglio. «Questi sono i Pantaloni» spiegò. «Mi sono arrivati ieri.» Aveva strappato la carta del pacco costellato di francobolli così colorati da sembrare finti. Aveva stretto a sé i Pantaloni con la sensazione di abbracciare una parte di Lena, aveva respirato il profumo della Grecia che, nella sua immaginazione, doveva aver intriso la stoffa. I Pantaloni avevano in effetti un vago odore di olio d'oliva... non era lei a immaginarlo. E sul davanti della gamba destra, sulla parte alta della coscia, c'era una macchia marroncina, che immaginò fosse il sangue del nonno di Lena.

Gli occhi di Bailey si spalancarono in un'espressione di rispetto. «Ti stanno benissimo» disse senza fiato.

«Dovresti vederli sulle mie amiche» rispose Tibby. Sempre più spesso, Bailey voleva ascoltare le storie delle tre amiche lontane e avere aggiornamenti sulle loro lettere. E Tibby aveva sempre più l'impressione di inventare per sé e per Bailey un mondo immaginario.

«È già successo qualcosa con i jeans?» chiese Bailey, che voleva a tutti i costi credere alla magia dei Pantaloni.

«Be', sì e no. Un ragazzo ha visto Lena nuda e il nonno di lei ha cercato di prenderlo a pugni.» A quel pensiero Tibby non poté trattenere un sorriso. «Se tu conoscessi Lena, sapresti che per lei è un bel problema.»

«Lena è quella che sta in Grecia» disse Bailey.

«Esatto.»

«Bridget li ha già avuti?» Chi sa perché, Bridget la affascinava particolarmente.

«No, la prossima è Carmen. Poi tocca a Bridget.»

«Vorrei sapere cosa ci farà lei» meditò Bailey.

«Qualche follia» disse Tibby scherzando, ma poi tacque, pentendosi di avere scelto quelle parole.

Bailey la studiò qualche istante. «Sei preoccupata per Bridget, vero?»

Tibby era pensierosa. «Forse» considerò lentamente. «Forse lo siamo tutte un pochino.»

«Per sua madre?»

«Sì. Soprattutto per quello.»

«Era malata?» incalzò Bailey.

«No… non fisicamente, perlomeno» precisò Tibby cauta. «Aveva… una brutta depressione.»

«Ah» disse Bailey. Era pronta a lasciare cadere l'argomento. Sembrava che avesse immaginato il resto. «Insomma… e a te è già successo qualcosa, da quando hai i Pantaloni?» chiese.

«Ho rovesciato una Sprite e Duncan mi ha accusato di tenermi gli scontrini.»

Bailey sorrise. «Ossia?»

«Ho dimenticato di dare lo scontrino a una cliente.»

«Ah» commentò Bailey. «Brutto.»

«Allora, sei pronta ad andare al Pavillon?» chiese Tibby.

«Certo. Ho portato la roba e caricato tutte le batterie.»

Bailey aveva preso l'abitudine di passare ore in camera di Tibby a lavorare sul film mentre Tibby faceva i turni al supermercato. Tibby le aveva insegnato le regole base per montare gli spezzoni e aggiungere la colonna sonora al computer. Loretta la faceva sempre entrare. Era un po' strano, ma Tibby ormai non se ne preoccupava più.

Al Pavillion, Margaret stava ancora lavorando alla cassa, perciò dovettero aspettare. Appena misero piede nell'atrio del cinema, Tibby riconobbe Tucker. Aspirò una boccata d'aria. Stando a quello che aveva sentito raccontare sui posti e sulle persone che Tucker frequentava, non si aspettava di trovarlo lì.

Era in fila con due suoi amici al banchetto dei popcorn. Aveva le braccia incrociate e sembrava impaziente.

«Cosa ci trovi in quello lì?» si meravigliò Bailey a voce alta.

«Niente, a parte il fatto che è uno dei ragazzi più belli che io abbia mai visto» rispose Tibby. Tucker guardò dalla loro parte e incrociò il suo sguardo. Ricordando di avere indosso i Pantaloni, Tibby avvertì un'ondata di spavalderia, destinata però a crollare un istante dopo, quando si accorse di essersi tenuta il grembiule.

Era troppo vistoso se approfittava dell'istante in cui lui era distratto per scivolare fuori dal grembiule? Tucker finì di comprare i popcorn e un bicchierone di bibita grande quanto la batteria di una macchina e puntò proprio verso di lei.

«Ehi, Tibby. Come te la passi?» Stava fissando la spilla con scritto "Salve, sono Tibby!". Sapeva il suo nome anche senza la targhetta, ma solo per associazione con le sue amiche più carine.

«Bene» rispose rigida Tibby. Non le uscivano mai le parole quando lui era nei dintorni.

Sentì Bailey tirare su col naso, per prenderla in giro.

«Lavori da Wallman's?» chiese Tucker e uno dei suoi amici fece un sorriso furbo.

«No, porta quel grembiule solo perché è stupendo» intervenne Bailey.

«Ci vediamo» tagliò corto Tibby, e fece per andare. Trascinò Bailey fuori dal cinema, nell'afa della strada. «Bailey, tieni la bocca chiusa, ti spiace?»

Bailey aveva il suo solito sguardo polemico. «Perché dovrei?»

In quel momento apparve Margaret dal botteghino: «Ci siete?»

Tibby e Bailey si scambiarono un'occhiata tesa. «Sì, siamo pronte» mugugnò Tibby a denti stretti, con aria superiore.

«Margaret, da quanto tempo lavori qui?» chiese Tibby quando si furono sistemate in una zona tranquilla dell'atrio, di fronte al poster di *Ragazze a Beverly Hills*... scelta di Margaret!

«Be', vediamo.» Margaret alzò gli occhi al soffitto. «Doveva essere il... 1971.»

Tibby deglutì rumorosamente. Voleva dire una trentina d'anni prima. Guardò Margaret più da vicino. Portava i capelli biondi raccolti in un'alta coda di cavallo e si metteva un bello strato di ombretto. Era evidentemente più anziana di quanto sembrasse, ma Tibby non avrebbe mai immaginato che fosse così anziana.

«Quanti film credi di aver visto?» chiese Tibby.

«Più di diecimila, direi.»

«E il tuo preferito?»

«Non saprei, onestamente» rispose Margaret. «Sono così tanti. Questo lo adoooro» disse indicando con il pollice il poster che aveva alle spalle. Rifletté un altro po'. «Anche *Fiori d'acciaio* è uno dei miei preferiti.»

«È vero che sai recitare scene intere?» chiese Tibby.

Margaret arrossì. «Certo. Be', non voglio esagerare. Riesco a ricordare solo qualche parte. In questo momento ce n'è una davveeero carina di Sandra Bullock. Volete sentirla?»

Margaret si sfilò il cardigan rosa e Tibby notò quanto era minuta. Non sembrava nemmeno che avesse superato la pubertà, figuriamoci i quarant'anni!

«Cos'hai?» si chiese Tibby, guardando Bailey. La sua bocca sembrava davvero piccola in mezzo al viso.

«Possiamo guardare un film insieme?» chiese Bailey.

Gli occhi di Margaret erano stupiti. «Vuoi dire se possiamo entrare e guardarne uno ora? Tutte e tre insieme?»

«Esatto» disse Bailey.

«Sì, credo che possiamo.» L'espressione di Margaret stava passando lentamente dallo stupore all'interesse. «Ce n'è uno davveeero carino che sta cominciando in sala quattro.»

Margaret seguì incerta Bailey e Tibby nella sala buia, fino alla fila centrale di posti. «Di solito io sto in piedi in fondo» spiegò in un sussurro. «Ma questi posti sono davveeero carini, non vi pare?»

Mentre la commedia procedeva, Margaret si voltò a guardare le due ragazze così tante volte che Tibby si chiese con una punta di tristezza quanti di quei diecimila film Margaret avesse visto in compagnia di qualcuno.

Bridget non riusciva a dormire. Perfino il suo posto preferito al margine della spiaggia le sembrava chiuso e claustrofobico quella notte. Sentiva una pericolosa inquietudine accumularsi nei tendini, nei muscoli.

Scivolò fuori dal sacco a pelo e si avvicinò all'acqua. Era più piacevole che mai. Bridget voleva che Eric venisse lì da lei. Desiderava da morire averlo accanto.

Le balenò un'idea. Era una pessima idea, lo capì subito, ma non appena ebbe fatto capolino fu per lei una sfida. Non poteva non farlo.

Camminò in silenzio lungo la spiaggia, ascoltando il fruscio della sabbia sotto i suoi piedi. L'estremità nord della baia era quella più appartata e Bridget sapeva che la baracca condivisa da Eric con altri due allenatori era proprio lì.

Nella sua mente emerse d'un tratto un ricordo. Una frase scritta su di lei da uno psichiatra pochi mesi dopo la morte della madre. Avrebbe dovuto essere una comunicazione confidenziale, ma lei l'aveva trovata nel cassetto della scrivania del padre. "Bridget è determinata nel raggiungere i suoi obiettivi. Tanto determinata da agire in modo spericolato" aveva scritto il dottor Lambert.

"Darò solo un'occhiata dentro" promise a se stessa. Non poteva fermarsi, a quel punto. Era lì ormai. Trovò la porta. All'interno c'erano quattro letti. Uno era vuoto. Altri due ospitavano altrettanti preparatori atletici: due studenti universitari come Eric. Nel quarto c'era Eric. Dormiva con un paio di boxer, il corpo slanciato abbandonato in una posa scomposta sulla brandina. Bridget fece un passo avanti.

Lui probabilmente la sentì, perché alzò la testa di scatto. La posò di nuovo sul cuscino, ma la rialzò subito di scatto quando ebbe compreso il significato di ciò che aveva visto. Era allarmato dalla sua presenza.

Bridget non fiatò. Non voleva metterlo in difficoltà, ma evidentemente lui era spaventato all'idea che lei parlasse. Eric scese dal letto e barcollò fuori. La prese per mano e se la trascinò dietro fino a un angolino riparato sotto un ciuffo di palme da dattero.

«Bridget, cosa ti salta in mente?» Era intontito dal sonno, disorientato. «Non puoi venire qui, lo sai» sussurrò.

«Mi spiace» disse Bridget. «Non avevo intenzione di svegliarti.»

Lui sbatté gli occhi, cercando di metterla a fuoco. «E che intenzione avevi, invece?»

Il vento le soffiava in avanti i capelli. Le punte sfioravano il petto di Eric e lei si trovò a desiderare di avere terminazioni nervose anche lì. Portava soltanto una maglietta bianca che le copriva appena gli slip. Era terribilmente difficile non toccare Eric. «Ti stavo pensando. Volevo soltanto vedere se dormivi.»

Lui non disse niente, non si mosse. Lei gli posò tutte e due le mani sul petto. In trance, lei lo guardò alzare una mano per spingerle indietro i capelli, liberandole il viso.

Eric era ancora mezzo addormentato. Era come se quella fosse la continuazione di un sogno, e lui volesse sprofondarci, Bridget ne era sicura. Tese le braccia e strinse il petto di Eric al suo. «Mmmm» mugolò lui.

Lei voleva esplorare i contorni del suo corpo. Li seguì avidamente con le mani, fino alle spalle, poi di nuovo lungo le braccia muscolose. Tornò verso il collo, i capelli e poi giù verso il petto, lo stomaco elastico. Fu qui che lui parve svegliarsi. Parve scuotersi, le afferrò le spalle per respingerla. «Santo cielo, Bridget» gemette con evidente frustrazione, con rabbia. Lei fece un passo indietro. «Che cosa sto facendo? Devi andartene» le disse.

Le teneva ancora le braccia, ora più dolcemente. Non si sarebbe concesso a lei, ma non la stava nemmeno lasciando andare via. «Non farlo, ti prego. Promettimi di non tornare qui.» Le spiava il viso. Gli occhi di lui le stavano chiedendo l'esatto il contrario.

«Io ti penso» disse Bridget in tono solenne. «Penso a come sarebbe stare con te.»

Eric chiuse gli occhi e le lasciò libere le braccia. Quando riaprì gli occhi, aveva uno sguardo più deciso.

«Bridget, vai via e promettimi che non rifarai una cosa simile. Non so se riuscirei a dominarmi.»

Lei se ne andò, ma non promise.

Forse lui non aveva inteso quelle parole come un invito. Ma fu così che le interpretò lei.

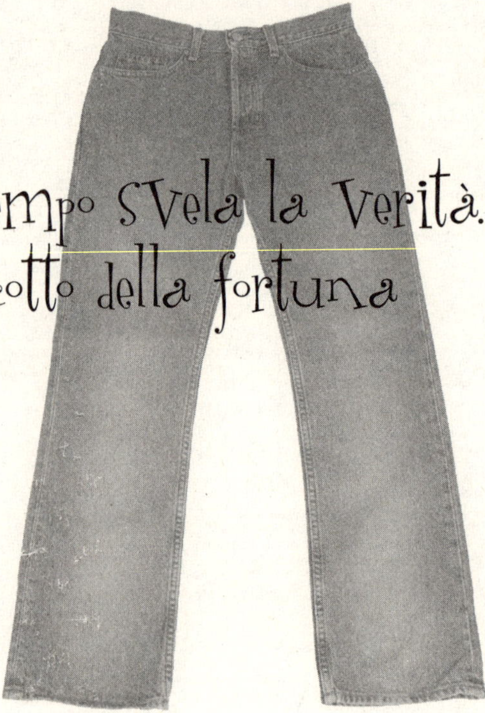

Il tempo svela la verità.
Biscotto della fortuna

«Voglio sedermi qui» annunciò Bailey trascinando una sedia vicino alla gabbia di Mimì. Vedere Mimì le fece scattare il ricordo. «Maledizione» mormorò Tibby.

«Cosa?»

«Ieri ho completamente dimenticato di darle da mangiare» spiegò Tibby afferrando il cestino di sementi assortite. Non se ne era mai dimenticata in mesi e mesi.

«Posso farlo io?» chiese Bailey.

«Certo» rispose Tibby, non del tutto sicura. Nessuno tranne lei aveva mai dato da mangiare al suo porcellino d'India. Dovette spostarsi dalla parte opposta della stanza per non ficcare il naso in quello che faceva Bailey.

Bailey diede il cibo a Mimì e si sedette di nuovo.

«Pronta?» chiese Tibby, preparando il microfono.

«Credo di sì.»

«Bene.»

«Aspetta» disse Bailey, alzandosi in piedi.

«E ora cosa c'è?» chiese Tibby irritata. Bailey voleva farsi intervistare per il loro film, ma ora era stranamente incerta.

Si tormentava le mani. Chiaro che aveva un'idea.

«Posso mettermi i Pantaloni?»

«I Pantaloni?»

«Sì, posso averli in prestito?»

Tibby era dubbiosa. «Per prima cosa, non credo proprio che siano della tua misura.»

«Non mi importa» rispose Bailey. «Posso provarli? Non li terrai ancora per molto, vero?»

«Grrr.» Impaziente, Tibby li recuperò dal loro nascondiglio nell'armadio. Era terrorizzata dall'idea che Loretta li buttasse a lavare con qualche bicchiere di candeggina, come aveva fatto con i suoi maglioni di lana. «Ecco» disse, e li passò a Bailey.

Bailey si sfilò i calzoni militari verde oliva. Tibby rimase colpita dal pallore delle sue gambe ossute e dalla grossa cicatrice scura che le andava dal fianco alla coscia.

«Ehi, ma cosa ti sei fatta?» le chiese.

Bailey le lanciò uno sguardo della serie "niente domande né commenti" e si infilò i Pantaloni. Per quanto magici, erano troppo grandi per lei. Bailey era minuscola. Eppure era felice, e ripiegò con cura sui piedi le gambe tutte grinze dei Pantaloni.

«Tutto bene?» chiese Tibby.

«Tutto bene» rispose Bailey, e prese posto di nuovo sulla sedia.

Tibby prese la videocamera e schiacciò il pulsante di accensione. Attraverso l'obiettivo, Bailey le appariva un po' diversa. La pelle sottile, quasi trasparente, sembrava pesta, livida attorno agli occhi. «Allora, raccontami» disse Tibby: non sapeva bene di cosa volesse parlare Bailey nell'intervista ed era istintivamente intimorita all'idea di rivolgerle domande dirette.

Bailey alzò i piedi nudi sulla sedia, posò le braccia sulle ginocchia ossute e il mento sugli avambracci. Il sole che filtrava obliquo dalla finestra le accendeva di luce i capelli.

«Chiedimi qualcosa» la sfidò Bailey.

«Di cosa hai paura?» La domanda le sfuggì prima che avesse l'intenzione di formularla.

Bailey rifletté. «Ho paura del tempo» rispose. Era risoluta, fissava senza battere ciglio il grande occhio ciclopico della videocamera. Non posava né mostrava un filo di imbarazzo. «Insomma, temo di non averne abbastanza» spiegò. «Di non averne abbastanza per capire la gente, come sono davvero, oppure di essere capita a mia volta. Ho paura dei giudizi prematuri e degli errori di valutazione dovuti alla fretta. Non puoi correggerli, se non hai abbastanza tempo. Ho paura di vedere solo i trailer e non i film.»

Tibby la guardava incredula. Era colpita da quell'aspetto nuovo di Bailey, dalla sua filosofia così precoce rispetto all'età. Il cancro ti rende più saggio? Il sovraccarico di raggi X e medicine aveva influito sul suo cervello di dodicenne?

Tibby scosse il capo.

«Cosa c'è?»

«Niente. È solo che mi sorprendi ogni giorno.»

Bailey le sorrise. «Mi piace che tu ti lasci sorprendere.»

Carmen,

ti scrivo dall'ufficio postale e questo pacco espresso mi costa più di quanto guadagno in due ore da Wallman's, perciò sarà meglio che ti arrivi entro domani.

Non saprei ancora dire che cos'hanno rappresentato per me i Pantaloni. Se è stata un'esperienza profonda o meno. Te lo dirò quando l'avrò capito.

Tu farai meglio di me perché sei l'unica e sola Carma Carmeena.

Sarà meglio che chiuda qui e firmi, prima che la signora allo sportello mi spedisca (ah ah).

Baci, Tibby

La nonna a pranzo sembrava arrabbiata. Aveva detto che aveva poca voglia di parlare: tradotto, voleva dire che non le andava di parlare di nessun argomento proposto da Lena o Effie. Si accontentava di ascoltare se stessa.

«Questa mattina ho incrociato Rena e lei non mi ha rivolto la parola? Potete crederci? Chi crede di essere quella lì?»

Lena cincischiava con lo *tzatzíki* che aveva nel piatto. Bisognava ammettere una cosa della nonna: non era mai troppo arrabbiata per cucinare.

Bapi era a Thira per qualche faccenda, mentre Effie, dalla parte opposta del tavolo, aveva già lanciato alla sorella un migliaio di occhiate perplesse.

«Kostos è sempre stato un così bravo ragazzo, così carino, ma non si può mai dire» meditava la nonna.

Lena era depressa. La nonna adorava Kostos. Lui era un verme, ma evidentemente anche un'enorme fonte di gioia nella vita della nonna.

«Nonna» la interruppe Lena, «forse Kostos, forse lui...»

«Se si pensa alle esperienze che ha passato, si capisce che debba avere dei problemi» proseguì imperturbabile la nonna, «ma in passato non li avevo mai notati.»

«Che genere di problemi?» si informò Effie.

«Nonna, forse non è successo proprio quello che pensi» tentò timidamente Lena, parlando insieme alla sorella.

La nonna squadrò tutte e due con uno sguardo stanco. «Non voglio parlarne» disse.

Non appena ebbero mandato giù una quantità accettabile di cibo, Effie e Lena sciacquarono velocemente i piatti e se la filarono.

«Che cosa è successo?» domandò Effie in tono perentorio non appena ebbero messo piede fuori di casa.

«Uuuh» borbottò Lena.

«Insomma, ma cos'è che vi prende a tutti?» incalzò Effie.

Lena si sentiva stanca anche lei. «Senti, Ef, non urlare, non aggredire e non criticare finché non avrai sentito tutto fino in fondo. Prometti?»

Effie accettò e in effetti mantenne la promessa fino a quando non si arrivò alla rissa tra i due nonni. A quel punto non riuscì più a trattenersi.

«Non è possibile! Non puoi parlare sul serio! Bapi? Oddio.»

Lena annuì.

«Farai meglio a raccontare la verità prima che sia Kostos a farlo, altrimenti ti sentirai un'idiota per tutta la vita» la ammonì Effie con la sua tipica capacità di andare al sodo.

«Lo so» rispose Lena infelice.

«Ma perché non glie l'hai detta subito?» disse Effie, stupita.

«Non so. C'era una tale confusione. Non so nemmeno se Kostos abbia capito da cosa nasceva la lite.»

Effie scuoteva la testa. «Povero Kostos. Lui è così innamorato di te.»

«Non più» ribatté Lena.

«Non pretendere di sapere quello che non sai.»

BRIDGET: Salve, mmm, Loretta?

LORETTA: Sì?

BRIDGET: Loretta, sono Bridget.

LORETTA: Pronto?

BRIDGET (praticamente urlando): Bridget! Sono Bridget. Cerco Tibby. È in casa?

LORETTA: Ah... Bridget?

BRIDGET: Sì.

LORETTA: Tibby non c'è.

BRIDGET: Potrebbe dirle che ho chiamato? Io qui non ho il telefono, quindi richiamo io.

LORETTA: Pronto?

Quella sera, scendendo al piano di sotto poco prima di cena, Carmen era pronta alla lite. Indossare i Pantaloni le dava la sensazione di aver recuperato la memoria di sé. Il ricordo di come ci si sente ad essere amati. Della propria abilità nelle discussioni. Doveva portare la vera Carmen al piano di sotto e farla parlare con Lydia e con suo padre prima di dimenticare di nuovo se stessa e tornare invisibile.

Lydia aveva senz'altro raccontato al padre il disastroso episodio della prova dell'abito, e certo si era lamentata del suo comportamento. Ora lei aveva voglia di tirare fuori tutto. Voleva urlare contro Lydia e sentirla gridare a sua volta. Ne aveva assolutamente bisogno.

«Ciao» disse Krista dalla sua postazione per i compiti al tavolo di cucina. Carmen la studiò per decifrare le sfumature del suo saluto.

«Carmen, ti andrebbe una bibita?» chiese allegra Lydia, mentre misurava il riso e lo versava in una pentola.

Apparve sulla soglia della cucina anche il padre, che non si era ancora tolto gli abiti da lavoro. «Ciao, coniglietto, com'è andata la giornata?»

Carmen guardò allibita suo padre e poi Lydia. "La mia giornata è stata orribile!" avrebbe voluto gridare. "Una sarta con i denti falsi mi ha insultata e umiliata. E io mi sono comportata come una bambinetta capricciosa."

Non lo disse. Rimase invece a fissarlo a bocca aperta, in silenzio. Aveva idea di come si sentiva lei? Di quanto era infelice lì?

Il padre aveva l'aria allegra. E altrettanto Lydia. «Che profumino fantastico» commentò il padre.

«Pollo arrosto» disse Lydia.

«Mmmm» commentò Krista, come un robot.

Ma chi era quella gente? Che cos'avevano tutti?

«È stata una giornata pessima» disse lei, avvertendo che la sua chance le stava scivolando via di mano. Era troppo giù di corda per fare la sarcastica.

Suo padre era già quasi in cima alle scale per andare a cambiarsi. Lydia fece finta di non aver sentito.

Perfino con i Pantaloni rimaneva invisibile. E muta. Uscì di casa con foga teatrale e si sbatté violentemente la porta alle spalle. Per fortuna, almeno la porta era ancora capace di fare un bel rumore.

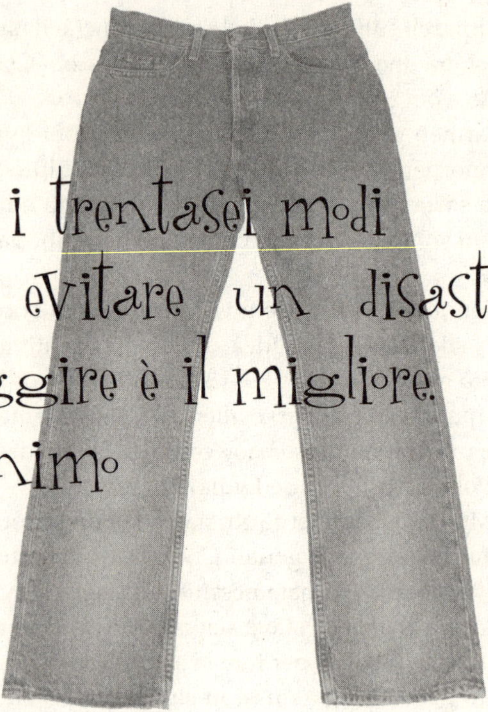

Fra i trentasei modi
per evitare un disastro,
fuggire è il migliore.
Anonimo

A volte una camminata aiutava Carmen a sbollire la rabbia. Altre volte no. Arrivò fino al torrente al margine del bosco. Sapeva che nel fitto sottobosco si nascondevano i mocassini acquatici. Sperava che uno di loro la mordesse con i suoi denti velenosi.

Staccò un pietrone dal fango secco e duro della riva. Lo lanciò in acqua, felice dello schizzo rumoroso che fece arrivare uno spruzzo di goccioline fino ai Pantaloni. La pietra si adagiò nel letto del torrente, ostacolando appena il fluire dolce della corrente. Gli occhi di Carmen fissavano l'acqua incresparsi mormorando attorno al sasso. Nel giro di pochi minuti, la corrente parve però adattarsi alla novità. Fece sprofondare un po' di più la pietra e riprese il suo morbido corso.

La cena a quel punto doveva essere pronta. La stavano aspettando? Si chiedevano dove era andata? Suo padre non poteva non aver sentito la porta sbattere. Era preoccupato? Forse era uscito a cercarla. Forse si era diretto a nord, mandando Paul a sud a cercarla lungo la Radley Lane. Forse il pollo arrosto di Lydia si stava raffreddando, ma il padre non se ne curava perché Carmen se n'era andata.

Si avviò per tornare a casa. Non voleva che suo

padre chiamasse la polizia. E poi Paul era tornato quel mattino dalla visita a suo padre. Aveva già abbastanza cose a cui pensare.

Accelerò il passo. Era perfino un po' affamata: da giorni non mangiava molto. «Io mangio quando sono felice» aveva detto al padre la sera prima, di fronte a un piatto di sformato che non aveva nemmeno sfiorato. Lui non aveva raccolto la provocazione.

Il cuore le batteva forte mentre saliva i gradini d'ingresso immaginando la faccia che avrebbe fatto suo padre. Ma era in casa? O era fuori a cercarla? Non aveva molta voglia di irrompere in casa, se c'erano solo Lydia e Krista.

Spiò dalla porta. La luce in cucina era accesa, ma il soggiorno era buio. Girò furtiva lungo il fianco della casa per avere una visione migliore. Fuori era abbastanza buio da non doversi preoccupare di essere scoperta.

Quando arrivò alla grande finestra panoramica che incorniciava la tavola da pranzo, raggelò. Smise di respirare. La rabbia montò di nuovo. Le salì fino in gola, ne sentì il sapore in fondo alla bocca, metallico, come quello del sangue. Le scese nello stomaco, annodandole le viscere. Le irrigidì i muscoli delle braccia, le bloccò le spalle. Le premette contro le costole fin quasi a spezzarle come bastoncini.

Suo padre non la stava cercando. Non stava chiamando la polizia. Era seduto a tavola e aveva sul piatto una montagna di pollo arrosto, carote e riso.

Evidentemente era il momento della preghiera di ringraziamento. Il padre teneva la mano di Paul da una parte e quella di Krista dall'altra. Lydia era di fronte a lui, con le spalle alla finestra. I quattro formavano un gruppo compatto: le braccia intrecciate a cingerli come una ghirlanda, le teste chine vicine le une alle altre, così grate.

Padre, madre e due figli. E poi una terza figlia malriuscita, più spigolosa, che guardava in casa da fuori, invisibile. La rabbia era troppo intensa per trattenerla.

Corse giù dai gradini laterali del portico e raccolse due pietre, piccole e maneggevoli. I movimenti non erano più connessi al cervello, ma doveva avere risalito i gradini e caricato il braccio. La prima pietra rimbalzò contro l'intelaiatura della finestra. La seconda dovette colpirla, perché sentì il vetro infrangersi e vide il sasso volare dietro la testa di Paul e colpire il muro per poi rotolare sul pavimento, ai piedi del padre. Carmen rimase quanto bastava perché il padre alzasse lo sguardo e la scorgesse attraverso il buco frastagliato nel vetro, perché capisse che era stata lei, e vedesse che lei lo aveva visto, ed entrambi sapessero.

Poi corse via.

Tibby,

adoro le docce all'aperto, adoro guardare il cielo. Ho perfino cominciato a fare quello che devo fare all'aperto invece di chiudermi negli stanzini disgustosi dei gabinetti. Sono una creatura selvaggia. Si dice così? Tu non potresti sopportare questa sistemazione così spartana, ma per me è perfetta. Il pensiero di fare la doccia al chiuso mi dà la claustrofobia. Credi che qualcuno se ne accorgerebbe se cominciassi a fare la pipì in cortile? Ah ah. Era solo una battuta.

Credo di non essere fatta per le case.

Baci,
la contemplativa Bee

Lena chiese informazioni per arrivare alla fucina e comprò un sacchetto di dolci dalla signora del panificio. «*Antío,* bella Lena» la salutò la donna. Il paesino era abbastanza piccolo perché tutti i locali ormai la conoscessero come la "bella e timida Lena". "Timida" era le definizione scelta con simpatia dagli anziani, mentre i coetanei la definivano con un po' meno simpatia "scontrosa".

Dalla panetteria, Lena arrivò fino alla fucina, un basso edificio di mattoni, isolato, con un piccolo cortile davanti. La porta a due battenti era aperta e lasciava intravvedere l'interno buio, fino al fuoco azzurro-arancio che fiammeggiava sul fondo. Ma era ancora possibile tenere in piedi un'attività commerciale facendo ferri di cavallo e accessori da barca? D'un tratto sentì una fitta di malinconia profonda per Kostos e per suo nonno, che senz'altro sognava di lasciare al nipote l'impresa di famiglia, perché lui la continuasse nel secolo nuovo che stava nascendo. Ma lei immaginava che Kostos non si fosse fatto accettare alla Facoltà di economia di Londra per poi passare la propria vita a fare il fabbro in un paesino greco.

Era come per suo padre: era diventato un rispettato avvocato di Washington, ma i nonni di Lena erano sconcertati dal fatto che non avesse aperto un ristorante. Anzi, erano ancora certi che al momento opportuno lo avrebbe fatto. «Può sempre rispolverare la sua predisposizione per la cucina» diceva fiduciosa la nonna ogni volta che capitava nel discorso la professione del figlio. C'era un baratro misterioso tra quell'isola e l'immenso mondo, come c'è tra vecchi e giovani, tra l'antico e il nuovo.

Lena esitò inquieta sulla porta che dava sul cortile. Di lì a poco Kostos si sarebbe preso la pausa per il pranzo. Lena arricciava tra le mani sudate l'orlo del sacchetto di carta. Era stranamente preoccupata del proprio aspetto. Non si era lavata i capelli quel mattino, e probabilmente dovevano sembrare sporchi, alle radici. E aveva il naso rosa, bruciato dal sole.

Il cuore prese a batterle forte non appena Kostos apparve sulla soglia. Sembrava coperto di fuliggine e fuori moda nei suoi abiti scuri. I capelli erano arruffati dall'elastico degli occhiali protettivi che ancora portava, e il volto era arrossato, lucido di sudore. Lena puntò gli occhi dentro quelli di lui. "Per favore, guardami." Lui non lo fece. Era troppo educato per non farle almeno un lieve cenno di saluto passando, e prendere atto della sua presenza. Ma ora era il turno di Kostos di ignorarla e non darle alcuna possibilità di comunicare.

«Kostos!» gridò infine Lena. Lui non rispose. Lei non capì se avesse sentito e avesse deciso di ignorarla, oppure se era lei che aveva aspettato troppo a chiamarlo.

Carmen correva, con la sensazione di non avere le gambe collegate al corpo. Corse senza fermarsi fino al torrente, saltò oltre l'acqua e si distese sulla riva opposta. Le venne in mente che così i Pantaloni magici si sarebbero sporcati, ma quel pensiero fu spinto via da milioni di altri pensieri e lei lo lasciò andare alla deriva. Alzò lo sguardo verso il cielo: un ricamo di foglie di quercia che risaltava in negativo. Allargò le braccia, come in croce.

Rimase lì per un bel po', qualche ora, non avrebbe saputo dire quanto. Avrebbe voluto pregare, ma si sentì in colpa perché lo faceva solo quando aveva bisogno. E non era nemmeno sicura di voler attirare su di sé l'attenzione di Dio: lei, la ragazza-che-prega-solo-quando-ha-bisogno-di-qualcosa. Magari lo avrebbe irritato. Forse avrebbe dovuto trattenersi, e pregare quando fosse riuscita a farlo solo per il desiderio di pregare, in modo che Lui la riprendesse in simpatia. Ma Dio (scusa, Dio), chi mai si ricorda di pregare quando le cose filano a gonfie vele? La gente buona, ecco chi si ricorda. E lei non era così.

Quando la luna ebbe raggiunto il punto più alto nel cielo e cominciò a calare, la furia di Carmen era placata e il suo cervello stava riprendendo a funzionare.

A pensarci, forse la cosa migliore era tornare a Washington. Ma il suo pensiero le diceva anche che aveva lasciato tutto – denaro, carta di credito e qualsiasi altra cosa indispensabile – a casa di Lydia e Al. Perché il suo caratteraccio e la sua mente razionale non lavoravano mai in coppia? Il caratteraccio si comportava come un ingordo che ordina un centinaio di pietanze in un ristorante costoso, per poi sparire non appena arriva il conto, lasciando la mente razionale a lavare i piatti.

"Nessuno ti inviterà a tornare" borbottava Carmen al caratteraccio, il gemello malvagio, la Carmen cattiva.

Forse avrebbe dovuto solo affidarsi sempre all'istinto. Lasciare che fosse il caratteraccio a governare le conseguenze, al posto del sé consapevole, razionale, che guidava il suo corpo per la maggior parte del tempo. Be', ogni tanto.

La Carmen razionale, oca com'era, dovette intrufolarsi nella casa addormentata alle tre di notte (la porta sul retro era aperta, l'aveva lasciata qualcuno di proposito?) e recuperare le sue cose in perfetto silenzio. La Carmen malvagia sperò che qualcuno la sentisse e litigasse con lei, la Carmen razionale le impedì di farlo succedere.

La Carmen razionale arrivò a piedi fino alla fermata dell'autobus e dormì su una panchina fino alle cinque, quando cominciavano le corse degli autobus locali. Andò in centro, alla stazione dei Greyhound, dove comprò in contanti un biglietto per Washington su un autobus che faceva non più di quindici fermate.

Era stata la Carmen razionale ad arrivare in South Carolina ed era la Carmen razionale ad andarsene. Ma le sue apparizioni erano state piuttosto rare.

Guardò fuori dal finestrino mentre l'autobus avanzava attraverso il centro di Charleston, grandi condomini addormentati, negozi e ristoranti, e si augurava che la Carmen dell'universo parallelo se la stesse passando meglio di lei insieme al padre single e un po' matto.

Bee,

sono distrutta. Non riesco nemmeno a scrivere. Voglio solo spedirti questo pacchetto con il mezzo postale più rapido e costoso. Lasciami dire solo che i Pantaloni non hanno saputo convincermi a comportarmi come una persona amabile e come si deve. Spero che tu ne faccia un uso migliore. Che cosa ti auguro? Mmm, spero che questi Pantaloni ti portino...

Coraggio? No, ne hai fin troppo.

Energia? No, ne hai fin troppa.

Nemmeno amore. Già così ne dai e ricevi a camionate.

Okay, senti un po'. Spero che ti portino buonsenso.

È una noia mortale, mi stai gridando, e lo so. Ma lasciami dire, sulla base delle mie più recenti esperienze, che un briciolo di buonsenso non è male. E comunque tutti gli altri assi fortunati dell'universo li hai già, Bee.

Indossali come meritano. Baci,

Carma

La vita è così... non saprei.
Kelly Marquette,
alias Skeletor

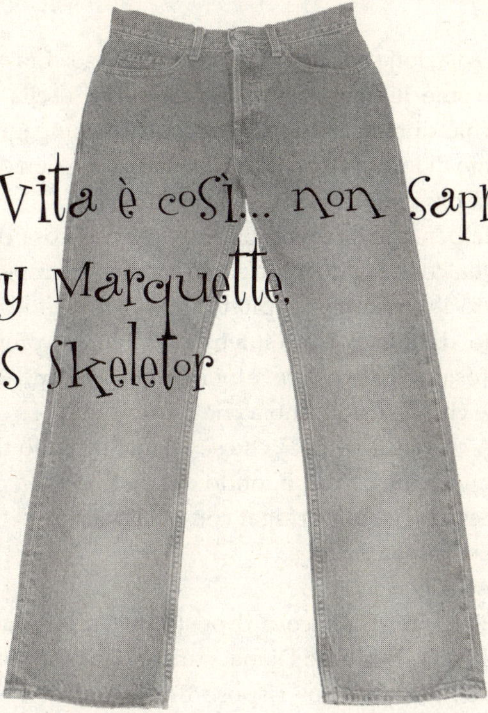

A colazione, Bridget pensava al sesso. Era vergine, come le sue migliori amiche. Era uscita con un mucchio di ragazzi diversi, di solito in compagnia. Con un paio di loro era andata oltre il bacio, ma non di molto. Spinta più dalla curiosità che dal desiderio.

Ma per Eric il suo corpo provava qualcosa di diverso. Qualcosa di più grande, più scosceso, tempestoso di quanto le fosse mai capitato. Il suo corpo desiderava quello di Eric con un'intensità evidente, prepotente, dolorosa, ma non sapeva nemmeno lei bene che cosa stesse chiedendo, e fino a che punto.

«A che cosa pensi?» chiese Diana, facendo tintinnare il cucchiaio contro il fondo del piatto.

«Sesso» rispose Bridget con onestà.

«Lo immaginavo.»

«Ah sì?»

«Sì. C'entra qualcosa il posto in cui hai passato la notte scorsa?» chiese Diana, curiosa ma non invadente.

«Be', più o meno» rispose Bridget. «Eric l'ho visto, ma non abbiamo fatto sesso.»

«Avresti voluto?» chiese Diana.

Bridget annuì. «E credo che stanotte potrebbe essere la notte.» Cercò di mostrare sicurezza, ma senza spavalderia.

«Stanotte potrebbe essere che notte?» chiese Ollie, sedendosi e posando il suo vassoio.

«La mia notte di sesso, Oh-livia» rispose Bridget.

«Credi?» chiese Ollie.

«Sì.» Bridget non voleva parlare di quello che era successo la notte prima. Le sembrava troppo intimo per raccontarne i dettagli.

«Sono proprio curiosa di sapere» esclamò Ollie in tono dubbioso, di sfida.

E Bridget non poté resistere alla tentazione di fare la disinvolta. «E io non vedo l'ora di raccontare.»

Sherrie, mentre usciva, si fermò al loro tavolo. «Bridget, ti è arrivato un pacchetto.»

Lei si alzò. Un sospetto le fece correre un brivido lungo la nuca. Era quasi sicura che non potessero già essere i vestiti che aveva chiesto al padre. Suo padre era il classico olandese avaro, quindi era escluso che le avesse mandato un pacco per posta celere. Ma allora...

Bridget corse a piedi nudi fino all'edificio principale e si fermò inquieta di fronte al bancone. «Salve!» strillò per attirare attenzione. La pazienza sarà anche stata una virtù, ma non la sua.

Eve Pollan, l'assistente di Connie, uscì dall'ufficio. «Sì?»

Bridget non riusciva a tenere fermi i piedi. «C'è un pacco per me? Sono Bridget Vreeland. V-R-E-E...»

«Eccolo.» Eve sgranò gli occhi: c'era un unico pacco sullo scaffale, e glielo passò.

Bridget lo squarciò lì dov'era. Sì! Erano i Pantaloni! Belli. Aveva sentito la loro mancanza. Erano già un po' sporchi, soprattutto sul sedere... qualcuno doveva essersi seduto per terra. Il pensiero la fece ridere e nello stesso tempo le inflisse una fitta di nostalgia per le amiche. Era davvero come avere lì un pezzetto di Lena, Carmen e Tibby. Anche se era difficile che Carmen si facesse trovare con una macchia di fango sul sedere. Dovevano essere state Lena o Tibby. Bridget si infilò i Pantaloni sopra calzoncini bianchi di nylon.

C'era anche una lettera. La infilò in tasca per dopo.

«Sono forti o no questi pantaloni?» chiese a Eve, giusto perché quell'acidona era l'unica persona nei dintorni.

Eve si limitò a guardarla.

Bridget tornò di corsa alla baracca a recuperare scarpe da calcio e maglietta verde. Quel giorno iniziava il primo girone della Coyote Cup. Le Tacos avrebbero giocato contro la squadra cinque, le Pulci di Mare. «Diana! Guarda un po'!» disse Bridget, camminando sinuosa sotto il naso della compagna.

«Sono i Pantaloni Viaggianti?» chiese lei.

«Sì! Cos'altro potrebbero essere?»

Diana la squadrò da capo a piedi. «Be', sono jeans, direi. Anche se ti stanno benissimo, certo.»

Bridget era raggiante. S'infilò al volo le scarpe da calcio e corse in campo.

«Bridget, che intenzioni hai?» le chiese Molly nell'istante in cui la vide.

«Cosa intendi?» chiese Bridget, sbattendo gli occhi con aria innocente.

«Hai i jeans, qui fuori ci saranno quasi quaranta gradi e stiamo per giocare la nostra prima vera partita.»

«Sono pantaloni speciali» spiegò Bridget con pazienza. «Sono come… magici. Mi faranno giocare meglio.»

Molly scosse la testa. «Bridget, giochi fin troppo bene anche senza. Toglili.»

«Dai.» Bridget batteva i tacchetti. «Per favore. Per favore?»

Molly tenne duro. «No.» Non riusciva a trattenersi dal ridere. «Sei una bella gatta da pelare, ragazzina.»

«Mmm.» Immusonita, Bridget si sfilò i jeans e li ripiegò con cura a bordo campo.

Prima di spedirla a raggiungere le altre, Molly le passò un braccio attorno alle spalle. «Giocati la palla, Bee» le disse, «ma non lasciarti prendere la mano, hai capito?»

Bridget ebbe la netta sensazione che un giorno Molly sarebbe diventata una brava nonna. Peccato che al momento avesse solo ventitré anni.

Al fischio, Bridget partì come un razzo, ma non si fece prendere la mano. Passò alle compagne, servì loro magnifici assist per tutta la partita. Fu un atto di sacrificio: si sentiva come Giovanna d'Arco.

Le Tacos si erano piazzate al primo posto nelle amichevoli, le Pulci al sesto, perciò era normale che le Tacos fossero in vantaggio, ma quando arrivarono al 12-0, Molly le chiamò a bordo campo. «Bene, un po' di stile, ragazze. Evitiamo di essere crudeli.» Guardava Bridget. «Vreeland, prendi il posto di Rodman.»

«Cosa?» esplose Bridget. Birittany Rodman era il portiere. Era quello il ringraziamento che le spettava?

Molly fece la faccia da niente-storie-con-me.

«Bene» sibilò Bridget, e si avviò di malumore verso la porta. Non aveva mai giocato in quel ruolo in tutta la vita.

Fu proprio quello il momento che Eric scelse per

venire a dare un'occhiata. Vedendola in porta, con una mano puntata sul fianco poggiato in fuori, non riuscì a trattenere un sorriso. Lei lo fulminò con un'occhiataccia. Lui le rispose a sua volta con un'occhiataccia. Dolce, però.

Lei era occupata a fargli le facce, quando una palla arrivò sfrecciando verso di lei. Bridget aveva buoni riflessi: difficile reprimerli. Afferrò la palla al volo.

Quando vide la delusione dipinta sulla faccia di tutti, Molly compresa, si lanciò la palla alle spalle, direttamente in porta. Tutti esplosero in urla e risate di gioia. Il fischio lungo decretò la fine della partita. «Dodici a uno per i Tacos» urlò l'arbitro.

Bridget guardò Eric. Lui alzò i pollici in segno di approvazione. Lei gli fece un inchino.

I Pantaloni portavano fortuna, perfino da bordo campo.

«Carmen! Santo cielo! Cosa ci fai qui?»

Tibby era in mutande e maglietta quando Carmen irruppe in camera sua. Si era fermata a casa appena il tempo necessario per disfare la valigia e telefonare alla madre al lavoro.

Si gettò sull'amica, rischiando di falciarla e buttarla per terra. Schioccò un bacio sulla guancia di Tibby e cominciò subito a piangere.

«Oh, Carma» esclamò Tibby guidando l'amica verso il letto disfatto per farla sedere.

Carmen piangeva sul serio. Singhiozzava, rabbrividiva e cercava di prendere boccate d'aria come una bambina di quattro anni. Tibby la circondò con le braccia, avvolgendola nel suo profumo e in quel suo modo affettuoso, e Carmen fu così sollevata di essere in un posto sicuro con qualcuno che la conosceva davvero, in sincerità, che si lasciò andare. Era la bambina che si è persa in un grande magazzino, e non aspetta altro che di essere al sicuro accanto alla madre per versare un fiume di lacrime.

«Cosa c'è? Cosa c'è? È stato così un disastro?» chiese Tibby dolcemente quando i singhiozzi si smorzarono.

«È stato orribile» piagnucolò Carmen. «Una pena.»

«Raccontami cosa è successo» chiese Tibby. I suoi occhi, a volte distanti, ora erano lucidi, dilatati dalla preoccupazione.

Carmen si concesse qualche altro respiro profondo per riprendere la calma. «Ho buttato un sasso contro la finestra mentre loro erano a cena.»

Non era quello che Tibby si aspettava di sentire. «Davvero? Perché?»

«Perché li odio. Lydia, Krista.» Pausa. «Paul. Quella loro vita insulsa» borbottò Carmen imbronciata.

«Sì, ma... voglio dire, cos'è che ti ha fatto tanto arrabbiare?» chiese Tibby, strofinandole la schiena.

Carmen sbatté le palpebre. Che domanda. Da dove cominciare? «Loro... loro...» Dovette fermarsi a raccogliere le idee. Perché Tibby doveva interrogarla? Perché non poteva essere come chiunque altro e accettare i sentimenti di Carmen come prova del fatto che le cose non andavano e basta? «Perché mi fai tutte queste domande? Non mi credi?»

Gli occhi di Tibby si spalancarono ancora di più. «Certo che ti credo. Sto solo... cercando di capire che cosa è successo.»

Carmen rizzò gli aculei. «Ecco che cosa è successo.

Sono andata in South Carolina con l'idea di passare l'estate con mio padre. Arrivo lì e... sorpresa! È andato a vivere con la sua nuova famiglia. Due figli, una bella casa grande, i preparativi...»

«Carmen, so tutto. Ho letto le tue lettere, lo giuro.»

Per la prima volta Carmen notò che Tibby aveva l'aria stanca. Non come uno che ha fatto tardi una sera: stanca dentro. Le lentiggini spiccavano contro la pelle bianca del naso e delle guance.

«Lo so. Mi spiace» si affrettò a dire Carmen. Non voleva battibeccare con Tibby, aveva bisogno del suo affetto. «A te va tutto bene?»

«Sì. Tutto okay. Strano. Va bene, immagino.»

«Com'è al Wallman's?»

Tibby scrollò le spalle. «Profonda disperazione. Come al solito.»

Carmen fece un gesto verso la gabbia del porcellino d'India. «E il topo?»

«Mimì sta bene.»

Carmen si alzò e abbracciò Tibby di nuovo. «Mi dispiace per la scena. Sono così felice di vederti. Avevo così tante cose da riversarti addosso e non riuscivo a dirne neppure una sensata.»

«Non importa, è tutto okay» rispose Tibby strizzandola forte, poi si sedette sul letto. «Raccontami solo quello che è successo e io ti dirò che tu sei un tesoro e tutti gli altri dei mostri» promise: così era già più simile alla se stessa di sempre.

"Non sono un tesoro." Erano le parole che avrebbero voluto salire in superficie come bolle, ma Carmen le trattenne. Con un sospiro si lasciò cadere lunga distesa sul letto. La coperta di lana pizzicava. «Direi che mi sentivo… invisibile, là» rispose lentamente, riflettendo. «Nessuno mi prestava attenzione. Nessuno mi ascoltava quando dicevo di essere infelice o protestava quando io mi comportavo da bambinetta capricciosa. A loro interessa solo che tutto sembri perfetto.»

«Quando dici "loro" intendi Lydia? Tuo padre?» Tibby lasciò che l'ultima parola indugiasse nell'aria.

«Sì. Lydia, soprattutto.»

«Ce l'hai anche con tuo padre?» chiese cauta Tibby.

Carmen si alzò a sedere. Perché Tibby non poteva condividere la sua furia e basta? Tibby era una maestra della rabbia. Giudicava gli altri senza alcun motivo, era pronta a distribuire disprezzo per niente. Odiava i tuoi nemici più di quanto li odiassi tu. «No, non ce l'ho con mio padre! Ce l'ho con quella gente!» sbottò Carmen. «Non voglio avere niente a che fare con loro. Voglio che si levino di torno e lascino me e mio padre insieme, da soli.»

Tibby si allontanò un po'. Sembrava guardinga. «Carma, tu credi… insomma, pensi davvero…» Tibby spostò i piedi sul letto. «Credi che sia possibile che questa non sia la cosa peggiore del mondo?» chiese, tenendo lo sguardo basso. «Voglio dire, in confronto alle cose davvero gravi?»

Carmen la fissò a bocca aperta. Da quando Tibby era diventata miss Prospettiva Corretta? Miss Giudizio Equilibrato? Se c'era una che si autocompativa e buttava sempre la colpa sugli altri, quella era Tibby. Perché ora faceva la filosofa, quando lei aveva soltanto bisogno di essere ascoltata?

«Dove hai nascosto la vera Tibby?» chiese infine Carmen, con l'umore a terra, e uscì dalla stanza.

Cara Lena,

il film va avanti, ma non è come pensavo. Bailey si è autoeletta mia assistente e ho affidato a lei l'intervista a Duncan, Vicedirettore dell'Universo Intero. Non è venuta divertente come la immaginavo, ma per certi versi non è male. Le persone che io trovo di una follia ridicola per lei sono interessanti.

Come sta il baldo pugile Bapi? E l'ineffabile Eff? Non torturarti, Len. Noi ti vogliamo troppo bene.

Tibby

Quel pomeriggio c'era la partita contro le Balene Grigie. Nel frattempo le Cocos, la squadra di Eric, avevano vinto anche loro. L'indomani avrebbero sfidato la squadra sei, le Ossa del Cranio. La finalissima della Coyote Cup era fissata per l'indomani. Bridget dava per scontato che le Tacos avrebbero giocato la finale.

Aspettarono le sei perché il sole calasse e l'aria si rinfrescasse un po', prima di cominciare. L'intero campeggio era venuto ad assistere, questa volta. La bella luce rosa tagliava obliqua il campo. Bridget guardò Eric, seduto su una coperta a quadri insieme a un paio di altre persone. Rideva di qualcosa che aveva detto Marci. La gelosia le trafisse il cuore. Non voleva che altre ragazze lo facessero ridere.

Aveva portato di nuovo i Pantaloni con sé. Li piegò accuratamente a bordo campo.

Molly la osservava. A Bridget non piaceva l'espressione che le leggeva in faccia. Aveva intenzione di farla giocare come portiere per tutta la partita?

«Bridget, tu giochi in difesa.»

«Cosa? Non se ne parla.»

«Certo che se ne parla. Vai e non oltrepassare il mezzocampo» aggiunse Molly con fare paternalistico, come se Bridget non avesse mai visto una partita in vita sua.

«Vai, Bridget!» strillò Diana da bordo campo. Era sdraiata a pancia in giù sull'erba, con un gruppetto di altre ragazze che mangiavano nachos con salsa piccante.

Bridget si schierò in difesa e muffì là dietro per tutta la partita, mentre Ollie, Jo e altre ragazze giocavano per la gloria. Quantomeno ebbe la soddisfazione di annientare l'offensiva delle Balene.

Entro la metà del secondo tempo erano 3-0. Bridget adocchiò la sua chance, troppo bella per lasciarsela scappare. Ci fu un breve contrasto a bordo campo che attirò lì praticamente tutte. Bridget si trovò a mezzocampo con il terreno quasi completamente libero fino alla porta. Ollie intercettò un passaggio all'interno e notò Bridget con la coda dell'occhio. Badando a mantenersi entro la riga di mezzocampo, Bridget catturò abilmente la palla e la spedì con un arco alto e veloce verso la porta. La folla tacque. Gli occhi di tutti erano inchiodati alla palla. Il portiere prese lo slancio e saltò. La palla volò più alta e s'infilò nell'angolo della rete.

Bridget guardò Molly: era l'unica a bordo campo che non stesse esultando.

«Bee! Bee! Bee!» inneggiavano Diana e le sue amiche.

Subito dopo, Molly fece uscire Bridget dal campo. Lei si chiese vagamente se l'anno successivo sarebbe stata convocata al campeggio. Si sedette sull'erba a mangiare nachos e salsa piccante, godendosi la bocca in fiamme e gli ultimi raggi di sole sulle spalle.

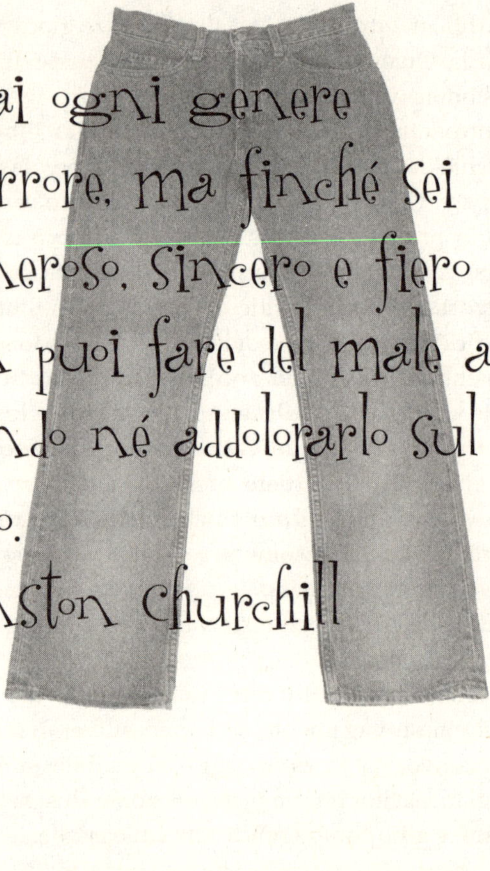

Farai ogni genere
di errore, ma finché sei
generoso, sincero e fiero
non puoi fare del male al
mondo né addolorarlo sul
serio.
Winston Churchill

Lena doveva tornare a dipingere. Non faceva altro che ciondolare, giorno dopo giorno, sperando di vedere Kostos, in attesa che lui si degnasse di rispondere al suo sguardo, in attesa di scoprire che lui aveva raccontato a tutti cosa era successo tra loro... quasi lo desiderava. Per metà del tempo si convinceva che non era possibile convincere i nonni, così impassibili, così irremovibili, a parlare di nuovo dell'argomento. E per metà del tempo sapeva di mentire a se stessa. Erano solo alibi per il proprio disagio.

Non poteva bere l'ennesimo caffè con Effie al bar del cameriere carino. Non poteva spendere l'ennesimo pomeriggio sulla rovente sabbia nera della spiaggia di Kamari. Non poteva fare l'ennesima passeggiata inutile oltre la casa dei Dounas e poi giù fino alla fucina. Penoso, ecco cos'era. Doveva tornare a dipingere.

Sarebbe tornata al suo oliveto vicino al laghetto. Di tutti i quadri che avesse mai fatto, quello dell'oliveto era il suo preferito. Era leggermente sbavato, ma era sopravvissuto al suo attacco d'ira. Quel giorno infilò nello zaino un cappello e un costume da bagno. Non si sa mai. Si sentiva coraggiosa, a tornare là. Bastava poco a farla sentire coraggiosa.

La salita le parve più ripida di nove giorni prima. Il

passaggio dalle rocce al prato fu ancora più suggestivo. Quando le apparve il pittoresco boschetto, Lena sentì scorrerle nel sangue un'energia speciale. Tornò nel punto esatto dove era stata la volta prima. Vide i tre buchi lasciati sul terreno dal cavalletto. Preparò accuratamente la tela e strizzò sulla tavolozza nuovi cumuli di colore. Amava l'odore del colore. Era una cosa buona.

Mescolò quella precisa sfumatura di argento, il bruno per dare calore, il verde e il blu: quelle foglie d'olivo richiedevano più blu di quanto immaginasse. Ognuna sembrava riflettere un minuscolo pezzo di cielo. La lenta ipnosi della concentrazione stava prendendo possesso di lei. Era la sensazione che la faceva sentire più sicura, uno stato mentale in cui lei amava rimanere molto più a lungo della maggior parte degli esseri umani. Si sentiva come una di quelle strane rane che vanno in letargo, e il loro cuore smette di battere per un inverno intero. Le piaceva, stare così.

Sentì un tonfo nell'acqua. Alzò lo sguardo, cercando di richiamare all'erta i propri sensi. Batté le palpebre, obbligando gli occhi a recuperare la visione tridimensionale di ciò che era tridimensionale. Un secondo tonfo. C'era qualcuno che nuotava nel laghetto?

C'erano poche cose che Lena detestava più del fatto di godere di un perfetto isolamento e scoprire che non era così.

Si allontanò di pochi passi dal cavalletto e spiò da dietro un tronco per avere almeno una visione parziale del laghetto. Vide una testa. La testa di un essere umano. Vista da dietro. Una vampata di frustrazione le serrò la mascella. Voleva che quel posto fosse suo.

Perché la gente non poteva lasciarla in pace?

Avrebbe dovuto andarsene in quell'istante esatto. Invece fece due passi avanti per avere una visione migliore. La visione migliore si voltò e d'un tratto assunse le sembianze di Kostos. In quel momento anche lui riconobbe Lena che lo fissava stupefatta.

Questa volta era lui a essere nudo nel laghetto dall'acqua bassa, e lei era vestita, ma come l'altra volta, fu lei a ritrarsi avvampando, e lui a rimanere lì calmo.

L'altra volta lei se l'era presa con Kostos, ora se la prese con se stessa. L'altra volta aveva pensato che lui fosse uno sciocco leggero e presuntuoso, ma questa volta capì che era lei ad esserlo. L'altra volta si era fissata ossessivamente sul proprio corpo esposto alla vista altrui; ora pensava a quello di Kostos.

L'altra volta lui non era venuto a spiarla. Non l'aveva seguita. E probabilmente era rimasto stupito quanto lei nel vederla.

Finora aveva pensato che fosse stato lui a invadere il suo posto speciale. Ora sapeva che era stata lei a invadere quello di Kostos.

Lena,

ho la sensazione che sarà una gran notte. Non so cosa succederà, ma ho i Pantaloni, che è un po' come avere te, Tib e Carmen, perciò le cose non possono andare male.

Mi mancate tutte da morire. Sono passate quasi sette settimane. Mangia un pezzo di spanakópita anche per me, d'accordo?

Bee

Bridget strisciò nel sacco a pelo, con Pantaloni e

canottiera. Rientrava nella natura magica dei Pantaloni che con quel caldo dessero la sensazione di essere larghi e freschi. Aveva il sospetto che col freddo diventassero caldi e avvolgenti.

Non riusciva a dormire, ovviamente. E non riusciva nemmeno a rimanere sdraiata. Se se ne fosse andata in giro per il campeggio, sapeva che l'avrebbero sorpresa prima ancora che potesse fare sul serio qualcosa di male. Così si spinse sul promontorio. Si sedette su una roccia, arrotolò i Pantaloni fino alle ginocchia e lasciò penzolare i piedi nell'acqua. D'un tratto le dispiacque di non avere una canna da pesca.

Ricordò il paesino sulla costa orientale della Chesapeake Bay dove lei e suo fratello andavano quando lei era piccola. Andavano a pescare tutti i giorni. Per quanto ricordava lei, era l'unica attività all'aperto che piacesse a suo fratello. Era lui a prendere i pesci migliori. Aveva imparato a pulirli. Lei, invece, tutti i giorni ributtava i suoi in acqua. Per molto tempo, da allora, lei si era immaginata con una punta di rimorso tutti i pesci del fiume Wye che se ne andavano in giro con un buco nel labbro.

Non riusciva a evocare l'immagine di sua madre là, pur sapendo che c'era. Forse era in uno di quei suoi periodi di stanchezza, in cui rimaneva a letto tutto il giorno con le persiane chiuse per difendere gli occhi dalla luce.

Bridget sbadigliò. Quell'energia frenetica stava scivolando fuori dal suo corpo, lasciandole una profonda spossatezza. Forse avrebbe fatto meglio ad andare a dormire, a rimandare l'avventura all'indomani.

Oppure poteva andare subito da lui. Di nuovo, quel

pensiero le apparve come una sfida. Non poteva ignorarlo. "Penso, dunque faccio." Il fremito di eccitazione le ripartì dai piedi, serrandole i polpacci affaticati in un crampo.

Tutte le luci erano spente. Era tardi. Si voltò a guardare il suo sacco a pelo solitario in mezzo alla spiaggia. Tornò indietro in punta di piedi lungo gli scogli scivolosi.

Lui la stava aspettando? Sarebbe andato su tutte le furie. O forse si sarebbe arreso. Oppure tutte e due le cose.

Gli metteva fretta, lo sapeva. E metteva fretta a se stessa. Difficile fermarsi.

Come un fantasma, scivolò silenziosa davanti alla porta della capanna di Eric. Lui non dormiva. Era seduto. Appena la vide, scivolò giù dal letto. Bridget saltò giù dal piccolo portico e si avviò tra le palme verso la parte di spiaggia più fitta di alberi. Lui la seguì, senza maglietta: portava solo i boxer. Non era costretto a seguirla.

Il cuore di Bridget faceva le fusa. Tese una mano verso di lui. «Sapevi che sarei venuta?» chiese.

Faticava a distinguere i lineamenti di Eric, nell'oscurità.

«Non volevo» rispose lui. Fece una lunga pausa. «E lo speravo.»

Nelle sue fantasie romantiche, l'immaginazione di Bridget giocava sempre con i tasti del telecomando, mandando avanti veloce la pellicola per poi riavvolgerla, tante volte. Con la fantasia, Bridget tornò mille volte a quel primo bacio appassionato, rendendolo sempre più perfetto. Ma non andò oltre.

Per molte ore, dopo avere lasciato Eric, rimase sveglia nel sacco a pelo. Tremava. Aveva gli occhi pieni di lacrime. Ecco che cominciavano a scendere. Lacrime di tristezza, di disagio, d'amore. Erano il genere di lacrime che le venivano quando si sentiva troppo gonfia: aveva bisogno di fare un po' di spazio. Guardò il cielo. Era più grande, quella notte. Quella notte i suoi pensieri si avventuravano negli spazi infiniti e, come diceva Diana, non trovavano alcun ostacolo su cui rimbalzare per tornare indietro. Andavano avanti e avanti, finché nulla sembrava più reale. Neppure il pensiero.

Bridget si era stretta a Eric, piena di desiderio, insicura, spavalda e impaurita. C'era una tempesta nel suo corpo, e quando era diventata troppo violenta, lei era andata via. Si era lasciata levitare fino alle fronde delle palme. Lo aveva già fatto altre volte. Avrebbe lasciato affondare la nave senza il capitano.

Quello che era successo con Eric era insondabile, indescrivibile. Ora tutto questo era lì con lei, incerto, desideroso di qualcuno che se ne prendesse cura: ma Bridget non sapeva come.

Richiamò indietro i propri pensieri, raccogliendoli ad anello come il filo di un aquilone.

Si arrotolò il sacco a pelo sotto il braccio e tornò furtiva alla baracca. Si distese sul letto. Quella notte non avrebbe concesso ai suoi pensieri di avventurarsi oltre le travi sbiadite del soffitto.

Tibby,

mi sento così idiota. Sono stata così vanitosa da pensare che Kostos fosse troppo innamorato di me per resistere e mi avesse seguita per spiarmi al laghetto.

Poi sono tornata lì e l'ho trovato a nuotare. Sì, nudo. Probabilmente, d'estate nuota lì ogni pomeriggio. E io avevo pensato che seguisse me.

Un'ultima cosa che sarebbe facile dimenticare, tra lui nudo (Oh... mio... Dio!) e tutte quelle urla (mie) e i comportamenti idioti (sempre miei): indovina un po'? Kostos mi ha guardata dritta negli occhi. Finalmente, dopo giorni e giorni, mi ha guardata.

Se tu fossi qui, mi faresti ridere. Mi manchi.

Un abbraccio,
Lena

P.S. Hai notizie fresche di Bee?

Il telefono squillava. Carmen controllò il numero sul display, sapendo che non poteva essere per lei. Chi avrebbe potuto chiamarla? Tibby? Lydia? Krista, forse? Era il capo di sua madre. Era sempre lui. La madre di Carmen faceva la segretaria in un ufficio legale e il suo capo sembrava convinto che dovesse fargli anche da babysitter.

«C'è Christina?» chiese l'avvocato Brattle, con il suo solito tono frettoloso.

Carmen diede un'occhiata all'orologio sopra il frigo. Erano le dieci e un quarto. Perché doveva chiamare alle dieci e un quarto? Probabilmente aveva perso come al solito qualche appunto, schiacciato il pulsante sbagliato sul computer o dimenticato come allacciarsi le scarpe. «È andata a trovare la nonna in ospedale. È molto malata» rispose Carmen con voce addolorata, per quanto sua madre fosse al piano di sopra a guardare la televisione e la nonna avesse ottime probabilità di sopravvivere ai nipoti. Carmen adorava mettere in imbarazzo Brattle, o farlo sentire in colpa per avere chiamato. «Dovrebbe tornare per mezzanotte: le dirò di chiamarla.»

«No, no» si affrettò a rispondere lui. «Le parlerò domattina.»

«Okay.» Carmen tornò al suo cibo. L'unica cosa buona di Brattle era che pagava sua madre un mucchio di soldi e non rifiutava mai di darle un passaggio a casa. Per paura, più che per generosità, sospettava Carmen, ma chi era lei per dubitare?

Aveva schierato sul tavolo della cucina quattro possibili spuntini. Un mandarino, un pacchetto di cracker Goldfish, un pezzo di formaggio cheddar e una confezione di albicocche secche. Il tema della serata era l'arancio.

Nelle due settimane scarse da quando era tornata, nemmeno una delle cose che si era messa in bocca le era sembrata buona. A cena quella sera aveva a malapena trangugiato un boccone, e ora aveva fame. Mmm. Optò per le albicocche secche e ne estrasse una dalla confezione. La pelle era liscia, ma quando se la mise in bocca l'albicocca sembrava di gomma. D'un tratto ebbe la netta sensazione di masticare l'orecchio di qualcuno. La sputò nella spazzatura e mise via tutto il resto.

Andò al piano di sopra e guardò dentro la camera di sua madre. In tv passavano un vecchio episodio di *Friends*. «Ciao, tesoro. Vuoi guardare la tele con me? Ross non faceva sul serio con Rachel, l'ha presa in giro.»

Carmen attraversò il corridoio ciondolando. Le madri teoricamente non dovrebbero interessarsi di Ross o Rachel. Il telefilm piaceva anche a lei, prima, finché la madre non aveva cominciato a guardare le repliche. Carmen si lasciò cadere sul letto, ma le toccò di coprirsi la testa con il cuscino quando la risata a squarciagola della madre trapanò il muro.

Carmen si era ripromessa che non si sarebbe lasciata innervosire dalla madre. Non si sarebbe mostrata irritabile, lamentosa. Niente sospiri, niente occhi sgranati. Doveva essere amata almeno da uno dei due genitori. Promessa facile finché era stata sola, ma quando si era ritrovata di fronte sua madre in carne e ossa era diventato impossibile mantenerla. Sua madre faceva sempre qualcosa di imperdonabile, tipo ridere a squarciagola di fronte a *Friends* oppure dare un nome proprio al suo computer.

Carmen, seduta nel letto, guardava il calendario. Non aveva fatto nulla per segnare il giorno del matrimonio di suo padre, ma aveva l'impressione che le saltasse sempre all'occhio. Ancora tre settimane soltanto. A lui sarebbe importato qualcosa che Carmen non ci fosse?

Suo padre aveva avuto una breve conversazione telefonica con la madre il giorno che Carmen era andata via, solo per assicurarsi che fosse arrivata a casa sana e salva. Poi aveva richiamato una settimana prima per discutere con Christina di una questione economica: il dentista. Carmen ascoltò incredula tutto quello che riuscivano a trovare da dirsi quei due sul tema "deducibile". Ma il padre non aveva chiesto di parlarle.

Avrebbe potuto telefonargli lei, certo. Avrebbe potuto chiedere scusa o almeno dare una qualche spiegazione. Non l'aveva fatto.

Il senso di colpa, quasi fosse il gatto che lei non

aveva mai avuto, le si strusciò intorno alle gambe, balzò sul letto e si insinuò accanto a lei. "Vattene" gli disse, immaginandolo strofinarsi al suo fianco, passarle la coda sulla guancia. Il senso di colpa voleva starle vicino quando lei meno lo desiderava. I gatti adorano le persone allergiche.

Non lo avrebbe tenuto con sé. Nemmeno per sogno. Lo avrebbe messo fuori della stanza, e che graffiasse la porta quanto gli pareva.

Non invitata, le apparve nella mente l'immagine del padre, del suo viso attraverso la finestra infranta. Era più che sorpreso. Non riusciva a capire. Era convinto che Carmen fosse migliore.

"Okay, sali." Il senso di colpa le impastò lo stomaco con le zampe e si accoccolò per restare a lungo.

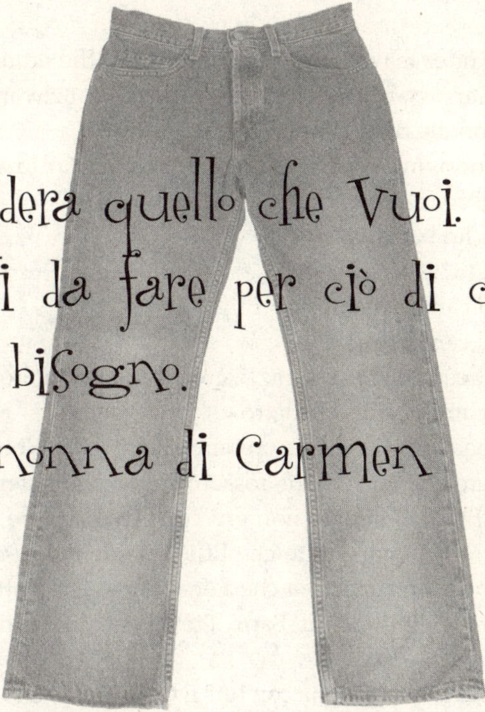

Desidera quello che vuoi.
Datti da fare per ciò di cui
hai bisogno.
La nonna di Carmen

«Indovina un po'?» Le guance di Effie erano molto arrossate, mentre i suoi piedi danzavano sulle mattonelle del pavimento.

«Indovina cosa?» chiese Lena, alzando lo sguardo dal libro.

«L'ho baciato.»

«Chi?»

«Il cameriere!» gridò Effie.

«Il cameriere?»

«Il cameriere! I ragazzi greci baciano molto meglio degli americani!» dichiarò.

Lena non riusciva a credere alla sorella. Non poteva credere che lei ed Effie fossero frutto degli stessi genitori. Evidentemente non era così. Una di loro doveva essere adottata, e dato che Effie era identica a mamma e papà, non rimaneva che Lena. Forse era frutto di un amore illegittimo di Bapi. Forse era davvero nata a Santorini.

«Effie, ma sei stata con lui? E Gavin? Sai, il tuo fidanzato?...»

Effie scrollò le spalle, estasiata. La felicità la rendeva impermeabile al senso di colpa. «Sei stata tu a dire che Gavin puzzava di cotenna di maiale.»

Era vero. «Ma Effie, non sai nemmeno come si chiama, questo qui! Lo chiami cameriere? Non è un po' selvaggio?»

«Lo so, come si chiama» rispose Effie, imperturbabile. «Si chiama Andrea. E ha diciassette anni.»

«Diciassette! Effie, tu ne hai quattordici» disse Lena. Suonava perfino a se stessa come la preside di una scuola di educande.

«E allora? Kostos ne ha diciotto.»

Ora le guance di Lena erano altrettanto rosse. «Be', io con Kostos non ci sono stata» balbettò.

«Colpa tua» disse Effie, e uscì.

Lena gettò il libro a terra. Tanto non stava davvero leggendo. Era troppo infelice, troppo preoccupata.

Effie aveva quattordici anni e aveva già baciato molti più ragazzi di lei. Lena in teoria era quella carina, ma era Effie quella che aveva sempre il fidanzato. Effie sarebbe diventata la classica vecchia signora felice, con una grande famiglia, circondata da persone che la amavano, mentre Lena sarebbe stata la zitella stramba e rinsecchita che veniva invitata solo per compassione.

Prese il materiale da disegno e lo sistemò, fissando il panorama che vedeva dalla finestra, ma quando posò sul foglio il carboncino le sue dita non tracciarono la linea dell'orizzonte. Disegnarono invece il contorno di una guancia. Poi un collo. Un sopracciglio. Una mascella. Poi un filo d'ombra su quella mascella.

La sua mano volava. Stava disegnando con molta più scioltezza del solito. L'attaccatura dei capelli... così. Una narice... così. Un lobo... Chiuse gli occhi per ricordare l'esatta forma del suo orecchio. Ebbe l'impressione che il respiro le si fermasse. Il cuore smise di battere. Il profilo delle spalle di lui riempì il fondo della tela.

Ora la sua bocca. La bocca era sempre la parte più difficile. Lena chiuse gli occhi. La sua bocca…

Quando li riaprì immaginò di vedere il vero Kostos in piedi sotto la finestra. Poi capì che il vero Kostos *era* in piedi sotto la finestra. Lui alzò lo sguardo. Lei lo abbassò. Poteva vederla? Vedeva che stava disegnando? Oh, no.

Il cuore di Lena ripartì con un sussulto e si mise a correre a tutta velocità. Lei si chiese vagamente se il cuore delle rane che d'inverno vanno in letargo quando è estate batte al doppio della velocità.

La sera prima erano amiche. Quel mattino, avvoltoi.

«E allora, che cosa è successo?» chiese Ollie, piombando sul letto di Bridget prima ancora che lei avesse aperto completamente gli occhi.

Diana si stava vestendo, ma quando vide che Bridget era quasi sveglia si avvicinò.

Perfino Emily e Rosie migrarono verso il suo letto. Le ragazze che non corrono mai rischi amano e odiano insieme quelle che rischiano.

Bridget si alzò a sedere. La notte prima stava lentamente tornando a galla. Nel sonno lei era tornata a essere la Bridget di ieri.

Guardò le altre ragazze, i loro occhi curiosi… quasi famelici.

Bridget aveva visto troppi film. Non aveva immaginato che il suo incontro con Eric sarebbe stato… personale. Credeva che sarebbe stato una scampagnata, un'avventura di cui vantarsi con le amiche. Si aspettava di sentirsi forte, e invece non era così. Si sentiva come se le avessero strofinato il cuore con la paglietta per i piatti.

«Dai» incalzò Ollie. «Racconta.»

«Bridget?» Era Diana.

La voce di Bridget era sepolta in profondità, quel mattino, e non tagliente come al solito sulla sua lingua. «N-niente» riuscì a dire. «Non è successo niente.»

Bridget vide che Ollie stava soppesando l'aria spiritata negli occhi dell'amica. Non era sesso; era delusione.

Gli occhi di Diana dicevano invece che era incerta. Il suo intuito le suggeriva qualcos'altro. Ma Diana non era un tipo sospettoso. Aspettò che le altre andassero via, poi sfiorò la spalla di Bridget. «Tutto bene, Bee?»

La sua gentilezza le faceva venire voglia di piangere. Non voleva parlarne. Ma non poteva nemmeno guardare Diana, se voleva tenere tutto per sé. «Sono stanca, stamattina» disse, dal sacco a pelo.

«Vuoi che ti porti qualcosa per colazione?»

«No, arrivo fra due minuti.»

Era felice che se ne fossero andate tutte. Si raggomitolò e sprofondò di nuovo nel sonno.

Più tardi, Sherrie venne a vedere come stava. «Ti senti bene, tutto okay?» le chiese.

Bridget annuì, ma senza affiorare dal sacco a pelo.

«Tra pochi minuti i Cocos e le Ossa della Testa giocano la semifinale. Vuoi venire?»

«Preferisco dormire, sono stanca, oggi.»

«Bene.» Sherrie si voltò per andarsene. «Mi domandavo quando avresti esaurito tutta quell'energia.»

Diana, tornata un paio d'ore dopo, le raccontò che le Cocos avevano spazzato via le Ossa della Testa. La finale sarebbe stata Tacos-Cocos.

«Vieni a pranzo?» chiese. Aveva un tono leggero, ma negli occhi le si leggeva un'ombra di preoccupazione.

«Magari tra un po'» rispose Bridget.

Diana inclinò la testa. «Dai, Bee, vieni giù dal letto. Cosa ti succede?»

Bridget non sapeva da dove cominciare a spiegare che cosa aveva. Aveva bisogno di qualcuno che lo spiegasse a lei. «Sono stanca» disse. «A volte ho soltanto bisogno di recuperare il sonno. A volte rimango in tilt per una giornata intera.»

Diana annuì, quasi rassicurata dal fatto che quello fosse uno dei tanti dettagli di quello strano essere che era Bridget.

«Posso portarti qualcosa? Morirai di fame.»

Bridget si era guadagnata la reputazione di ottima forchetta, ma non aveva fame. Scosse la testa.

Diana soppesò il tutto. «Strano. In quasi sette settimane non ti ho mai vista sotto un tetto per più di tre minuti di fila. Non ti ho mai vista ferma se non mentre eri addormentata. E non ti ho mai vista saltare un pasto.»

Bridget alzò le spalle. «Contengo moltitudini» disse. Le sembrava che fosse una poesia, ma non ne era certa. Suo padre amava la poesia e aveva l'abitudine di leggergliene tante, quando era piccola. Allora le riusciva più facile stare seduta tranquilla.

Papà,

per favore accetta questi soldi per riparare la finestra. Sono sicura che sarà già a posto, visto quanto ci tiene Lydia alla casa e vista la sua fobia dell'aria non-condizionata, ma

Caro Al,

non so da che parte cominciare per spiegare il mio comporta-

mento a casa di Lydia... Voglio dire, a casa tua e di Lydia. Quando sono arrivata a Charleston non avrei mai immaginato che tu

Caro papà e cara Lydia,

mi scuso con tutti e due per il mio comportamento irrazionale. So che è tutta colpa mia, ma se voi aveste ascoltato L'UNICA cosa che avevo da dire, forse non avrei

Cara nuova famiglia di mio padre,

spero che vi godiate la vostra meravigliosa biondezza. Possa la gente parlarvi solo sussurrando piano piano per il resto della vostra vita.

P.S. Lydia, il tuo abito nuziale ti fa le braccia grasse.

Carmen aprì la busta imbottita e vi infilò tutti i suoi risparmi. Centottantasette dollari. Valutò l'idea di metterci dentro anche novanta centesimi in moneta, ma sembrava la bravata di una bambinetta delle elementari in un telefilm del pomeriggio. Tra l'altro, spedire monete per posta sarebbe costato più del loro valore. Un pensiero simile non poteva non stuzzicare un mostro della matematica come lei.

Chiuse la busta con la graffettatrice senza inserire alcun biglietto, scrisse accuratamente indirizzo del destinatario e del mittente e sfrecciò fuori di casa prima che l'ufficio postale chiudesse. Come faceva sua madre a lamentarsi del fatto che Carmen ciondolava per casa senza fare mai niente?

In un pomeriggio soffocante, Lena era sdraiata sulle mattonelle del pavimento e fissava il soffitto pensando a Bridget. La sua ultima lettera la preoccupava. Bee a volte seguiva il proprio cuore con un abbandono così esasperato che la preoccupava. Di solito Bee veleggiava tra glorie e trionfi, ma ogni tanto si schiantava sugli scogli.

Senza sapere perché, Lena ripensava a un sogno che aveva fatto durante la notte. Nel sogno lei era una casetta abbarbicata alla scogliera, con le nocche bianche per lo sforzo. Sapeva di doversi tenere aggrappata a tutti i costi, perché il salto fino alla caldera era altissimo. Una parte di lei voleva rilassare le dita rattrappite e lasciarsi semplicemente cadere, ma un'altra parte di lei la ammoniva che non ci si può lasciare cadere solo per il gusto di farlo.

La nonna era seduta sul divano a cucire qualcosa. Effie era fuori, chissà dove. Lena avrebbe scommesso i propri dipinti che la sorella era in giro con il cameriere.

Forse il pensiero di Bridget, o forse il sogno, il calore, l'avevano sprofondata in una strana attitudine alla libera associazione di idee. «Nonna, perché Kostos vive con i suoi nonni?»

La nonna sospirò. Poi, con stupore di Lena, rispose. «È una storia triste, agnellino. Sei sicura di volerla sentire?»

Lena non era proprio sicura. La nonna andò avanti comunque.

«I genitori di Kostos sono emigrati negli Stati Uniti, come fanno molti giovani» spiegò. «Lui è nato lì.»

«Kostos è un cittadino americano?» chiese Lena.

Aveva troppo caldo per voltare la testa, ma lo fece lo stesso. La nonna annuì.

«Dove abitavano?»

«A New York.»

«Ah» disse Lena.

«Oltre a Kostos, i suoi genitori ebbero un secondo bambino, due anni dopo.»

Lena cominciava a immaginare quanto sarebbe stata triste la storia.

«Quando Kostos aveva tre anni, un inverno, l'intera famiglia stava andando in macchina in montagna. Ci fu un terribile incidente. Kostos perse tutti e due i genitori e il fratellino.»

La nonna fece una pausa e perfino in quel caldo rovente Lena sentì i brividi correrle lungo tutto il corpo.

Quando la nonna riprese, Lena avvertì l'emozione nella sua voce. «Kostos venne rimandato qui, dai nonni. Al momento, era la soluzione migliore.»

La nonna era di un umore strano, notò Lena. Era insolitamente rilassata, riflessiva, piena di antica malinconia. «È cresciuto qui come un ragazzo greco, e noi tutti gli abbiamo voluto bene. L'intero villaggio di Oia lo ha cresciuto.»

«Senti, nonna…»

«Sì, agnellino?»

Quello era il suo momento. Non si fermò a riflettere troppo, per non avere il tempo di tirarsi indietro. «Tu sai che Kostos non mi ha mai fatto del male. Non mi ha mai toccata e non ha fatto nulla di sbagliato. È un bravo ragazzo come hai sempre pensato.»

La nonna sospirò. Posò il cucito e si lasciò andare contro lo schienale del divano. «Lo sapevo. Passato un po' di tempo, credo di averlo capito.»

«Mi dispiace di non averti detto niente prima» disse

seria Lena, divisa tra il sollievo di avere finalmente parlato e il rimorso di averci messo tanto tempo.

«Per certi versi, hai cercato di dirmelo» commentò la nonna con filosofia.

«Dirai a Bapi quello che ti ho appena detto?»

«Credo che lo sappia già.»

Lena sentiva un nodo stringerle la gola da far male. Si voltò su un fianco, lontano dalla nonna, e tenne le palpebre chiuse per dare via libera alle lacrime.

Era triste per quello che era successo a Kostos. E da qualche parte era triste perché gente come Bee e Kostos, che avevano perso tutto, erano ancora aperti all'amore, e lei che non aveva perso nulla non lo era.

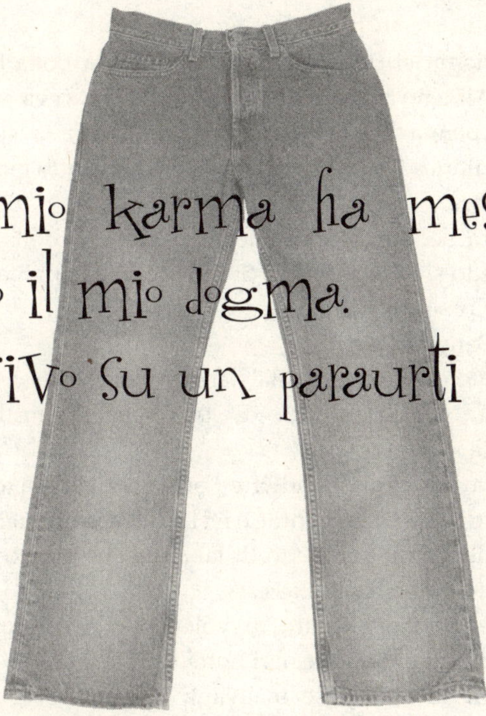

Il mio karma ha messo sotto il mio dogma.

Adesivo su un paraurti

Bridget si trascinò fino alla veranda della baracca. Almeno poteva guardare la baia. Aveva in mano una penna e un blocco di carta. Doveva spedire i Pantaloni a Carmen, ma quello era un brutto giorno per scrivere.

Era seduta lì a masticare il tappino della penna, quando si avvicinò Eric. Si sedette sulla ringhiera.

«Come va?» le chiese.

«Bene.»

«Non sei venuta alla partita» riprese Eric. Non la toccò. Non la guardò. «È stata bella. Diana ha fatto furore.»

Stavano tirando indietro l'orologio. Lui era tornato a essere l'allenatore gentile e lei l'allieva irrefrenabile. Lui le chiedeva il permesso di far finta che quello che era successo non fosse successo.

Lei non era sicura di volerglielo accordare. «Ero stanca. Grande notte, ieri notte.»

Eric arrossì. Tese in avanti le mani, si guardò il palmo. «Ascolta, Bridget.» Sembrava che stesse pescando da un ventaglio di frasi molto misero. «Avrei dovuto mandarti via, ieri notte. Non avrei dovuto seguirti quando ti ho vista passare... Ho sbagliato. Me ne assumo la responsabilità.»

«È stata una mia scelta venire.» Come osava sottrarle il suo potere?

«Ma io sono più grande di te. Sono io che… che sarei finito in un guaio se ci avessero scoperti.»

Nemmeno ora la guardava. Non sapeva che altro dire. Voleva andar via, lei lo vedeva. «Mi spiace» disse Eric.

Lei gli tirò addosso la penna. Lo odiò per quello che aveva detto.

Carmen,

ecco i Pantaloni. Sono completamente sottosopra. Se avessi ascoltato i tuoi consigli sul buonsenso, non starei come sto.

Così, rieccoli a te. Che il buonsenso regni. Vorrei averne avuto io.

Baci,

Bee

«Tibby, spegni quella videocamera.»

«Per favore, Carma. Per favore?»

«Potresti metterti i Pantaloni per l'intervista?» chiese Bailey.

Carmen le scoccò un'occhiata carica di disprezzo. «Non farò l'intervista. Ma chi credete di essere voi due, i fratelli Coen?» sibilò.

«Carmen, stai tranquilla e collabora per una volta nella tua vita.» Tibby pronunciò la frase in tono irritato ma, se possibile, senza cattiveria.

"Tu ti rendi ostile la gente" si disse Carmen. "Diventerai una vecchia bisbetica. Ti sbaverai tutto il rossetto e griderai dietro ai bambini al ristorante."

«Bene» si arrese. Si infilò i Pantaloni, poi si sedette e

osservò Bailey che cominciava a sistemare l'equipaggiamento della videocamera. Quella ragazzina era vestita praticamente allo stesso modo di Tibby. Era una miniTibby con microfono e giraffa. Perfino le occhiaie violacee sotto gli occhi si intonavano con quelle di Tibby. Carmen si chiese di sfuggita perché Tibby frequentasse una dodicenne, ma in ogni caso... Non era colpa di Tibby se tutte le sue amiche se n'erano andate.

La stanza si fece silenziosa. Tibby armeggiava con le luci. Le due registe erano diventate mortalmente serie. Carmen sentì Bailey borbottare nel microfono come un Dan Rather senza i testicoli. «Carmen Lowell è una carissima amica di Tibby da quando erano...»

Carmen cominciava a sentirsi a disagio. «Mmm... senti, io e Tibby stiamo litigando, in questo periodo.»

Tibby spense la videocamera. Bailey alzò lo sguardo irritata e respinse l'idea della lite con un rapido movimento del polso. «Voi due vi volete bene. Tibby ti vuole bene. È una sciocchezza.»

Carmen la fissò incredula. «Ehi, tu hai dodici anni.»

«E allora? Ho comunque ragione» ribatté Bailey.

«Potremmo rimetterci a lavorare?» chiese Tibby.

Da quando Tibby aveva sviluppato quell'etica calvinista?

«Stavo solo dicendo che è strano andare avanti senza citare il fatto che io e te siamo arrabbiate, Tibby» disse Carmen.

«Bene, ora l'hai citato» replicò Tibby.

Molte persone evitano i conflitti. Carmen cominciava a preoccuparsi del fatto che forse lei li desiderava, ne era avida, come una tossicodipendente. "Tu ti rendi ostile la gente" ricordò a se stessa. Si ficcò le mani in tasca, giocherellando con i granelli di sabbia che erano rimasti prigionieri nella fodera.

«Io ti farò alcune domande» annunciò Bailey. «Tu cerca solo di essere te stessa.»

Come aveva potuto il mondo moderno creare una dodicenne così sicura di sé? Qualcuno avrebbe dovuto instillarle immediatamente la sindrome di Ofelia. «Bene» disse Carmen. «È previsto che io guardi in camera?»

«Se ti va, puoi farlo» rispose Bailey.

«Okay.»

«Pronta?»

«Pronta.»

Seduta sul suo letto rifatto con cura, Carmen incrociò le gambe.

«E così Tibby mi dice che tuo padre si risposa questa estate» incominciò Bailey.

Carmen spalancò gli occhi. Lanciò un'occhiata accusatrice a Tibby, che si limitò a scrollare le spalle.

«Sì» rispose rigida Carmen.

«Quando?»

«Il 19 agosto. Grazie per l'interessamento.»

Bailey annuì. «Ci andrai?»

Carmen strinse per un istante le labbra. «No.»

«Perché no?»

«Perché non mi va.»

«Ce l'hai con tuo padre?» chiese Bailey.

«No, non ce l'ho con lui.»

«E allora perché non ci vai?»

«Perché non mi piace la sua nuova famiglia. Sono irritanti.» Carmen sapeva di fare la figura della bambinetta viziata e imbronciata.

«Perché non ti piacciono?»

Carmen prese tempo. Accavallò le gambe al contrario. «Io non c'entro niente.»

«Perché?»

«Perché sono portoricana. E ho un sedere enorme.» Carmen sorrise suo malgrado.

«Stai dicendo che loro non piacciono a te o che tu non piaci a loro?»

Carmen piegò la testa. Fece una pausa. «Entrambe le cose, immagino.»

«E tuo padre?»

«Cosa vorresti dire?» chiese Carmen.

«Insomma, non è lui la persona importante?» disse Bailey.

Carmen si alzò e agitò le mani di fronte a Tibby. «Ferma. Ferma. Che razza di film è?» sbottò.

«Un documentario» rispose Tibby.

«Già, ma su cosa?» insistette Carmen.

«Sulla gente. Sulle cose che sono importanti per la gente» suggerì Bailey.

«Be', credete davvero che a qualcuno importi di me e mio padre?»

Bailey si strinse nelle spalle. «Se importa a te» rispose.

Carmen si studiava le unghie. Erano rosicchiate corte, con alcune pellicine a decorare i lati.

«Allora perché hai buttato quei sassi?» riprese Bailey. «Dovevi essere piuttosto fuori di te.»

Carmen rimase a bocca aperta. Fulminò Tibby con lo sguardo. «Grazie mille. Ma le hai detto proprio tutto?»

«Solo le cose importanti.»

Per qualche oscuro motivo, Carmen sentì che le

lacrime le salivano agli occhi. Evitò di sbattere le palpebre, per timore di lasciarle uscire di fronte alla videocamera. «Non ce l'ho con mio padre» scandì, con voce decisa.

«E perché no?»

La lacrime ora si gonfiavano. A volte il solo fatto di avere le lacrime agli occhi ti scatena una sorta di autocommiserazione e il bisogno di versarne di più. «Così: non ce l'ho con lui» ribadì Carmen.

Non c'era verso. Le lacrime cominciarono a traboccare. Si rincorrevano lungo le guance, sul mento, sul collo. Sentì un vago rumore metallico e vide che giraffa e microfono erano sul pavimento. Bailey era seduta accanto a lei e le stringeva il gomito con un gesto che comunicava una solidarietà profonda, che Carmen non sapeva spiegarsi. «È okay» le disse dolcemente Bailey.

Carmen crollò e lasciò che la sua testa si appoggiasse a quella di Bailey. Avrebbe dovuto dire a quella ragazzina stramba di andare al diavolo, ma non lo fece. Non seppe più della videocamera, del film, di Tibby e perfino di avere gambe e braccia e del fatto che il mondo girava.

Poco dopo, Tibby era al suo fianco dall'altra parte, e le teneva un braccio attorno alla vita.

«Hai il diritto di essere arrabbiata» disse Bailey.

Erano le quattro e sette minuti e Bailey non era ancora comparsa da Wallman's. Tibby scoccò un'occhiata al grande orologio a muro di fronte alle casse, solo per controllare. Dov'era finita? Non era mai arrivata neppure un minuto dopo la fine del turno di Tibby, alle quattro.

Tibby si avvicinò alle porte automatiche, si sentì investire da una vampata di aria calda e strizzò gli occhi per vedere fino al Seven-Eleven, dall'altra parte della strada. Brian giocava da solo. Alzò gli occhi e Tibby gli fece un gesto di saluto. Anche lui le rispose con la mano.

Alle otto e diciotto, Tibby cominciò a sentirsi davvero a disagio. Contava sul fatto che Bailey le ronzasse attorno praticamente in ogni istante della sua giornata. Lo dava per scontato. Certo, all'inizio la irritava, ma ora era diverso.

Era rimasta bloccata a casa sua, in attesa che Loretta la facesse entrare per poter prendere l'attrezzatura per il documentario? Si era stancata tutto d'un tratto del loro film?

Conoscendo Bailey, nessuna delle due ipotesi le pareva molto verosimile, ma l'aiutarono a passare il tempo. Camminò avanti e indietro per altri otto minuti, poi inforcò la bici. Per prima cosa controllò a casa. Di Bailey neppure l'ombra. Ripassò al Wallman's, nel caso che nel frattempo fosse andata lì. Poi si avviò verso casa di Bailey.

Nessuno rispose, quando bussò alla porta. Suonò più volte il campanello. Era in mezzo al vialetto, con la testa alzata verso la finestra di Bailey per vedere se ci fossero segni di vita, quando una vicina si avvicinò lentamente, sul marciapiedi.

«Stai cercando i Graffman?» chiese la donna, fermandosi di fronte al cancello del giardino.

«Sì. Cerco Bailey» rispose Tibby.

«Credo che siano andati in ospedale un paio d'ore fa.» Sembrava addolorata.

Tibby represse la preoccupazione che cominciava a stringerle il petto. «Va tutto bene?» chiese.

«Non saprei» disse la donna. «Sono al Sibley.»

«Grazie» gridò Tibby, e risalì sulla bici. Puntò in direzione dell'ospedale e cominciò a pedalare forte.

"Probabilmente Bailey deve fare uno dei suoi soliti controlli" pensava. Probabilmente le stanno prelevando pochi centilitri di sangue per essere sicuri che la leucemia non stia facendo scherzi che non deve fare. I bambini malati stanno a letto. Bailey è sempre in giro.»

Certo che se fosse stato un banale check-up a Bailey avrebbe fatto una certa impressione vedersi piombare Tibby lì in ospedale, pensò mentre camminava, fradicia di sudore, nell'aria condizionata ghiacciata dell'atrio.

Attraversò l'atrio soppesando le possibilità, poi riconobbe la signora Graffman che entrava dalle ampie porte dell'ospedale. Portava un tailleur e aveva in mano un pacchetto di McDonald's.

«Salve, signora Graffman» disse Tibby, sbucandole di fronte. «Sono un'amica di Bailey.» Ricordò vagamente le settimane in cui concedeva a malincuore a Bailey di dire che erano amiche.

La signora Graffman annuì, con un breve sorriso. «Certo, lo so chi sei.»

«Va... mmm, va tutto bene?» Tibby si accorse che le tremavano le gambe. Santo cielo, in quel posto l'aria condizionata era davvero esagerata. Se non eri già malato, ci pensavano loro a farti venire un colpo. «È solo un controllo, vero?» Tibby camminava accanto alla madre di Bailey, per quanto nessuno la avesse invitata a farlo. Chi era la maniaca pedinatrice, ora?

La madre di Bailey si fermò un istante, e Tibby

rischiò di passarle avanti. «Vuoi sederti un attimo con me?» chiese la signora Graffman.

«Certo. Va bene.» Tibby studiò il volto della donna. Gli occhi erano rossi e affaticati, la bocca vagamente simile a quella di Bailey.

La signora Graffman condusse Tibby verso alcune sedie in un angolino tranquillo. Si sedette. Non c'erano sedie di fronte, così Tibby si accomodò in quella accanto e si sporse in avanti.

«Tibby, non so quanto tu sappia di quello che Bailey ha passato. So che non ne parla.»

Tibby annuì, stordita. «No, non ne parla.»

«Ma sai che ha la leucemia, il cancro del sangue.»

Tibby annuì di nuovo. Le sembrava un modo così tetro di esprimere la cosa. «Ma è curabile, giusto? I bambini possono superarla, vero?»

La signora Graffman parve avere un piccolo cedimento, come se avesse un peso troppo grande da sopportare. «La leucemia le è stata diagnosticata quando aveva sette anni. Ha subito otto cicli di chemioterapia, e l'anno scorso un trapianto di midollo osseo. Bailey ha trascorso la maggior parte della propria vita in una clinica specializzata di Houston, in Texas.» Si lasciò sfuggire un sospiro esausto, poi riprese il controllo. «Qualunque cosa facciamo, continua a tornare.»

Tibby aveva tanto freddo che le battevano i denti. Tutti i peli delle braccia erano ritti. «Non possono tentare altre cure? Non ne esistono altre?» La voce le uscì più forte, più brusca di quanto volesse.

La madre di Bailey scrollò le spalle ossute. «Abbiamo voluto darle due mesi da vivere nel mondo come una ragazzina normale.»

«Vuole dire che la state lasciando morire?» esclamò Tibby.

La signora Graffman sbatté qualche volta le palpebre. «Non sappiamo... che cos'altro tentare» disse, con voce stridula. «Bailey ha una brutta infezione, al momento. Preghiamo che il suo corpo abbia abbastanza forza per combatterla.» Alzò lo sguardo, gli occhi gonfi, pieni di lacrime. «Abbiamo molta paura. Devi saperlo.»

D'un tratto Tibby sentì un dolore al petto. Il suo respiro non funzionava bene. Il cuore sembrava sobbalzare senza un ritmo preciso.

«Bailey ti adora» riprese la signora Graffman. Le rughe d'espressione ai lati della sua bocca ebbero un tremito. «Hai fatto di questi due mesi il periodo più speciale della sua vita. Suo padre e io apprezziamo davvero quello che hai fatto.»

«Devo andare» sussurrò Tibby. Il suo cuore stava per esplodere, sarebbe morta anche lei e non voleva che succedesse lì, in ospedale.

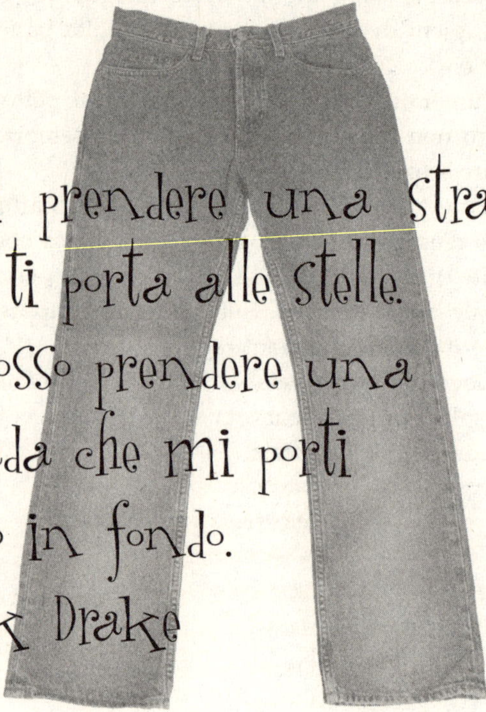

Puoi prendere una strada
che ti porta alle stelle.
Io posso prendere una
strada che mi porti
fino in fondo.
Nick Drake

Un mattino di inizio agosto, Lena condivise la solita colazione silenziosa con Bapi, poi preparò lo zaino e scalò la scogliera fino all'altopiano. Sarebbe tornata al suo oliveto. No. All'oliveto di Kostos.

Quando lo raggiunse, notò che i colori erano cambiati, da giugno. C'era più giallo nell'erba, fiori selvatici diversi. Le olive sugli alberi erano più grosse... erano adolescenti ora. Il vento era più sostenuto. Il *meltími*, lo chiamava la nonna.

Forse era venuta lì nella speranza di vederlo, non ne era sicura, ma la pittura carpì i suoi pensieri. Per ore, immersa in una profonda concentrazione, mescolò colori e dipinse, lanciò occhiate al paesaggio e dipinse. Se il sole era caldo, lei non lo sapeva più. Se il suo corpo era stanco, lei aveva smesso di sentirlo.

Finalmente, quando le ombre divennero troppo lunghe, Lena tornò alla vita normale. Guardò il dipinto con occhi critici, legati alla concretezza. Se fosse stata un'altra, avrebbe sorriso, ma lei si limitò ad avvertire quel sorriso.

Ora conosceva lo scopo di tutta quella fatica. Avrebbe dato quel dipinto, il suo dipinto migliore, a Kostos.

Disperava di avere mai il coraggio di dirgli quello

che provava e sperava che il dipinto gli comunicasse che lei aveva capito: che quello era il posto speciale di Kostos, e che le dispiaceva.

Tibby si diede malata. Aveva un crampo al piede. Aveva un tic all'occhio. L'anello che aveva al naso si stava infettando. Voleva soltanto tornare a dormire.

Non voleva andare al lavoro mentre Bailey era all'ospedale. Non voleva dimenticare nemmeno un istante, per poi ricordare di nuovo quando Bailey non sarebbe comparsa alle quattro. Dimenticare e poi dover ricordare di nuovo era la cosa peggiore in assoluto.

Guardò con desiderio la gabbia di vetro di Mimì. Mimì era più assonnata che mai. Non aveva nemmeno toccato cibo. Mimì viveva al rallentatore, eppure il suo ciclo vitale stava avanzando molto più velocemente di quello di Tibby. Perché? Tibby si aspettava che Mimì tenesse il passo.

Si avvicinò alla gabbia e tamburellò sulla parete di vetro. Sentì un'inaspettata ondata di dolore all'idea che Mimì potesse trascorrere sonnecchiando quel periodo così doloroso. Tese una mano e stuzzicò con l'indice la pancia morbida di Mimì.

Qualcosa non andava. Mimì non stava bene. Non era calda. Era appena tiepida. Con un sussulto di panico, Tibby la afferrò troppo bruscamente. Mimì le si afflosciò sulle mani. Non si stiracchiò. «Mimì, dai» la incalzò Tibby con voce piagnucolosa, come se Mimì le stesse facendo uno stupido scherzo. «Svegliati.»

La sollevò in alto, su una mano. Mimì lo detestava. Di solito le conficcava i dentini aguzzi nel polso.

Lentamente, inesorabilmente, calò in lei la consapevolezza che quella non era più Mimì. Erano i resti mortali di Mimì.

Da qualche parte nel suo cervello si formò un muro, un muro che tagliava fuori qualsiasi altra considerazione su quello che stava succedendo lì. I pensieri di Tibby erano confinati nell'angusto spazio libero del suo cervello. Sembravano comandi dettati da una torre di controllo, più che pensieri.

"Rimetti Mimì nella gabbia. No, non farlo. Potrebbe puzzare. Portala in giardino."

"Neanche per sogno." Tibby rizzò il pelo contro la torre di controllo. Non avrebbe mai fatto una cosa simile.

Doveva telefonare alla madre sul lavoro? Doveva chiamare il veterinario? No, sapeva già cosa le avrebbero detto.

Le venne un'altra idea. Scese le scale. Per una volta nella vita, la casa era tranquilla. Senza riflettere più dello stretto necessario, infilò Mimì in un sacchetto marrone per generi alimentari, ne arricciò il bordo perché Mimì si sentisse protetta e la infilò nel freezer.

D'un tratto ebbe l'orribile visione di Loretta che scongelava Mimì e la metteva in padella. Spalancò di nuovo lo sportello del freezer e nascose Mimì dietro i resti surgelati della torta di battesimo di Katherine, che nessuno avrebbe mai mangiato o buttato via.

Ecco. Bene. Mimì non era... quello che era. Era solo ibernata. Esisteva la tecnologia, per questo genere di cose. C'era un'intera branca della scienza, Tibby ne era sicura. Poteva forse volerci un decennio, ma Tibby non sarebbe stata impaziente. C'era tempo.

Tornò di sopra e crollò sul letto. Prese penna e taccuino dal comodino per scrivere a Carmen, o a Bee, o a Lena, ma si accorse di non avere niente da dire.

Carmen,

tutte le mattine, da quando sono in Grecia, ho fatto colazione con mio nonno, e non ci siamo mai detti niente. Non è strano? Penserà che sono stramba? Domani, lo giuro, imparerò a memoria almeno tre frasi in greco e gliele dirò. Mi sentirò un fallimento se finisce l'estate senza che ci siamo scambiati neppure una parola.

Quando torniamo, credi che potresti darmi qualche dritta su come essere una persona normale? A quanto pare, ho qualche difficoltà.

Baci,
Lena

Senza più difese, Carmen crollò sul letto della madre e lasciò che lei le massaggiasse la schiena.

«Bambina mia» mormorò Christina.

«Ce l'ho con il papà» annunciò Carmen, con la faccia mezzo sepolta nella coperta.

«Certo che ce l'hai con lui.»

Carmen si rovesciò di scatto sulla schiena. «Perché faccio così fatica a dirlo? Non faccio fatica ad avercela con te.»

«L'ho notato.»

La madre rimase in silenzio per un po', ma Carmen era sicura che aveva qualcosa da dire.

«Non credi che sia più facile avercela con le persone di cui ci fidiamo?» le chiese la madre con molta dolcezza.

«Io mi fido di papà» stava per rispondere lei senza

pensare. Poi si sforzò di riflettere. «Perché è così?»

«Perché abbiamo fiducia in loro e pensiamo che ci vogliono comunque bene.»

«Papà mi vuole bene» rispose rapida Carmen.

«Sì, ti vuole bene» confermò la madre. Aspettò un altro po', ma con sguardo risoluto. Si distese sul letto, accanto a Carmen, e trasse un lungo respiro prima di riprendere.

«È stata molto dura per te quando lui se ne è andato.»

«Sì, vero?» Carmen ricordò se stessa a sette anni, a scimmiottare le parole del padre ogni volta che qualcuno le chiedeva qualcosa. «Deve andare via per lavoro. Ma ci vedremo più di prima. È la cosa migliore per tutti noi.» Ma credeva davvero a quelle parole? Perché le diceva?

«Una volta ti sei svegliata nel cuore della notte e mi hai chiesto se il papà sapeva che eri triste.»

Carmen rotolò su un fianco e appoggiò la guancia sul palmo della mano. «Credi che lo sapesse?»

Christina fece una pausa. «Credo che raccontasse a se stesso che tu stavi bene.» Tacque di nuovo. «A volte diciamo a noi stessi le cose che abbiamo bisogno di sentire.»

«Tibby, la cena!» Era la voce di suo padre. Era a casa.

Si gelava. Tibby tremava nella sua maglia di flanella e nei pantaloni del pigiama. Il padre doveva aver alzato di nuovo l'aria condizionata. Da quando avevano installato l'impianto centralizzato di condizionamento, i suoi genitori tenevano la casa ermeticamente chiusa quattro o cinque mesi l'anno.

«Tibby?»

Si disse pigramente che prima o poi avrebbe dovuto rispondergli.

«Tibby!»

Lei aprì la porta di uno spiraglio. «Ho già mangiato!» strillò attraverso l'apertura.

«E se ci facessi compagnia lo stesso, che ne dici?» replicò lui. L'aveva detto come un suggerimento, perciò Tibby decise che poteva ignorarlo. Chiuse la porta. Sapeva che nel giro di pochi secondi Nicky avrebbe cominciato a lanciare piselli, Katherine avrebbe sputacchiato a zampillo – soffriva di rigurgiti infantili – e i genitori si sarebbero dimenticati di Tibby, l'adolescente riottosa.

Si toccò i capelli. Non erano unti solo alle radici. Erano unti per tutta la lunghezza, fino alle punte. Avrebbero lasciato un alone sulla federa del cuscino.

«Tibby, tesoro?» Era ancora suo padre. Non si sarebbe arreso così facilmente.

«Vengo giù per il dolce!» strillò. L'avrebbero dimenticata, per allora.

Erano le sette. Avrebbe potuto guardare i quiz televisivi finché non cominciavano le trasmissioni della Warner, che l'avrebbero portata tranquillamente fino alle dieci.

A differenza dei telefilm sui pronto soccorso, le trasmissioni della Warner non avevano alcun legame con la vita vera, potevi star sicuro. Poi c'erano tre ore di filmati rock preistorici sul canale VH-1, tutte band musicali morte di overdose prima che lei nascesse. Perfetti per spedirla nel mondo dei sogni.

Squillò il telefono. La prima volta che la madre era rimasta di nuovo incinta, Tibby aveva ottenuto una propria linea telefonica. Quando il telefono squillava in camera sua, sapeva che era per lei. Si rintanò ancora di più sotto le coperte.

Le volte che eri in cucina e aspettavi che Carmen ti richiamasse, la segreteria telefonica partiva dopo tre secondi. Quando invece filtravi le telefonate stando a meno di un metro dal telefono, suonava per ore senza che la segreteria desse segno di vita. Finalmente il meccanismo scattò.

«Ehi, Tibby? Sono Bailey.»

Tibby rimase gelata. Si ritrasse dal telefono.

«Il mio numero qui è 555-4648. Chiamami, okay?»

Tibby rabbrividì sotto le coperte. Si concentrò sullo spot pubblicitario per risolvere le disfunzioni sessuali maschili. Voleva dormire.

Pensò a Mimì che gelava al piano di sotto nella sua scatolina e a lei lì a gelare nella sua scatola più grande.

Bridget ci mise un bel po' a vestirsi per la grande partita. Le altre ragazze avevano disegnato sulle magliette tacos di varia foggia. Era il genere di cosa che sarebbe piaciuta da morire anche a lei, se non fosse stata così giù.

Tutte e due le squadre avevano legato gonfaloni di carta alla propria porta; e a fianco del campo, su un tavolo, c'era una bella scorta di cocomeri.

Le scarpette le sembravano troppo larghe. Bridget sapeva di avere perso un po' di peso. Il suo metabolismo richiedeva nutrimento costante. Ma è possibile che ti dimagriscano i piedi?

«Bridget, dov'eri finita?» le chiese Molly.

Bridget sapeva che al mattino c'era stata una partitina non ufficiale di riscaldamento. «A riposarmi per la grande partita» rispose.

Molly non era abbastanza sensibile da sospettare altro, e Bridget non voleva che lo scoprisse.

«Bene, Tacos» disse Molly. «Ci aspetta una partita dura. Le Cocos sono in forma. L'avete visto anche voi, ieri. Per vincere dovremo mettercela tutta.»

Bridget si fece un appunto mentale: non usare mai l'espressione "mettercela tutta".

Molly si voltò verso di lei, con un'espressione carica di aspettativa. «Pronta, Bee? Fuori il tuo talento, oggi sei in attacco.»

Il resto della squadra esultò a queste parole. Bridget rimase immobile dov'era. Era stata relegata in difesa. Relegata in porta. Si era sentita urlare addosso ogni volta che aveva portato la palla avanti per più di un metro. «Non so se mi ricordo come si fa» disse.

Fin dal primo istante, Bridget si rivelò lenta. Era incerta. Non si buttava sul pallone. Se le arrivava, lo calciava lontano. La cosa mandò in confusione la squadra, la rese inquieta. Erano abituate a contare sull'energia di Bridget. Le Cocos segnarono due volte nei primi cinque minuti.

Molly chiese tempo all'arbitro. Guardava Bridget come se fosse un'estranea. «Dai, Bridget, gioca! Che cosa ti succede?»

Bridget in quel momento la detestava con tutte le forze. Non era mai stata brava a trattare con l'autorità. «Mi hai giocata male quando ero in forma. In questo momento non lo sono. Spiacente.»

Molly era furiosa. «Mi stai punendo?»

«E tu mi stavi punendo?»

«Io sono l'allenatore, maledizione! Sto cercando di trasformarti da un'esibizionista in una vera giocatrice.»

«Io sono una vera giocatrice» disse Bridget, e uscì dal campo.

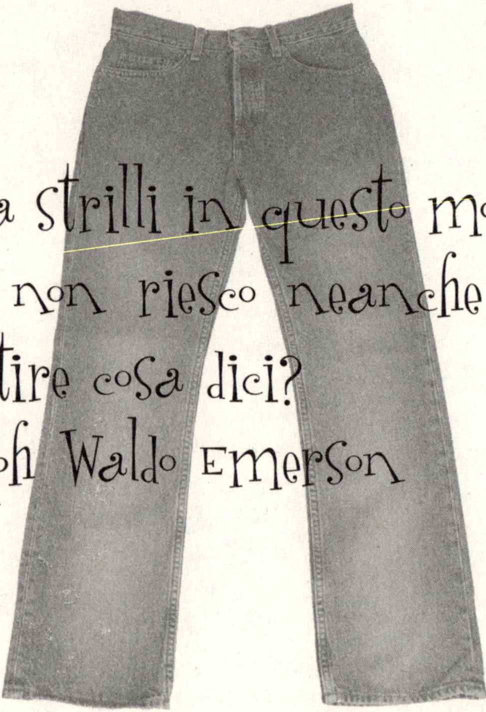

Cosa strilli in questo modo, che non riesco neanche a sentire cosa dici?

Ralph Waldo Emerson

Subito Tibby portò di sopra la scatola di ciambelline al sesamo, ma i pezzettini di sesamo le ricordavano la palline di cacca di roditore, così le riportò in cucina e le spinse in fondo all'armadietto.

Poi le venne in mente il gelato, ma non voleva andare a cercare dov'era. Afferrò invece una scatola di merendine alla frutta a forma di dinosauro – le preferite di Nicky – e le portò di sopra. Con gli occhi fissi su Ricky Lake, masticò metodicamente otto dinosauri gommosi dei colori più assurdi, gettando sul pavimento otto involucri argentati.

Per accompagnare il talk-show di Jerry Springer, ingollò due litri di ginger ale. Poi vomitò in Technicolor, con bollicine. Quindi guardò per un po' le televendite.

Quando era a tre quarti del talk-show di Oprah, il telefono squillò. Tibby alzò il volume del televisore al massimo. Non sopportava di perdere nemmeno una parola. Oprah era molto cordiale.

Nonostante tutti i suoi sforzi per evitarlo, Tibby sentì comunque la voce. «Salve, Tibby. Sono Robin Graffman. La mamma di Bailey.» Lunga pausa. «Te la sentiresti di telefonarle o passarla a trovare? Il numero è 555-4648. Stanza 448. Quarto piano, a sinistra quando esci dagli ascensori. A Bailey farebbe davvero piacere vederti.»

Tibby sentì il dolore invaderle nuovamente il petto. Il suo cuore non era a posto. Il dolore le esplose nelle tempie. Aveva un attacco di cuore e un aneurisma al cervello in contemporanea.

Guardò la gabbia di Mimì. Avrebbe voluto acciambellarsi tra i riccioli di segatura, respirare l'odore salato da roditore di Mimì e dormire fino alla morte. Non sembrava difficile.

Carmen digitò il numero. Ebbe la tentazione di buttare giù quando sentì rispondere una voce femminile, ma non lo fece. «Lydia, sono Carmen. Potrei parlare con mio padre?»

«Certo» rispose in fretta Lydia. Carmen poteva pensare che Lydia fosse capace di qualcosa che fosse men che gentile?

Presto arrivò la voce di suo padre. «Pronto?» Avvertì sollievo e timore insieme.

«Papà, sono Carmen.»

«Lo so. Sono contento che tu abbia chiamato.» Sembrava che lo fosse davvero. «Ho ricevuto la busta. Grazie del pensiero.»

«Ah... bene» disse Carmen. Si sentì nuotare verso acque tranquille. Poteva chiedere scusa. Lui sarebbe stato molto comprensivo. Nel giro di due minuti, tutto sarebbe tornato a scintillare. La vita sarebbe andata avanti.

Dovette costringersi a continuare. «Papà, devo dirti qualcosa.»

Sentì la pressione silenziosa del padre perché non lo

facesse. Oppure quella pressione arrivava da lei? «Okay.»

"Vai vai vai" si esortò tra sé. "Non guardarti indietro." «Ce l'ho con te» disse, con voce rotta appena. Era contenta che lui rimanesse in silenzio.

Prese un respiro e si piantò l'unghia del medio nella pellicina accanto all'unghia del pollice. «Sono... delusa, sai. Credevo che avremmo passato l'estate insieme, io e te. Sarebbe stato molto, molto meglio che tu mi dicessi del tuo trasloco a casa della famiglia di Lydia.» Aveva la voce ruvida, scossa.

«Carmen, mi dispiace. Avrei dovuto dirtelo. È stato un mio errore. Mi dispiace davvero.»

Finì la frase con un tono definitivo. Voleva chiudere la questione. Cauterizzare la ferita prima che ci fossero altre perdite di sangue.

Ma Carmen non era disposta a collaborare. «Non ho finito» disse. Lui taceva.

Carmen si concesse alcuni istanti per riacquistare una voce ferma. «Ti sei trovato una nuova famiglia, e io non c'entro molto.» La voce le uscì stridula, diretta. «Ti sei trovato questa nuova famiglia, con questi nuovi figli... ma... e io?» Ora guidava veloce. Emozioni che non si era neppure mai accorta di provare le passavano davanti, più rapide di lei. «Che cosa è successo, con me e la mamma?» La voce le si incrinò dolorosamente. Le lacrime presero a cadere. Non si preoccupava neppure più di ascoltare: doveva continuare a parlare.

«Perché la tua vecchia famiglia non ti bastava più? Perché te ne sei andato di casa? Perché mi hai promesso... che saremmo stati più vicini che mai?» Si interruppe per cercare di riprendere fiato. «Perché... perché hai continuato a dirmi che eravamo vicini, anche se non era vero?» Ora singhiozzava senza ritegno. Le sue parole salivano e scendevano, portate da onde di pianto. Carmen si chiese se il padre almeno capiva quello che diceva lei.

«Perché Paul va a trovare suo padre una volta al mese e tu vieni a trovare me solo due o tre volte l'anno? Io non ti ho fatto niente di male, o sbaglio?»

Smise con le parole; pianse e basta, forse per un bel po', non ne era sicura. Finalmente si calmò. Ma lui c'era ancora?

Quando strinse il ricevitore all'orecchio, ascoltando, avvertì un suono soffocato. Respiri. Non asciutti. Umidi.

«Carmen, mi dispiace» disse. «Mi dispiace davvero.»

Carmen si disse che gli poteva credere, perché capì che, per la prima volta da quando lei era nata, anche lui piangeva.

Il pomeriggio dopo, Tibby stava sprofondando nel sonno quando sentì bussare alla porta. «Vattene!» abbaiò.

Chi poteva essere? I suoi genitori erano al lavoro e lei aveva terrorizzato Loretta abbastanza perché si tenesse a distanza in eterno.

«Tibby?»

«Vattene» ripeté.

La porta si aprì di una fessura e apparve la testa di Carmen. Quando vide l'aspetto orribile di Tibby e il caos ammucchiato per terra e sul letto, sul suo viso apparve un'espressione preoccupata. «Tibby, che cosa succede?» le chiese con voce dolce. «Stai bene?»

«Sono a posto» tagliò corto lei, e si lasciò sprofondare di nuovo sotto le coperte. «Vattene, per favore.» Alzò il volume. Dopo una breve pausa di spot pubblicitari, stava tornando Oprah.

«Che cosa diavolo stai guardando?» chiese Carmen.

Con le veneziane abbassate c'era ben poco da guardare, a parte la tv e gli enormi cumuli di disordine.

«Oprah. È molto simpatica, sai?» ribatté secca Tibby.

Carmen si avventurò nel caos e si sedette sul letto dell'amica. Era una prova inequivocabile della sua preoccupazione, perché Carmen detestava ogni forma di disordine che non fosse creata da lei. «Tibby, per favore, dimmi che cosa succede. Mi fai paura.»

«Non voglio parlare» rispose dura Tibby. «Voglio che tu te ne vada.»

Il telefono cominciò di nuovo a squillare. Tibby lo fissò come se fosse un serpente a sonagli. «Non toccarlo» ordinò.

Beep. D'un tratto Tibby scattò verso la segreteria, cercando con furia il tasto del volume, e fece precipitare tutto sul tappeto.

Ma la voce uscì chiara e forte. «Tibby, sono di nuovo la mamma di Bailey. Voglio che tu sappia cosa succede qui. Bailey non sta bene. Ha un'infezione e...» Tibby sentì che la donna traeva un respiro profondo. Sembrava che avesse i polmoni pieni d'acqua. «Noi... a noi farebbe davvero piacere se tu venissi. Vorrebbe dire molto per Bailey.» Un breve singhiozzo, poi riappese.

Tibby non riusciva a guardare Carmen. Non voleva vedere nulla. Sentì gli occhi di Carmen scavare gallerie fino a entrarle nel cervello. Sentì il braccio di Carmen circondarle le spalle. Tibby distolse lo sguardo. Una schiera infinita di lacrime indugiava dietro le sue palpebre.

«Per piacere, vattene» piagnucolò.

Carmen, che era Carmen, le diede un bacio sulla testa e si alzò per andarsene.

«Grazie» le mormorò Tibby alle spalle.

Purtroppo Carmen, che era sempre Carmen, tornò un'ora dopo in camera di Tibby senza essere invitata. Questa volta non bussò nemmeno. Apparve e basta.

«Tibby, devi vederla» le disse dolcemente, fluttuando nel dormiveglia di Tibby, a fianco del suo letto.

«Vattene» le ordinò Tibby mezzo addormentata. «Non posso muovermi.»

Carmen lasciò andare un lungo sospiro. «Puoi. Ti ho portato i Pantaloni.» Li posò sui piedi di Tibby. Era l'unico posto nella stanza in cui non sarebbero stati inghiottiti dal caos selvaggio. «Mettiteli e vai.»

«No» protestò stridula Tibby.

Carmen scomparve.

Tibby batteva i denti e rabbrividiva. Carmen non capiva che il suo cuore non funzionava bene, il cervello aveva un aneurisma e l'anello al naso si stava infettando?

Cadde in un sonno comatoso per ore e al risveglio vide i Pantaloni emanare un vago bagliore nella luce azzurrina di Jay Leno. I Pantaloni le dicevano che era un persona orribile, e avevano ragione. Tibby si lasciò ricadere all'indietro. Avvertì il peso dei jeans sui piedi e sulle caviglie. Sembrava che pesassero venti chili. Chi avrebbe potuto fare un passo con pantaloni così pesanti? «Sorprendi te stessa» le disse Jay Leno. Tibby lo fissò: non poteva aver detto una frase simile.

Saltò giù dal letto, spaventata, con il cuore che correva a un ritmo irregolare. E se non fosse rimasto più tempo? E se Bailey se ne fosse già andata?

Si sfilò il pigiama e si mise i Pantaloni. Infilò i piedi in un paio di zoccoli. I capelli erano così sporchi che avevano passato il punto limite e sembravano di nuovo puliti.

Solo quando fu sul marciapiedi si rese conto che era passata mezzanotte e lei indossava ancora la maglietta del pigiama. Chi le avrebbe permesso di entrare in ospedale a quell'ora per andare a trovare Bailey? L'orario di visita non terminava alle otto?

Tornò indietro e recuperò la bici in garage. Non aveva molto tempo. Bailey aveva paura del tempo.

Sfrecciò attraverso le strade. I semafori sulla Wisconsin Avenue lampeggiavano di arancione.

L'entrata dell'ospedale aveva le luci quasi tutte spente, ma quella del pronto soccorso era ancora illuminata. Tibby entrò superando l'assortimento di poveretti sulle sedie di plastica. Anche il pronto soccorso diventa noioso, quando devi aspettare per ore.

Per fortuna, la donna al bancone aveva la testa abbassata. Tibby le passò accanto decisa. Si avviò verso un ascensore.

«Posso esserti d'aiuto?» le chiese un'infermiera di passaggio.

«Mmm, sto... sto cercando mia madre» mentì male Tibby. Continuò a camminare. L'infermiera non la seguì. Tibby prese le scale antincendio fino all'atrio principale, al piano rialzato, indugiò fino a che non ebbe via libera e schizzò verso l'ascensore.

Dentro c'era un medico dall'aria esausta. Tibby

frugò nel proprio cervello in cerca di scuse, finché non si accorse che al medico non importava nulla di lei. Aveva cose più importanti a cui pensare piuttosto che preoccuparsi del servizio di vigilanza dell'ospedale.

Tibby scese al quarto piano e si tuffò immediatamente in un corridoio. Il piano era tutto immerso nel silenzio. La reception era sulla sinistra, ma un cartello indicava che la stanza 448 era a destra. Più avanti lungo il corridoio, sulla destra, c'era uno stanzino delle infermiere. Tibby respirava a malapena, mentre strisciava lungo il muro come un ragno. Grazie al cielo, la stanza 448 era vicina. La porta era un po' aperta. Tibby scivolò dentro.

Si fermò nel piccolo vestibolo. Da lì vide Jay Leno esibirsi in silenzio nella sua performance sul televisore a parete. Non vide i genitori nelle due sedie sotto la finestra. Doveva costringersi a entrare.

Aveva paura di trovarsi di fronte una Bailey diversa, i resti di Bailey. Ma la ragazzina addormentata nel letto era la stessa che conosceva lei. Solo che aveva dei tubicini che le uscivano dal polso e una cannuccia nel naso. Tibby sentì un piccolo gemito sfuggirle dalla gola. In quella stanza aleggiava troppa emozione perché lei potesse controllarla.

Bailey era così minuta sotto le coperte. Tibby vide il battito del cuore sul collo. Dolcemente, si allungò a sfiorare la sua mano. Aveva ossa da uccellino. «Ciao, Bailey, sono io» sussurrò. «La ragazza di Wallman's.»

Bailey era così piccola da lasciare abbastanza spazio perché Tibby si sedesse sul letto accanto a lei. I suoi occhi rimasero chiusi. Tibby si posò sul petto la mano di Bailey e la tenne stretta lì. Quando anche le sue palpebre cominciarono a calare, Tibby si sdraiò con cautela, posando la testa sul cuscino, accanto a quella di Bailey. Sentiva il solletico leggero dei suoi capelli contro la guancia. Le lacrime le scivolarono fuori, scorsero oblique fino alle orecchie e sui capelli di Bailey. Sperava che andasse bene così.

Sarebbe rimasta lì a tenere la mano di Bailey tutto il tempo, così lei non avrebbe avuto paura di non averne abbastanza.

Quella notte era la festa della *Koímisis tis Theotókou*, l'Assunzione della Vergine, la più importante della Chiesa greca ortodossa dopo la Pasqua. Lena ed Effie accompagnarono i nonni nell'adorabile, semplice chiesina, per il rito. Dopo ci sarebbe stata una processione, e infine l'intera cittadina si sarebbe data ai festeggiamenti.

La nonna era nel gruppo dei dolci, così lei ed Effie avevano preparato dozzine di vassoi di *baklava*, mescolando ogni genere concepibile di frutta secca per il ripieno delle delicate sfogliatine. Ora che l'estate stava per finire, la nonna aveva intensificato l'addestramento di Effie in cucina.

Lena bevve un bicchiere di vino rosso forte, dal sapore ruvido, che la fece sentire stanca e malinconica. Salì in camera sua e si sedette al buio accanto alla finestra, da dove avrebbe potuto guardare la festa da una certa distanza. Era così che le piaceva godersi le feste.

Giù sul marciapiede e nella piazzetta pochi metri più in basso, verso la casa di Kostos, dopo il tramonto la festa si era fatta più impetuosa. Gli uomini scolavano bicchierate di *ouzo* e, cominciata la musica, erano diventati molto espansivi. Perfino Bapi sfoderava un largo sorriso un po' sciocco.

Anche Effie bevve qualche bicchiere di vino: in Grecia non esisteva un'età minima ufficiale per gli alcolici. In realtà, anche i nonni spingevano Effie e Lena a bere vino nelle occasioni speciali, il che probabilmente faceva sì che Effie fosse meno interessata all'alcol di quanto lo sarebbe stata altrimenti. Quella sera, però, Effie era esuberante, con le guance colorite. Lena guardò la sorella ballare con Andrea, il cameriere, e poi sgattaiolare con lui in un vicolo. Lena non era preoccupata. Effie era esuberante, sopra, ma sotto era la persona più sensata che lei conoscesse. Adorava i ragazzi, ma nonostante i suoi quattordici anni non avrebbe rinunciato a se stessa per loro.

Oia, quella sera, aveva due lune ugualmente vivide, una nel cielo, una nel mare. Se non lo avesse saputo prima, Lena non sarebbe riuscita a distinguere l'originale.

Nella luce argentea della notte Lena vide il volto di Kostos. Lui non aveva notato la sua assenza oppure non se ne curava. Lena ne era certa.

"Vorrei che te ne importasse" gli disse lei col pensiero, e subito dopo avrebbe voluto riprendersi la frase.

Guardò Kostos avvicinarsi alla nonna. Valia, in punta di piedi, lo abbracciò e lo baciò con tanto impeto che Lena si chiese se non lo stesse strangolando. Lui le sussurrò qualcosa all'orecchio che la fece sorridere. Poi cominciarono a ballare.

Dalla piazza esplosero i fuochi d'artificio, modesti ma aggraziati. Per certi versi erano i più suggestivi, pensò Lena con un brivido. A differenza dei fuochi d'artificio alla Walt Disney, questi fatti in casa avevano una rozzezza dolce che colpiva di più. Mostravano lo sforzo e il pericolo, mentre gli spettacoli pirotecnici più patinati li nascondevano.

Kostos faceva vorticare la nonna. Ridendo, lei riusciva a mantenersi in equilibrio sui piedi. Kostos terminò il ballo con un spettacolare casqué, piegando praticamente in due la nonna. Lena non l'aveva mai vista così felice.

Osservò i volti delle ragazze ai margini della festa. Avrebbe potuto scommettere che Kostos occupava i desideri delle poche ragazzine che c'erano a Oia, ma lui scelse invece di ballare con tutte le loro nonne, con le donne che lo avevano cresciuto, che avevano riversato su di lui tutto l'amore che non potevano dare a figli e nipoti lontani. Era un aspetto commovente della vita dell'isola, che intere generazioni si fossero trasferite a vivere altrove.

Lena lasciò che le lacrime le scivolassero oltre il mento, lungo il collo. Non sapeva esattamente perché piangeva.

Perfino dopo che la festa fu finita, a tarda ora, Lena non riuscì a prendere sonno. Si sedette alla finestra a guardare la luna. Aspettò che la brezza increspasse i contorni della luna marina. Immaginò tutti gli abitanti di Oia cadere felici in un sonno profondo, appesantito dal vino.

Ma quando si chinò un po' oltre il davanzale, riconobbe un altro paio di gomiti appoggiati alla finestra più lontana del secondo piano. Erano i gomiti grinzosi di Bapi. Era seduto alla finestra a contemplare le due lune, proprio come lei.

Lena sorrise, fuori e dentro di sé. Aveva imparato almeno una cosa, a Santorini. Lei non era come i genitori e neppure come la sorella, ma come il nonno: orgogliosa, silenziosa, timida. Per fortuna sua, Bapi aveva trovato il coraggio almeno una volta nella vita di rischiare in amore con una persona che sapeva come dare amore.

Lena pregò di fronte alle due lune di trovare lo stesso coraggio.

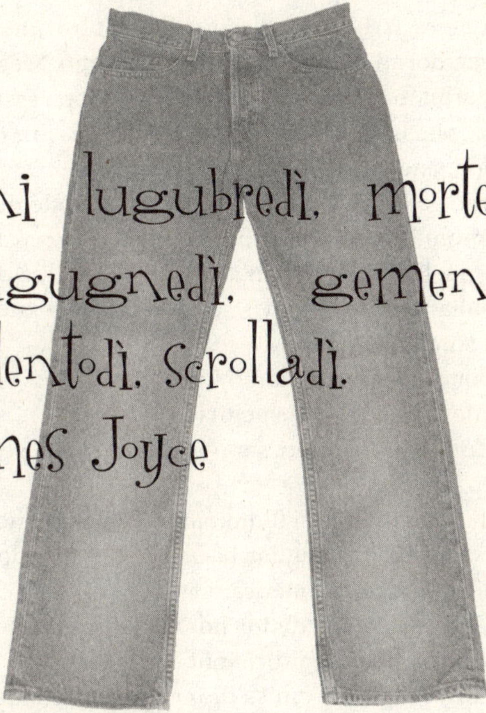

Ogni lugubredì, mortedì,
mugugnedì, gemendì,
Violentodì, Scrolladì.
James Joyce

Lena dormì fino a tardi il mattino dopo. Meglio, non dormì ma rimase nel letto per ore dopo essersi svegliata, perché non sapeva che fare di sé. Era contraddittoria, energetica e apatica insieme.

Effie pose fine a quel mattino irrompendo in camera sua, pronta a razziare l'armadio di Lena in cerca di questo o quello. «Che cosa ti succede?» le chiese da sopra la spalla mentre frugava spudoratamente tra le cose della sorella.

«Sono stanca» proclamò Lena.

Effie la guardò insospettita.

«Com'è andata ieri sera?» chiese Lena, per sviare l'attenzione.

Gli occhi di Effie si illuminarono. «Benissimo» esclamò. «Andrea è il miglior baciatore del mondo. Molto meglio dei ragazzi americani.»

«Questo l'hai già detto» notò aspra Lena. «E tra l'altro tu hai solo quattordici anni.»

D'un tratto Effie smise di far tintinnare l'appendiabiti. Era completamente immobile.

«Cosa c'è?» la incalzò Lena. Effie la rendeva inquieta ogni volta che taceva.

«O mio Dio!» sussurrò Effie.

«Cosa c'è?» urlò Lena.

Quando sentì il fruscio della carta e vide cosa aveva in mano la sorella, Lena si fece piccola piccola. Era il ritratto di Kostos.

«O mio Dio» ripeté Effie, questa volta più lentamente. Si voltò verso la sorella, come se la vedesse con occhi diversi. «Non posso crederci.»

«Cosa c'è?» Il vocabolario di Lena sembrava essersi ridotto a quell'unica frase.

«Non posso crederci.»

«Cosa c'è?» strillò Lena per l'ennesima volta, alzandosi a sedere sul letto.

«Sei innamorata di Kostos» accusò Effie.

«No, non è vero.» Se aveva ignorato fino a quel momento di essere innamorata di Kostos, ora lo sapeva. Perché sapeva che sapore ha una bugia.

«Sei innamorata. E la cosa triste è che sei troppo codarda per fare qualcosa di più che trasformarti in uno straccio.»

Lena risprofondò tra le coperte. Come al solito Effie aveva riassunto in un'unica frase il suo complicato stato mentale d'angoscia.

«Almeno ammettilo» insistette Effie.

Lena non lo avrebbe fatto mai: incrociò ostinatamente le braccia davanti alla giacca del pigiama.

«Okay, non farlo» disse Effie. «Comunque so che è vero.»

«Be', ti sbagli» ribatté Lena con ostinazione infantile.

Effie si sedette sul letto. Aveva la faccia seria ora. «Lena, ascoltami, d'accordo? Non ci resta più molto tempo, qui. Tu sei innamorata. Non ti ho mai vista così prima d'ora. Devi essere coraggiosa, capisci? Devi andare a dire a Kostos quello che provi. Giuro su Dio che se non lo fai te ne pentirai per il resto della tua vita codarda.»

Lena sapeva che era tutto vero. Effie aveva colpito il bersaglio con tanta precisione che Lena non si curò neppure di ribattere. «Ma Ef» disse, e la sua voce svelava la sua angoscia, «e se lui non mi ricambia?»

Effie soppesò l'ipotesi. Lena aspettò, ansiosa, sperando in una rassicurazione. Voleva che Effie le rispondesse che certo Kostos l'avrebbe ricambiata. Com'era possibile il contrario? Ma Effie non disse niente del genere.

Prese invece la mano di Lena tra le sue. «È quello che intendo quando dico che devi avere coraggio.»

Quando Tibby si svegliò, nel letto dell'ospedale, Bailey la stava guardando. E con lei l'infermiera che era venuta a portare il vassoio con la colazione. Bailey sembrava contenta. L'infermiera vagamente irritata.

«Spero che tu abbia dormito bene» le disse la donna, guardando Tibby sotto le sopracciglia aggrottate, con un mezzo sorriso.

Tibby scivolò giù dal letto. «Mi spiace» disse, con la voce da sonno. Aveva lasciato una macchia di saliva sul cuscino di Bailey.

L'infermiera scosse la testa. Non sembrava cattiva. «La signora Graffman è rimasta piuttosto stupita di trovarti qui ieri notte» disse, rivolta a Tibby. «La prossima volta ti suggerirei di provare a venire durante gli orari di visita.» Spostò lo sguardo da Tibby a Bailey. «Mi dicono che tu conosci questa nostra giovane ospite.»

Bailey annuì. Era ancora distesa, ma gli occhi erano vigili.

«Grazie» disse Tibby.

L'infermiera controllò il diagramma ai piedi del letto di Bailey. «Tornerò tra qualche minuto, se avete bisogno di una mano» disse, facendo un cenno verso il vassoio della colazione.

«Non ne ho bisogno» disse Bailey.

L'infermiera lanciò a Tibby un'ultima occhiata severa prima di lasciare la stanza. «Non mangiarle la colazione.»

«Non lo farò» promise Tibby.

«Torna qui» disse Bailey, battendo leggermente la mano sul letto.

Tibby risalì sul letto. «Ciao» disse. Per un pelo non le scappò un "Come ti senti?", ma si trattenne.

«Hai i Pantaloni» notò Bailey.

«Avevo bisogno d'aiuto» spiegò Tibby.

Bailey annuì.

«Mimì è morta.» Tibby non riusciva a credere di avere pronunciato quelle parole. Senza preavviso, aveva cominciato a versare grossi lacrimoni.

Un'unica lacrima delicata scivolò lungo la guancia di Bailey. «Sapevo che qualcosa non andava» disse.

«Mi spiace» disse Tibby.

Bailey scosse la testa per respingere le scuse. «Sapevo che eri qui ieri notte. Mi hai fatto fare dei bei sogni.»

«Sono felice.»

Bailey guardò l'orologio. «Devi andare. Il tuo turno comincia fra tredici minuti.»

«Cosa?» Tibby era confusa.

«Wallman's.»

Tibby respinse la cosa con un gesto della mano.

«Non importa.»

Bailey aveva l'aria seria. «Sì, che importa. È il tuo lavoro. Duncan conta su di te, lo sai. Vai.»

Tibby la guardò incredula. «Vuoi davvero che io vada?»

«Sì.» Si addolcì un po': «Voglio anche che tu torni, però.»

«Certo» assicurò Tibby.

Quando arrivò nell'atrio, ci trovò seduta Carmen. Quando Carmen la vide, si alzò per abbracciarla. Tibby le restituì l'abbraccio.

«Devo andare al lavoro» disse Tibby intontita.

Carmen annuì. «Ti accompagno.»

«Sono con la bici.»

«Allora accompagnerò te e la tua bici» ribadì Carmen. «Ehi, aspetta» esclamò poi rientrando attraverso le porte automatiche. «Mi servono i Pantaloni.»

«Adesso?»

«Credo di sì» disse Carmen.

«Teoricamente li avrei addosso io» le fece notare Tibby.

Carmen la prese per un braccio e la trascinò in un bagno. Si sfilò i pantaloni a zampa, di stoffa azzurro baby, e li offrì a Tibby.

Faceva parte della magia dei Pantaloni che Carmen avesse un aspetto fantastico, mentre Tibby era terribilmente ridicola nei pantaloni azzurrini di Carmen.

Nonostante nelle due ultime settimane passate avesse dormito ogni mattino almeno fino alle dieci, il 19 agosto Carmen saltò giù dal letto al sorgere del sole. S'infilò subito i Pantaloni, apprezzando la perfezione con cui le avvolgevano protettivi i fianchi. Le davano la sensazione di amarla. Infilò i piedi in un paio di sabot leopardati e allacciò rapidamente i bottoni di perla di una camicetta nera. Scosse la chioma voluminosa, pulita, lavata la sera prima. Si infilò i grandi cerchi d'argento alle orecchie.

Lasciò un biglietto per sua madre sul tavolo della cucina e sentì il telefono squillare mentre già veleggiava verso la porta. Era il signor Brattle, lo vedeva dal display. Lasciò che si stufasse di far squillare il telefono. Quella mattina non lo avrebbe torturato.

Prese l'autobus per l'aeroporto, dove comperò il costoso biglietto andata e ritorno che aveva prenotato la sera prima ricorrendo alla carta di credito che le aveva dato il padre per "emergenze e acquisto libri".

Durante le due ore di volo fino a Charleston, dormì sdraiata di traverso su tre sedili, svegliandosi solo per la colazione. Questa volta la mela la mangiò.

Passò un po' di tempo leggendo riviste nell'aeroporto internazionale di Charleston, poi prese un taxi verso la chiesa di Meeting Street. Questa volta le querce e gli alberi di pecan con le loro barbe di fiori le sembrarono piacevolmente familiari.

Arrivò pochi minuti prima dell'inizio della cerimonia. Gli uscieri avevano già accompagnato tutti al loro posto e la congregazione era riunita in mezzo a giganteschi mazzi di fiori violetti e bianchi. Carmen si infilò inosservata nell'ultima fila, nella penombra. Riconobbe in seconda fila due zie. La seconda moglie del nonno, che non piaceva a nessuno, era seduta accanto a loro. A parte loro, Carmen non conosceva nessun altro nelle panche dalla parte di suo padre. Era triste che le coppie avessero amici di coppia e li perdessero non appena smettevano di essere una coppia.

All'improvviso apparve il padre dalla porta laterale, alto ed elegante nel suo smoking. Al suo fianco Paul, che indossava uno smoking identico. Paul era il testimone, capì Carmen. Si aspettava di sentirsi scorrere la bile in corpo, ma non fu così. Paul sembrava prendere così sul serio il proprio ruolo di testimone. Lui e Albert stavano bene insieme, con i loro capelli chiari e la loro altezza. Il padre aveva avuto fortuna, e Carmen lo sapeva.

Partì l'inno nuziale. La prima a emergere fu Krista, che sembrava una caramella nel suo vestito rosa. Era carina, decise Carmen. Aveva una pelle così chiara che sembrava avesse una sfumatura azzurra. Il volume della musica si alzò trionfale. Una pausa ad effetto, e apparve Lydia.

Ogni matrimonio ha un non so che. Non importava che Lydia avesse passato i quaranta e indossasse un abito sciocco: era trasfigurata dalla grazia mentre avanzava attraverso il corridoio e Carmen si sentì commossa al punto giusto. Il sorriso di Lydia era il perfetto sorriso da sposa, timido ma deciso. Gli occhi del padre si nutrivano con gioia della perfezione della sua sposa. Quando lei arrivò al suo fianco, i quattro membri della famiglia formarono un semicerchio compatto davanti all'altare.

Carmen sentì per un attimo una fitta acuta, vedendo quell'immagine. "Volevano che fossi lì anche tu. Tu dovevi essere lì."

Carmen si lasciò ipnotizzare dall'archetto del violinista, dall'odore delle candele, dalla voce tonante del pastore. Dimenticò di essere la figlia dello sposo e di essere vestita in modo inadeguato. Abbandonò il proprio corpo e volò alta fino alla volta della chiesa, da dove vide ogni cosa, godendosi la visione d'insieme.

Fu soltanto quando stavano già tornando indietro lungo il corridoio che gli occhi di suo padre incrociarono i suoi, la tirarono giù dal soffitto, la fecero rientrare nel suo corpo. Lo sguardo che vide sul volto del padre le fece desiderare di essere lì.

Diana riuscì non si sa come a prepararle i suoi fantastici biscotti al cioccolato sulla cucina da campo. Ollie le propose di massaggiarle la schiena. Emily le offrì in prestito il lettore di CD portatile.

Erano tutte in pensiero per lei. Le sentì bisbigliare quando credevano che fosse addormentata.

La sera dopo andò a cena con le altre solo perché era stufa di averle intorno a fare le chiocce e a portarle pacchi soccorso. Sotto il letto aveva montagne di cibo putrescente.

Dopo cena, Eric venne a chiederle se voleva fare quattro passi con lui. Lei fu colta di sorpresa, dato che la proposta veniva dall'uomo che non voleva essere catturato. Disse di sì.

Oltrepassarono il promontorio, diretti verso la spiaggia grande. In silenzio superarono i camper dei turisti, finché non arrivarono in un angolino appartato, alla fine della spiaggia, dove le palme e i cactus prendevano possesso della sabbia. Il tramonto fiammeggiava alle loro spalle.

«Ero preoccupato per te. Dopo la partita di ieri e tutto il resto...» I suoi occhi dicevano che era sincero.

Bridget annuì. «Non sempre gioco bene.»

«Ma hai un talento spettacolare, Bridget, e devi saperlo, che tutti ti considerano una star.»

A Bridget piacevano come a chiunque altro i complimenti, ma di questo non aveva bisogno. Sapeva da sola come stavano le cose.

Eric scavava nella sabbia, lisciando le pareti del buco che aveva creato. «Temevo che quanto è successo tra noi... avevo paura che tu ne fossi stata ferita. Forse più di quanto io avessi pensato sul momento.»

Lei annuì di nuovo.

«Non hai troppa esperienza con i ragazzi, vero?» le chiese. La sua voce era gentile. Non c'era prepotenza. Stava cercando di darle una mano.

Bridget annuì ancora.

«Mi dispiace non averlo saputo prima.»

«Io non te l'ho detto. Come avresti potuto saperlo?»

Eric allargò la buca nella sabbia, poi la riempì di nuovo. «Sai, Bridget, la prima volta che ti ho incontrata, eri così sicura di te e... così sexy. Ho pensato che tu fossi più grande di quanto sei. Ora ti ho capito meglio. Non hai fatto molto. Hai sedici anni.»

«Quindici.»

Eric gemette. «Non dirmelo.»

«Spiacente. Dico solo la verità» rispose Bridget.

«Non avresti potuto dirla prima?»

Bridget si sentì tremare la bocca. Eric sembrava dispiaciuto. Le venne più vicino e le passò un braccio attorno alle spalle.

Eric riprese. «Ecco quello che volevo dirti. Può darsi che non ci ricapiti l'occasione di parlare, perciò voglio che tu lo ricordi, okay?»

«Okay» borbottò lei.

Eric fece un lungo respiro. «È un'ammissione dura per uno che in teoria qui dovrebbe essere l'allenatore, perciò apri bene le orecchie.» Guardò il cielo in cerca di aiuto. «Hai investito la mia vita come una tempesta, quest'estate. Sei stata nel mio letto accanto a me ogni notte dal primo giorno che ti ho vista.» Le mise una mano sui capelli. «Il giorno che abbiamo nuotato insieme. Corso insieme. Ballato insieme. Quando ti ho guardata ballare… so di essere un maniaco del calcio, Bee, ma vederti giocare per me è stata un'eccitazione enorme.»

Lei sorrise appena.

«È per questo che mi prende il panico. Sei troppo carina, troppo sexy e troppo giovane per me. Lo sai anche tu, vero?»

Bridget non era sicura di essere troppo giovane per lui, ma sapeva di essere troppo giovane per quello che aveva fatto con lui. Annuì.

«E ora, dopo esserti stato così vicino, non posso più starti accanto senza pensare a come è stato.»

Bridget era sull'orlo del pianto. Enormi lacrimoni le tremolavano negli occhi.

Lui le prese la testa tra le mani. «Bee, ascolta. Un giorno, quando avrai magari vent'anni, forse ti rivedrò. Tu sarai una stella del calcio in qualche grande squadra, con un milione di ragazzi più interessanti di me che ti daranno la caccia. E sai una cosa? Io ti vedrò e pregherò che tu mi voglia ancora.» Prese due ciocche dei suoi capelli tra le dita, come se fossero di un materiale prezioso. «Se potessi incontrarti di nuovo in un momento e in una situazione diversa, potrei adorarti come meriti. Ma ora non posso.»

Bridget annuì ancora una volta e lasciò che le lacrime cadessero.

Sperava che Eric manifestando i propri sentimenti facesse scattare il meccanismo giusto, facesse la magia. Lo sperava davvero. Sapeva che anche lui voleva quello che voleva lei. Che dicesse la verità o no, Eric credeva di farla sentire meglio e lui lo voleva, lo voleva davvero.

Ma non erano le parole di cui aveva bisogno. Il desiderio di Bridget arrivava alle stelle, e lui era laggiù sulla spiaggia, così silenzioso che lei faceva fatica a sentirlo.

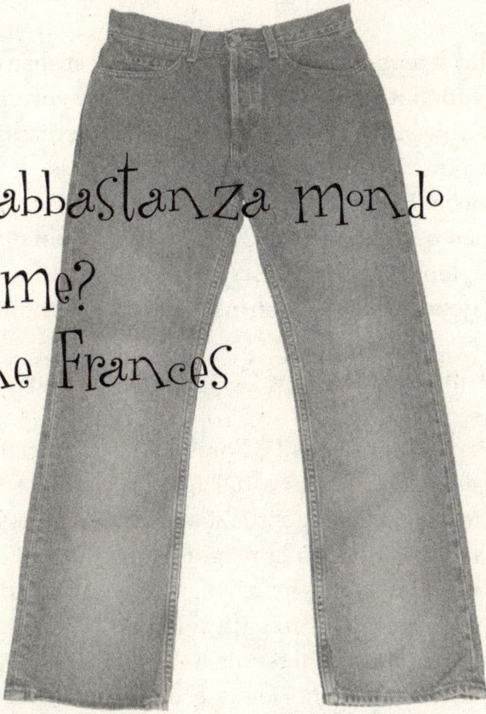

C'è abbastanza mondo per me?

Jane Frances

Sotto il tendone, in giardino, il padre strinse Carmen a lungo. Quando la allontanò da sé aveva gli occhi pieni di lacrime. Lei era contenta che non dicesse nulla. Poteva immaginare quello che voleva dirle.

Anche Lydia la abbracciò. Per puro dovere, ma Carmen non ci badò. Se Lydia amava a quel punto suo padre, tanto meglio. Krista le diede un bacio frettoloso sulla guancia e Paul le strinse la mano. «Bentornata» le disse.

Se qualcuno notò che Carmen aveva i jeans, nessuno fiatò.

«Parenti degli sposi! È l'ora delle foto ufficiali» gridò l'assistente più anziano del fotografo, senza far caso alla delicatezza della situazione. «Parenti degli sposi! Per favore, tutti sotto la magnolia» strillò nell'orecchio di Krista. Era come se si rivolgesse a un'orda di persone invece che a quattro gatti soltanto.

Carmen si avviò al tavolo delle bibite, ma il padre le prese la mano. «Vieni» le disse. «Il tuo posto è con noi.»

«Ma io...» e fece un gesto verso i Pantaloni.

Lui respinse con un gesto della mano le sue preoccupazioni. «Stai benissimo» le disse, e Carmen gli credette.

Carmen posò con loro quattro. Posò con Krista e Paul. Posò con Lydia e suo padre. Il vecchio assistente fece un commento acido sui suoi jeans, ma nessun altro vi accennò. Carmen non riuscì a non essere colpita dall'idea che Lydia permettesse che le foto del suo matrimonio da fiaba fossero imbrattate da un'adolescente di pelle scura con un paio di blue jeans.

L'aperitivo e la cena parvero scivolare via rapidi come il vento. Carmen scambiò quattro chiacchiere con le zie nevrotiche finché gli sposi non diedero inizio alle danze tra una marea di applausi. Poco dopo, Paul si avvicinò alla sua sedia. «Ti andrebbe un ballo?» le chiese in tono formale, inchinandosi lievemente.

Carmen si alzò, decisa a non pensare al fatto che non sapeva bene come si balla un valzer. Lo seguì, prendendolo a braccetto. Sul parquet della pista lui cominciò a farla girare a tempo di musica.

D'un tratto Carmen si ricordò della fidanzata di Paul. Cominciò a osservare i tavoli accanto per capire da dove sarebbero arrivate le occhiate velenose. Paul parve avvertire la sua distrazione.

«Dov'è... be'...» All'improvviso Carmen non riusciva a ricordare il nome.

«Skeletor?» le suggerì lui.

Carmen sentì una vampata di calore alle guance. Paul rise. Aveva una risata inaspettatamente dolce, a singhiozzo. Possibile che lei non l'avesse mai sentita prima?

Carmen si morse il labbro imbarazzata. «Mi spiace» mormorò.

«Abbiamo rotto» le disse lui. Non sembrava affatto dispiaciuto.

Quando la canzone finì, Paul si allontanò appena da Carmen e lei vide suo padre che si avvicinava a grandi passi. Prima di lasciare la pista da ballo, Paul si chinò al suo orecchio: «Hai reso felice tuo padre» le disse, cogliendola di sorpresa come faceva praticamente sempre, tutte le volte che apriva bocca.

Il padre la attirò nel suo abbraccio e cominciò a vorticare con lei sulla pista.

«Sai cosa ho intenzione di fare?» le disse.

«Cosa?»

«Da ora in poi sarò onesto con te come tu lo sei stata con me.»

«D'accordo» annuì lei, e lasciò che le luci bianche radiose si sfumassero in una tormenta di neve per effetto delle lacrime.

Finita la serata, mentre andava a letto, Carmen notò la finestra della sala da pranzo. Una ragnatela di crepe convergeva verso un buco. Il pannello di cristallo non era stato sostituito ma solo coperto da un foglio di plastica trasparente, assicurato in modo approssimativo con del nastro adesivo argentato. Per qualche oscuro motivo, la cosa riempì Carmen di vergogna ma la rese felice.

Lena,

finalmente ho fatto qualcosa di buono con i Pantaloni. Credo che anche Tibby lo abbia fatto. Così ora te li mandiamo con un po' di karma (eh eh eh). Non vedo l'ora di raccontarti tutto non appena ci ritroveremo insieme. Spero che questi Pantaloni ti portino tanta felicità quanta ne hanno portata a me oggi.

Un abbraccio,

Carmen

Tibby andò al lavoro con la giacca del pigiama. Dovette chiedere in prestito un grembiule. Duncan recitò la parte del cattivo, ma Tibby notò che era contento di vederla dopo che si era data per malata così tanti giorni di fila. Le fece anche un complimento sui pantaloni di Carmen.

Alle quattro, la sua mente infida scivolò nell'atteggiamento di attesa che Bailey comparisse. E Tibby dovette di nuovo ricordare.

«Dov'è la tua amica?» le chiese Duncan. Tutti ormai al Wallman's conoscevano Bailey.

Tibby si rifugiò sulla soglia di dietro a piangere. Si sedette sull'alto gradino di cemento e nascose il viso tra le braccia. Spesso doveva asciugarsi il naso che colava sul grembiule preso in prestito. La sua pelle, sotto la giacca di flanella, era appiccicosa.

C'era qualcuno accanto a lei. Alzò lo sguardo. Le ci volle qualche istante per adattare gli occhi alla vista di Tucker Rowe.

«Stai bene?» le chiese. Lei si soffiò il naso nel grembiule.

Lui si sedette al suo fianco. Tibby era troppo sprofondata nel pianto per fermarsi, perciò continuò a singhiozzare per un po'. Lui le accarezzò timidamente i capelli, una volta. Se fosse stata la solita Tibby, sarebbe andata in estasi perché lui la toccava, per quanto mortificata che le toccasse i capelli sporchi. Ora come ora, degnò la cosa solo di un pensiero fuggevole.

Quando le lacrime finalmente si placarono, Tibby alzò lo sguardo.

«Perché non ci prendiamo una tazza di caffè e non mi racconti che cosa succede?» propose Tucker.

Lei lo scrutò attentamente, non attraverso i propri occhi ma attraverso quelli di Bailey. Aveva troppo gel sui capelli, e si era depilato in mezzo alle sopracciglia. I suoi vestiti, la sua fama sembravano falsi. Tibby non ricordava perché le fosse piaciuto.

«No, grazie» rispose.

«Dai, Tibby. Dico sul serio.» Tucker credeva che lei respingesse l'invito per insicurezza. Come se uno tanto più carino di lei non potesse provare interesse nei suoi confronti.

«È solo che non ne ho voglia» chiarì.

Il volto di Tucker registrò l'offesa.

"Una volta mi sono presa una tremenda sbandata per te" pensò Tibby guardandolo mentre si allontanava. "Ma non riesco proprio a ricordare perché."

Non molto tempo dopo, Angela, quella con le unghie lunghissime, uscì per portare alcuni sacchetti di spazzatura nei bidoni dell'immondizia. Vedendo Tibby, si bloccò.

«La tua amichetta è malata sul serio, vero?» le chiese.

Tibby alzò lo sguardo sbigottita. «E tu come lo sai?» chiese.

«Mi è morta di cancro una nipotina» spiegò Angela. «Mi ricordo che aspetto ha.»

Anche gli occhi di Angela erano pieni di lacrime. Si sedette accanto a Tibby. «Povero tesoro» disse, battendole una mano sulla schiena. Tibby sentì le sue unghie raschiare sul poliestere.

«È una ragazzina dolce, la tua amica» proseguì Angela. «Un pomeriggio ti stava aspettando. Io sono uscita prima e lei ha notato che ero agitata per qualcosa. Mi ha portata a prendere un tè freddo e mi ha ascoltata piangere per mezz'ora sul mio insopportabile ex marito. Da allora io e Bailey lo abbiamo trasformato nel nostro piccolo rituale del mercoledì pomeriggio.»

Tibby annuì, provando in parti uguali ammirazione per Bailey e disappunto per se stessa. Tutto quello che aveva notato di Angela erano le unghie smaltate.

Con un miracolo che spiegava la loro natura magica, i Pantaloni arrivarono a Lena il suo ultimo giorno in Grecia. Il pacco era così accartocciato che sembrava avesse fatto il giro del mondo e ritorno, ma i Pantaloni erano lì, intatti... per quanto raggrinziti, più morbidi e vagamente più consumati dell'ultima volta che li aveva visti. Sembravano esausti quanto lei, ma sembrava anche che potessero durare ancora un milione di anni. Quei Pantaloni erano per lei l'ultima ingiunzione: vai a parlare con Kostos, perdente che non sei altro.

Quando li indossò le infusero qualcosa di più che un semplice senso di colpa. Le infusero coraggio. I Pantaloni per mistero trattenevano i pregi delle sue tre migliori amiche, e fortunatamente tra questi c'era il coraggio. Avrebbe ceduto volentieri ai Pantaloni le poche qualità che aveva lei, ma il coraggio era l'unica cosa che avrebbe tenuto per sé.

Si sentiva perfino sexy con i Pantaloni, il che non poteva guastare.

Lena una volta aveva preso parte a una marcia benefica che le aveva fatto percorrere a piedi una quarantina di chilometri attraverso il centro e la periferia di Washington. Sorprendentemente, la strada per la fucina fu più lunga.

Aveva intenzione di andarci dopo pranzo, ma poi si

accorse che non avrebbe pranzato comunque, perciò perché aspettare?

Si rivelò una buona scelta. Quando vide l'edificio basso spuntare da dietro la curva, si sentì male.

Aveva le mani così bagnate di sudore che temeva di rovinare il disegno. Cercò di asciugarsele sui Pantaloni, ma due tracce bagnate sui pantaloni non sono esattamente un dettaglio trendy.

All'entrata del cortile si fermò. "Continuate a camminare" ordinò in silenzio ai Pantaloni. Si fidava più di loro che delle sue gambe.

E se Kostos stava lavorando? Non poteva disturbarlo, o sì? "Che idea assurda, dargli fastidio sul lavoro" si diceva la parte più vile del suo cervello (che rappresentava di gran lunga la quota maggiore).

Continuò a camminare. La minuscola parte coraggiosa del suo cervello sapeva che quella era la sua unica chance. Se voltava le spalle ora, l'avrebbe persa.

La fucina era buia tranne che per le fiamme che ruggivano nel forno di mattoni sul retro. Si vedeva soltanto una figura che forgiava un pezzo di metallo nel fuoco, ed era troppo alta per essere Bapi Dounas.

Kostos udì o avvertì in qualche modo i suoi passi. La vide voltandosi a guardare da sopra la spalla, poi cautamente, lentamente, depose il lavoro, si tolse maschera e guanti e si avvicinò a lei. I suoi occhi sembravano mantenere un lieve riflesso del fuoco. Non c'era traccia di imbarazzo o di preoccupazione nei suoi occhi. Quelle erano specialità di Lena.

Lei di solito contava sul fatto che i ragazzi fossero tesi in sua presenza, il che le assicurava una posizione di vantaggio, ma con Kostos non era così.

«Ciao» disse lei, titubante.

«Ciao» disse lui, tranquillo.

Lei esitò, cercando di ricordare la battuta d'inizio.

«Vuoi sederti?» le offrì lui. Sedersi significava appollaiarsi su un muretto basso di mattoni che separava una parte della stanza dall'altra. Lena si appollaiò. Ancora non sapeva come cominciare. Si ricordò della propria mano, poi del disegno. Glielo porse. Aveva pensato a una presentazione più elegante, ma in ogni modo...

Kostos voltò il foglio e lo studiò. Non reagì subito, come fa la maggior parte della gente. Guardava e basta. Dopo un po' la cosa innervosì Lena, ma era già così nervosa in partenza che era difficile dire dove cominciasse il nervosismo in sovrappiù.

«Quel posto è tuo» disse Lena, brusca.

Lui non distolse gli occhi dal dipinto. «Vado lì a nuotare da molti anni» disse lentamente, «ma non mi dispiace dividerlo con qualcuno.»

Lena lo ascoltava cercando qualche allusione nelle sue parole... per metà sperando che ci fosse, per metà sperando che non ci fosse. Non c'era, decise.

Lui le restituì il disegno.

«No, è per te» disse lei. D'un tratto si sentiva mortificata. «Se lo vuoi, intendo. Non sei obbligato a prenderlo. Solo...»

Kostos lo riprese. «Lo voglio» disse. «Grazie.»

Lena con una mano respinse indietro i capelli dalla nuca. Dio, che caldo faceva in quel posto. "Va bene, è il momento di parlare" ordinò a se stessa, a mo' di allenatore.

«Kostos, sono venuta qui a dirti una cosa» esordì.

Non appena aprì bocca, si ritrovò in piedi, a strisciare inquieta la suola sul pavimento e a camminare avanti e indietro.

«Okay» disse lui, ancora seduto.

«Ce l'ho in mente da quando... da quando... dal giorno in cui...» "Come posso dirlo?" si chiedeva freneticamente. «... in cui ci siamo incontrati al laghetto.»

Lui annuì. C'era una traccia di sorriso all'angolo della sua bocca?

«Così... Be'... Quel giorno... Be'...» Lena riprese a camminare avanti e indietro. La rapidità avvocatesca del padre nel muoversi avanti e indietro era un'altra delle cose che non aveva ereditato da lui. «C'è stata un po' di confusione e forse, sai, qualche equivoco su quello che è accaduto. E probabilmente è stata colpa mia. Ma non mi sono resa conto di quello che succedeva finché non è successo, e poi...» Si interruppe. Fissò il fuoco. Le fiamme della dannazione non erano una vista delle più confortanti.

Kostos sedeva paziente.

Quando Lena cominciava a divagare così, contava sul fatto che gli altri la interrompessero, salvandola, ma Kostos non lo fece. Aspettava e basta.

Lena cercò di rimettersi in pista, ma aveva dimenticato quale fosse. «Quando è successo, era ormai troppo tardi. Io volevo parlarne, ma non riuscivo a trovare il modo, perché ero troppo codarda per spingere i nonni a parlare di quello che credevano fosse successo e spiegare loro che quello che credevano fosse successo non era successo, così non l'ho fatto anche se ne avrei avuta intenzione e anche se sapevo che avrei dovuto farlo.» D'un tratto desiderò essere in una soap, e che qualcuno le desse uno schiaffo, come si fa con chi delira nei telefilm pomeridiani.

Era abbastanza sicura di aver visto la traccia di un sorriso sul viso di Kostos. Era un buon segno, o no?

Con il dorso della mano si asciugò il sudore da sopra il labbro. Guardò i Pantaloni e ricordando che erano i Pantaloni cercò di immaginare di essere Bridget.

«Quello che sto in realtà cercando di dire è che io... io ho fatto un enorme errore e che quella lite assurda tra i nostri nonni è stata solo colpa mia e che non avrei mai dovuto accusarti di avermi spiato, perché ora so che non l'hai fatto.» Ecco, ora andava meglio. Oh, finalmente. Ma aveva dimenticato qualcosa. «E mi dispiace» esclamò. «Mi dispiace davvero tanto.»

Lui le lasciò ancora un momento per essere sicuro che avesse finito. «Accetto le tue scuse» le disse con un piccolo inchino del capo. Le sue maniere erano motivo d'orgoglio per le nonne di Oia.

Lena trasse un lungo sospiro. Grazie al cielo la parte delle scuse era andata. Ora poteva fare i bagagli e tornare a casa con un minimo frammento d'orgoglio intatto. Era una tentazione terribile. Santo cielo, che tentazione!

«C'è dell'altro» disse. Era inorridita e affascinata insieme dal fatto che quelle parole fossero davvero uscite dalla sua bocca.

«Che cosa?» chiese Kostos. Era più tenera, ora, la sua voce? O era soltanto lei che voleva che fosse così?

Lena cercò le parole giuste. Guardò il soffitto in cerca di aiuto.

«Vuoi sederti?» la invitò di nuovo Kostos.

«Non credo di farcela» rispose lei con sincerità, torcendosi le mani.

L'espressione negli occhi di Kostos le diceva che aveva capito.

«Be', so di non essere stata molto amichevole quando sono arrivata qui.» Lena cominciò così il secondo round. «Tu sei stato carino con me e io no. Il che ti ha forse fatto pensare che io non... che io non fossi...» Lena fece un breve cerchio camminando, poi tornò a fronteggiare Kostos.

Grossi aloni di sudore le si allargavano da sotto le ascelle fin quasi alla vita. Il sudore le imperlava il labbro superiore e le gocciolava dall'attaccatura dei capelli. La combinazione di caldo estremo ed estremo nervosismo le facevano fiorire macchie rosse su tutta la pelle.

Lena non aveva mai pensato di poter piacere a un ragazzo per qualcosa che non fosse il suo aspetto, ma se Kostos le avesse fatto l'inimmaginabile onore di dimostrare interesse per lei quel giorno, era sicura che non sarebbe stato perché era carina.

«Ti ho forse fatto pensare che tu non mi piacessi, ma la realtà è che...»

Oh, Signore. Sarebbe affogata nel proprio sudore. Era possibile?

«Ma la realtà è che non volevo affatto questa cosa. Forse voleva dire... l'esatto opposto.» Ma stava ancora parlando inglese? Riusciva ancora a mettere insieme delle frasi?

«Perciò quello che voglio dire è che vorrei non essermi comportata in quel modo con te. Vorrei non essermi comportata come se tu non mi piacessi o non mi importasse di te, perché in realtà... in realtà... quello che provo non è quello che sembrava che provassi...»

Lo guardò con occhi supplichevoli. Ci aveva provato, ci aveva provato davvero. Ma temeva che quello fosse il massimo a cui poteva arrivare.

Gli occhi di Kostos erano lucidi quanto i suoi. «Oh, Lena» disse. Le prese le mani sudate tra le sue. Sembrava che avesse capito che quello era il massimo a cui poteva arrivare.

La attrasse a sé. Lui seduto sul muro e lei in piedi di fronte, erano quasi della stessa altezza. Le gambe di Lena toccavano le sue. Lena sentiva il suo odore: sapeva di cenere. Aveva la sensazione di dover svenire da un momento all'altro.

Il viso di Kostos era lì, bello, ombreggiato dalla luce fiammeggiante. Le sue labbra erano lì. Con un coraggio che arrivava da chissadove, ma non dal suo corpo, Lena si chinò appena in avanti e gli baciò le labbra. Era un bacio e una domanda.

Lui rispose attirandola a sé, premendo stretto il suo corpo contro il proprio, e il suo bacio fu lungo e profondo.

Lena ebbe un ultimo pensiero, prima di smettere di pensare e abbandonarsi alle sensazioni: non se lo aspettava, che il paradiso fosse così rovente.

Nei tuoi occhi
io sono completo.
Peter Gabriel

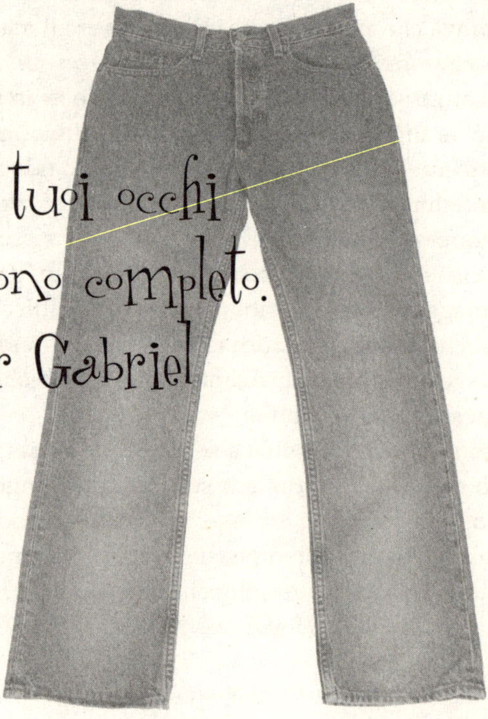

Come era già successo le due sere prima, le infermiere cacciarono fuori Tibby dalla stanza di Bailey al termine dell'orario di visita, alle otto.

Lei non era ancora pronta a tornare a casa. Telefonò alla madre e le disse che sarebbe andata al cinema. La madre parve sollevata. Perfino lei aveva notato che negli ultimi tempi Tibby non si concedeva troppi divertimenti.

Tibby vide in lontananza le luci del Seven-Eleven che la invitavano ad avvicinarsi. All'interno fu felice di riconoscere Brian McBrian chino su *Dragon Master*.

Quando si voltò e vide che lo guardava, Brian le fece un gran sorriso. «Ciao, Tibby» disse timidamente. Non fece minimamente caso alla maglietta del pigiama né all'aspetto orribile di Tibby.

«Che livello?» chiese lei.

Lui non tentò di mascherare il proprio orgoglio. «Venticinque.»

«Impossibile!» esclamò lei ammirata.

Con un pizzico di suspense, Tibby lo osservò combattere la sua lunga battaglia eroica attraverso il vulcano del livello ventisei, finché non finì arrostito dalla lava, sfrigolando.

«Aaah» gemette Tibby.

Lui scrollò le spalle, contento. «È stata una bella partita. Non si può sempre pretendere di vincere.»

Lei annuì. Poi rifletté un istante. «Ehi, Brian?»

«Sì?»

«Mi insegni a giocare a *Dragon Master*?»

«Certo.»

Con la pazienza e l'entusiasmo di un vero maestro, Brian la addestrò fino al livello sette, dove appariva il primo drago. Nonostante l'eroina tutta curve di Tibby fosse caduta con una spada infilzata nello stomaco, Brian era raggiante di orgoglio. «Sei una sterminatrice di draghi nata» si complimentò.

«Grazie» disse lei, davvero grata per il complimento.

«Come sta Bailey?» chiese Brian, con espressione grave.

«È in ospedale.»

Lui annuì. «Lo so. Sono andato a trovarla all'ora di pranzo.» D'un tratto gli venne un'idea. «Aspetta un secondo. Voglio farti vedere una cosa.» Pescò da terra uno zainetto semidistrutto. «Ho preso questo per lei.»

Tibby guardò. Era un lettore Sony Dreamcast con una copia di *Dragon Warrior*, la versione domestica di *Dragon Master*. «Non è bello come quello vero» spiegò Brian, «ma servirà per tenerla in allenamento.»

Tibby sentì le lacrime salirle agli occhi. «Le piacerà da morire» disse.

Più tardi, camminando lungo la Old Georgetown Road, Tibby si sentiva ancora addosso l'entusiasmo della partita a *Dragon Master*. Stava già pensando al livello otto. Era la prima volta da giorni che provava la sensazione di quando non vedi l'ora di fare qualcosa.

Forse, pensò nell'andare, Brian si era dedicato a

qualcosa di importante. Forse la felicità non doveva essere fatta di grandi cose, non era avere ogni cosa della vita al suo posto. Forse bastava raccogliere un mazzo di piccoli piaceri. Mettersi le ciabatte e guardare il concorso di Miss Universo. Mangiare un biscotto al cioccolato con il gelato alla vaniglia. Arrivare al livello sette di *Dragon Master* e sapere che hai ancora davanti a te venti livelli.

Forse la felicità dipende solo dall'insieme di piccoli dettagli positivi – il semaforo che diventa verde nel secondo in cui tu arrivi – e negativi – l'etichetta della T-shirt che ti pizzica sul collo – che capitano a ciascuno durante un giorno. Forse a ciascuno è assegnata un'identica quantità di felicità al giorno.

Forse non aveva importanza se eri un rubacuori celebre in tutto il mondo o un patetico solitario. Forse non importava se una tua amica stava morendo.

Forse a certe cose si passa attraverso e basta. Forse era l'unica cosa che si poteva chiedere.

Era la sua ultima colazione con Bapi, il suo ultimo mattino in Grecia. Nella beatitudine febbrile che l'aveva tenuta sveglia fino all'alba, Lena aveva immaginato la sceneggiatura di un'intera conversazione in greco che lei e il nonno avrebbero potuto recitare come gran finale dell'estate. Ora lo guardava masticare soddisfatto i suoi Rice Krispies, aspettando il momento giusto per la battuta.

Lui le rivolse un breve sguardo e sorrise, e Lena capì una cosa importante: così era come doveva essere. Così era come piaceva a entrambi. Mentre la maggior parte della gente si sente unita e confortata dalla conversazione, lei e Bapi erano due dei pochi che non la vedono così. Loro si sentivano uniti dalla semplice abitudine di mangiare i cereali insieme.

Dimenticò rapidamente la sua sceneggiatura e tornò ai cereali.

A un certo punto, quando ormai le era rimasto solo il latte, Bapi tese una mano e la mise sulla sua. «Tu sei la mia ragazza» le disse.

E Lena sapeva che era vero.

Due giorni più tardi, Tibby era seduta al suo solito posto sul letto di Bailey e sapeva che lei stava sempre peggio. Bailey non sembrava spaventata, non aveva un atteggiamento solenne, ma le infermiere e gli assistenti sanitari sì. Abbassavano lo sguardo ogni volta che Tibby guardava negli occhi uno di loro.

Bailey stava giocando a *Dragon Warrior* mentre suo padre dormicchiava su una sedia vicino alla finestra. Bailey posò la testa indietro sul cuscino: aveva bisogno di riposo. «Giochi per me?» chiese a Tibby.

Tibby annuì e prese i comandi.

«Quando tornano le tue amiche?» chiese Bailey con voce assonnata.

«Carmen è già a casa. Lena e Bridget tornano la settimana prossima.»

«Carino» disse Bailey. Gli occhi le si chiudevano per periodi sempre più lunghi.

Tibby notò che quel giorno c'erano due monitor pigolanti in più nella stanza.

«Come sta Brian?» chiese Bailey.

«È un grande. Mi ha fatta arrivare fino al livello dieci.»

Bailey sorrise. Tenne gli occhi chiusi. «È un ragazzo che ne vale la pena» mormorò.

Tibby rise, ricordando la frase. «Vero. Avevi ragione, e io sbagliavo. Come sempre.»

«Non è vero» disse Bailey. Aveva il viso bianco come quello di un angelo.

«Sì che è vero. Io giudico la gente senza conoscerla» ribadì Tibby.

«Ma poi cambi idea» disse Bailey con voce lenta, via via più debole.

Tibby mise in pausa *Dragon Warrior*, convinta che Bailey si fosse addormentata.

«Tu continua a giocare» le ordinò Bailey in un sussurro.

Tibby continuò a giocare fino alle otto, quando le infermiere la mandarono via.

Lena,

qualcosa è successo. Non è stato come immaginavo. Ho bisogno di parlarti, ma non posso farlo in una lettera. Sono solo... strana. Mi sento estranea a me stessa.

Bee

Lena,

non riesco a dormire. Sono spaventata. Vorrei poterti parlare.

Lena lesse le lettere di Bridget durante il volo da Atene. Sia quelle che aveva ricevuto durante tutta l'estate, sia quella che aveva ritirato all'ufficio postale andando all'aeroporto. L'aereo attraversava fusi orari diversi, e il cuore di Lena percorreva il doloroso viaggio dalla fucina di Oia dove avrebbe voluto essere al campo di calcio femminile in Baja California dove sentiva che c'era bisogno di lei.

Lena conosceva Bridget da abbastanza tempo e abbastanza bene per essere preoccupata. Sapeva che nella vita di Bridget c'era stata un brusca svolta e da allora le erano rimasti parecchi punti deboli. Bee dardeggiava sempre in un fiume di attività, ma di tanto in tanto qualche evento imprevisto la colpiva forte e la lasciava lenta e incerta. Bee si preoccupava, non era brava a rimettere insieme i pezzi. A volte sembrava una bambina piccola. Smaniava per il potere, lo pretendeva, ma quando ne imboccava la via, rimaneva sola con se stessa, e la cosa la terrorizzava. La madre se n'era andata, il padre era timido e distante. Bridget aveva bisogno di sapere che qualcuno la teneva d'occhio. Aveva bisogno che qualcuno le assicurasse che il mondo non era deserto.

Effie russava accanto a lei. Lena si voltò e spinse la spalla della sorella. «Effie? Ehi, Ef?»

Effie sorrise nel sonno. Lena sospettava che stesse pensando al cameriere. Le diede una spinta più forte. «Effie. Svegliati.»

Borbottando, Effie aprì gli occhi. «Stavo dormendo» si lamentò, come se fosse stato violato un sacramento.

«Sei una campionessa della specialità, Effie, sono sicura che riuscirai a riaddormentarti.»

«Ah ah.»

«Ascolta, credo di dover cambiare la mia rotta, d'accordo? Ti lascerò a New York e cercherò di prendere un volo per Los Angeles.»

Effie non era un'amante dei viaggi aerei, quindi Lena si sentì in dovere di aggiungere: «Da New York a

Washington c'è un volo brevissimo, Effie. Andrà tutto bene.»

Effie era allibita. «Ma perché?»

«Sono preoccupata per Bee.» Effie conosceva Bridget abbastanza bene per sapere che c'erano momenti di crisi in cui preoccuparsi per lei non era un vezzo stupido.

«Che cosa ha fatto?» chiese Effie, a sua volta preoccupata.

«Non lo so ancora.»

«Ce li hai i soldi?» chiese Effie.

«Ho ancora quelli che ci hanno dato mamma e papà» rispose Lena. I genitori avevano dato loro cinquecento dollari ciascuna da spendere durante l'estate, ma Lena non li aveva praticamente toccati.

«A me rimangono duecento dollari. Se vuoi posso darteli» disse Effie.

Lena la abbracciò. «Riporterò Bridget a casa domani. Chiamerò mamma e papà dall'aeroporto, ma potresti spiegarglielo anche tu?»

Effie annuì. «Le farai da madre.»

«Se ne ha bisogno» rispose Lena.

Era contenta di aver infilato i Pantaloni Viaggianti nel bagaglio a mano.

Quando il telefono squillò alle dieci del mattino dopo, Tibby sapeva già che cos'era. Alzò la cornetta e sentì singhiozzare.

«Signora Graffman, so che cosa è successo. Non c'è bisogno di dire niente.» Tibby si mise una mano sugli occhi.

Il funerale fu due giorni più tardi, il lunedì. Un

pastore recitò la predica accanto alla tomba, poi la seppellirono. Tibby era in piedi accanto ad Angela, Brian, Duncan e Margaret. Carmen era tornata dal South Carolina ed era in piedi alle sue spalle. Piangevano tutti in silenzio.

Quella notte, Tibby non riuscì a dormire. Dall'una alle tre del mattino guardò *Fiori d'acciaio* sul canale dei film.

Fu contenta di sentire Katherine piangere alle tre e un quarto. In silenzio, prima che uno dei genitori esausti si svegliasse, andò nella stanza dei piccoli, prese la sorellina dalla culla e la portò giù in cucina. Strinse Katherine attorno alla vita sottile e se la appoggiò contro la spalla. Con l'altra mano, le mise a scaldare il biberon. Katherine faceva dei versetti che le solleticavano l'orecchio.

Infilò Katherine nel proprio letto e la guardò scivolare nel sonno mentre era ancora a metà del latte. Si rannicchiò attorno alla sorellina e pianse. Le sue lacrime bagnarono i capelli soffici e ricciuti di Katherine.

Quando la sorellina raggiunse lo stadio di sonno profondo dei neonati, quello in cui potrebbero ignorare l'esplosione più fragorosa, Tibby la riportò nella culla.

Ora erano le quattro. Tibby scese in cucina. Aprì lo sportello del freezer e recuperò il sacchetto di carta marrone che conteneva Mimì. Sentendosi come scesa da un altro pianeta, uscì di casa e andò fino al garage in pigiama e ciabatte. Arrotolò la parte superiore del sacchetto attorno al manubrio della bici, tenendolo stretto, e pedalò per alcuni chilometri fino al cimitero, con Mimì ibernata che dondolava sotto il suo polso.

Il terreno sopra la tomba di Bailey era ancora soffice.

Tibby sollevò con cura di lato il tappetino d'erba e scavò nella terra con tutte e due le mani. Diede un bacio al sacchetto e posò Mimì nella buca. Poi la ricoprì e rimise a posto l'erba. Si sedette sul prato che copriva tutte e due. Guardò com'era bella la luna che calava già sull'orizzonte. Una parte di lei, una parte importante, voleva soltanto rimanere lì con loro. Avrebbe voluto acciambellarsi nella più minuta, più semplice esistenza possibile e lasciare che il mondo continuasse la sua corsa senza di lei.

Si distese. Si rannicchiò. Poi cambiò idea.

Lei era viva, loro erano morte. Lei doveva tentare di rendere grande la propria vita. Più grande che poteva. Promise a Bailey che avrebbe continuato a giocare.

Quando arrivò finalmente a Mulegé, Lena aveva ormai una percezione piuttosto confusa di tempo e spazio. Dovette prendere un secondo taxi per farsi portare al campeggio. Il sole era tramontato, ma l'aria era ancora calda e densa di salmastro. Era a migliaia di chilometri da Oia, ma respirava la stessa aria.

Lena sapeva che secondo i programmi Bridget avrebbe dovuto partire l'indomani e voleva essere lì in tempo per aiutarla a tornare a casa... qualsiasi cosa volesse dire. Trovò la direzione e chiese indicazioni per la baracca di Bridget.

Appena entrata nello stanzone in penombra, i suoi occhi riconobbero immediatamente l'amica: una testa gialla e un sacco a pelo scuro.

Bridget si alzò a sedere. Lena colse la sua espressione tragica. I suoi capelli da fiaba. «Ehi, Bee» disse, e corse ad abbracciarla.

Bridget stentò a capire cosa stava succedendo. Sbatté le palpebre, socchiuse gli occhi per mettere a fuoco Lena. Le cinse la schiena con un abbraccio, come se non fosse del tutto sicura di chi stava abbracciando.

«Come sei arrivata qui?» chiese attonita.

«Con un aereo.»

«Credevo che fossi in Grecia.»

«Lo ero. Ieri. Ho ricevuto la tua lettera» spiegò.

Bridget annuì. «Evidentemente sì.»

D'un tratto Lena si rese conto che decine di paia d'occhi le osservavano curiosi. «Vuoi che facciamo una passeggiata?»

Bridget scivolò fuori dal sacco a pelo. Fece strada verso la porta d'uscita con la sua maglietta fuori misura, a piedi nudi. Bee non si preoccupava mai troppo del proprio aspetto.

«Bello» disse Lena. «Ho guardato la stessa luna per tutta l'estate.»

«Non riesco a credere che tu abbia fatto tutta questa strada» disse Bridget. «Perché sei venuta?»

Lena infilò le dita dei piedi sotto la sabbia. «Volevo farti sapere che non sei sola.»

Gli occhi di Bridget erano enormi, luminosi nel suo viso.

«Ehi, guarda cosa ti ho portato» disse Lena, e sfilò dalla borsa i Pantaloni.

Bridget li strinse fra le braccia qualche istante prima di indossarli.

«Raccontami cosa è successo, ti va?» disse Lena, sedendosi sulla sabbia e attirando Bridget accanto a sé. «Dimmi tutto e troveremo insieme come sistemare le cose.»

Bridget abbassò lo sguardo sui Pantaloni, grata di averli. Trasmettevano sostegno, trasmettevano amore, proprio come prometteva il giuramento che avevano fatto all'inizio dell'estate. Ma con Lena lì, proprio lì accanto a lei, quasi non aveva bisogno di loro.

Bridget alzò gli occhi al cielo. «Forse hai già sistemato tutto.»

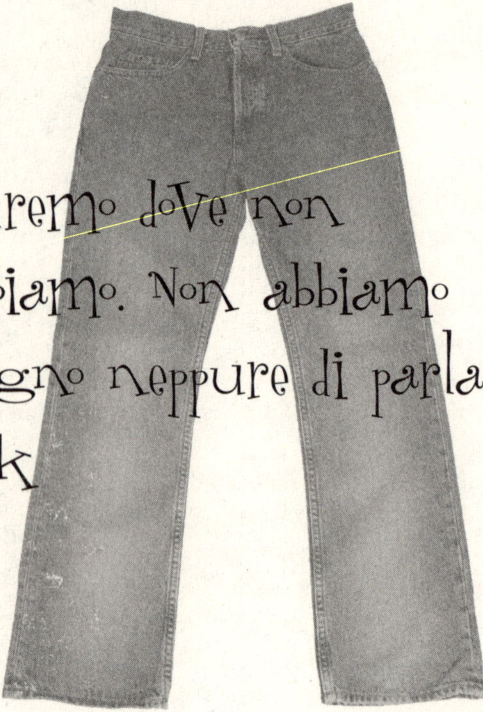

Andremo dove non sappiamo. Non abbiamo bisogno neppure di parlare.
Beck

EPILOGO

La tradizione richiedeva che la nostra annuale celebrazione a tarda notte da Gilda cadesse nel giorno a metà tra i nostri compleanni: nove giorni dopo quello di Lena e nove prima del mio, due dopo quello di Bridget e due prima di quello di Tibby. I numeri mi danno sempre conforto. Interpreto le coincidenze come piccoli segnali del nostro destino. Così quel giorno sembrava che fosse stato Dio in persona a scriverlo nella mia agenda. La celebrazione quell'anno cadeva la notte prima che cominciasse la scuola: anche questa era una coincidenza significativa, anche se non necessariamente felice.

Come i salmoni che risalgono la corrente fino al minuscolo torrente dove sono stati generati, noi siamo tornate da Gilda, luogo onorario della nascita di noi quattro e della nascita della Vera Amicizia.

Come al solito Tibby e Bee si sono date da fare per la torta, mentre io e Lena ci siamo occupate dell'atmosfera, portando musica e decorazioni. Per entrare, Bee è stata come sempre la nostra specialista dello scasso.

Di solito, gli altri anni, a quel punto dell'estate ci eravamo già consumate l'una sull'altra come ciottoli nel letto di un fiume. Per tre mesi avevamo vissuto in completa simbiosi, senza troppe sollecitazioni esterne.

Le poche storie che avevamo vissuto erano già state considerate, analizzate, celebrate, maledette, bersagliate di battute: consunte fino a ridursi in sabbia.

Quella notte era diverso. Avevo la sensazione che ognuna di noi fosse separata e colma fino all'orlo delle proprie storie, quasi del tutto non condivise. Per certi versi mi spaventava avere un'estate di esperienze e di sensazioni che appartenevano solo a me. Quello che mi accadeva di fronte alle mie amiche aveva il sapore della realtà, quello che mi accadeva da sola aveva in parte il sapore del sogno, immaginato, deformato e avvolto dalle mie paure e dai miei bisogni. Ma chissà. Forse c'è più verità in quello che senti che in quello che succede.

I Pantaloni erano gli unici testimoni di tutte e quattro le nostre vite. Testimoni e documento insieme. Negli ultimi giorni li avevamo riempiti di iscrizioni, raccontando un po' delle nostre storie con parole e disegni che spiccavano netti sull'umile stoffa.

Quella sera ho guardato le mie amiche, sedute su una coperta rossa, circondate dalle candele, al centro di una palestra male in arnese. Di solito il posto d'onore al centro era occupato dalla torta, ma quella sera era stata spinta di lato, come atto di riguardo per i Pantaloni. Due facce abbronzate e quella pallida di Tibby rispondevano al mio sguardo. I loro occhi erano tutti dello stesso colore, in quella luce. Tibby esibiva un sombrero arrivato dal Messico e la maglietta che le aveva dipinto Lena, con il porticciolo di Ammoudi. Lena aveva le scarpe che le aveva prestato Bridget e Bridget puntava i piedi nudi verso il centro della coperta, mettendo in mostra le unghie lucide del mio smalto preferito, turchese. Le ginocchia di Tibby e di Lena si toccavano. Ci stavamo di nuovo adattando l'una all'altra, stavamo condividendo un'altra volta le nostre vite.

Ma quella sera eravamo più taciturne. C'erano più affetto e meno battute del solito. Per certi versi eravamo ancora estranee l'una all'altra, mi sono detta, ma avevamo il conforto dei Pantaloni. I jeans avevano assorbito l'estate. Forse era meglio che non potessero parlare. Ci avrebbero lasciato ricordare quello che avevamo provato più di quanto era realmente accaduto. Ci avrebbero permesso di tenere tutto per noi e nello stesso tempo di condividerlo.

Non che non avessimo condiviso le nostre storie, almeno a grandi linee. Certo che l'avevamo fatto. Io avevo raccontato per filo e per segno com'era stato il matrimonio di Al. Sapevamo che Bee aveva combinato un pasticcio con Eric. Avevamo visto tutte Lena parlare di Kostos come non aveva mai parlato di un ragazzo. Sapevamo di Bailey e intuivamo la necessità di essere caute nel fare domande sull'argomento a Tibby. Ma c'erano milioni di piccole sfumature che non potevamo comunicare così facilmente. Erano i dettagli più sottili, e capirli, o perlomeno intuire che non si riusciva a capirli, era ciò che distingueva le amiche qualunque dalle amiche vere, come eravamo noi.

Comunque, i Pantaloni ci promettevano che c'era tempo. Niente sarebbe andato perduto. Avevamo un anno intero, se ce ne fosse stato bisogno. Avevamo tutta la strada fino all'estate prossima: allora avremmo tirato fuori i Pantaloni e, insieme o separate, avremmo ricominciato da capo.

Finito di stampare nel mese di novembre 2007
presso il Nuovo Istituto Italiano d'Arti Grafiche
Bergamo

Printed in Italy